Teufelsblut

Ines Eberl wurde in Berlin geboren, ist promovierte Juristin und lebt in Salzburg. Sie ist Mitglied der International Thriller Writers und der Crime Writers' Association. Im Emons Verlag erschienen »Salzburger Totentanz«, »Jagablut« und »Totenkult«. Lesen Sie mehr über die Autorin unter www.ineseberl.com.

Dieses Buch ist ein Roman. Handlungen und Personen sind frei erfunden. Ähnlichkeiten mit lebenden oder toten Personen sind nicht gewollt und rein zufällig.

INES EBERL

Teufelsblut

ALPEN KRIMI

emons:

Bibliografische Information der Deutschen Nationalbibliothek
Die Deutsche Nationalbibliothek verzeichnet diese Publikation
in der Deutschen Nationalbibliografie; detaillierte bibliografische
Daten sind im Internet über http://dnb.d-nb.de abrufbar.

© Emons Verlag GmbH
Alle Rechte vorbehalten
Umschlagmotiv: © mauritius images/ib/Martin Siepmann
Umschlaggestaltung: Tobias Doetsch
Gestaltung Innenteil: César Satz & Grafik GmbH, Köln
Druck und Bindung: CPI – Clausen & Bosse, Leck
Das dem Buch vorangestellte Zitat ist entnommen: Carsten Peter,
»Alpendämonen«, National Geographic, Hamburg 2012.
Printed in Germany 2014
ISBN 978-3-95451-253-9
Alpen Krimi
Originalausgabe

Unser Newsletter informiert Sie
regelmäßig über Neues von emons:
Kostenlos bestellen unter
www.emons-verlag.de

Dieser Roman wurde vermittelt durch die AVA international GmbH
Autoren- und Verlagsagentur.
www.ava-international.de

»Gleich einem Sturmwind braust der Geisterzug heran,
verworrenes Geheul schallt durch die Lüfte,
man hört Pferde wiehern, Hunde bellen, Peitschenknall und Jagdrufe.
Wehe dem nächtlichen Wanderer, er ist unrettbar verloren,
wirft er sich nicht sogleich mit dem Gesicht auf die Erde
und lässt den Geisterzug vorbeirasen.«

Nikolaus Huber (1833–1887),
Bibliotheksdiener zu Salzburg

PROLOG

Der Teufel wohnt in Wildmoos. Er lauert in den Gedanken der Menschen, er verbirgt sich in ihren Worten und er lebt in ihren Taten. In den Raunächten geht der Teufel auf Seelenfang.
    Nachdenklich überfliegt Ben die Zeilen auf dem Bildschirm. Dann schlägt er das alte Schulheft auf der letzten Seite auf und nimmt den Kugelschreiber zur Hand. Sorgfältig schreibt er die Worte in seiner Erwachsenenhandschrift unter die kindlichen Bleistiftbuchstaben.
    Die Küchenlampe fängt an zu flackern.
    Er schaut zum Fenster hinüber. Draußen tobt der Wintersturm. Starke Böen werfen sich gegen die Scheiben, die in ihren alten Holzrahmen klirren, als könnten sie jeden Augenblick zerbersten. Schnee liegt als dicke Schicht auf dem Sims und verstärkt die Fenstergitter hinter dem schlierigen alten Glas.
    Der Himmel war schon am Morgen mit gelben Wolken bedeckt gewesen, und eine eigenartige Spannung hatte in der Luft gelegen. Gegen Mittag hatte der Schneefall eingesetzt. Zuerst waren fedrige Flocken zu Boden geschwebt, hatten sich auf die Schneedecke gelegt und ihre Konturen wie mit einem Weichzeichner sanft verwischt. Dann war Wind aufgekommen. Er hatte sich zum Sturm gesteigert, der die wirbelnden und tanzenden Schneeflocken über den Hof jagte und vor den Türen und Fenstern zu weißen Wällen türmte.
    Das Schneegestöber begräbt Bens alten Volvo unter einer dicken weißen Decke und verbirgt den dunklen Klotz der Stallscheune hinter feinen Schleiern, als könnte es ihre Geheimnisse für immer den Blicken der Welt entziehen.
    Ben schließt das Heft und legt es beiseite.
    Die Luft in der Küche ist heiß und stickig. Heulend fährt der Wind in das Ofenrohr. Wie ein Blasebalg schürt er das Herdfeuer, das jetzt faucht, als wollte es die Brennkammer sprengen. Trotzdem ist Ben kalt.
    Das Brausen des Sturms hüllt das alte Bauernhaus ein, als

wäre es von der Außenwelt vollständig abgeschnitten. In seinem Inneren ist es totenstill. Zu still. Auf einmal weiß Ben, welcher Laut fehlt. Die alte Standuhr im Flur, deren unablässiges Ticken er wie seinen Herzschlag nicht mehr bewusst wahrgenommen hat, ist stehen geblieben. Hinter dem Fenster knirscht der Schnee.

Ben lauscht angespannt.

Etwas in der Atmosphäre hat sich verändert. Endlich hört er das Geräusch, mit dem er nicht gerechnet, auf das er jedoch unbewusst seit Einbruch der Dämmerung gewartet hat. Ein altes Scharnier quietscht, dann knarren die Holzdielen im Flur.

Ben umklammert die Kante des Küchentischs. Seine Muskeln verkrampfen sich, und seine Knöchel treten weiß hervor.

Hinter seinem Rücken öffnet sich die Küchentür. Er wagt nicht, sich umzudrehen. Ein kalter Hauch streift seinen Nacken. Der Luftzug bringt den Geruch nach Erde und Moder mit sich. Die alten Holzdielen knarren.

Eine Stimme flüstert an seinem Ohr: »Schreib – ENDE.«

EINS

Plötzlich war da das Grollen. Erschrocken sah der Skifahrer zum Gipfel hinauf. Ein zarter Schneeschleier hatte sich über dem Grat entfaltet, den sie noch vor wenigen Minuten passiert hatten. Er schwebte weiter zum Himmel empor und sank dann auf den verschneiten Hang nieder. Die Spuren der Skier, die eben noch zu sehen gewesen waren, verschwammen und lösten sich auf. Eine weiße Masse glitt herab, wurde schneller und raste zu Tal, unaufhaltsam und tödlich. Die starken Schneefälle der letzten Tage hatten eine dicke Neuschneedecke auf den vereisten Hang gelegt. Heftige Sturmböen hatten sie zu weißen Gebirgen aufgetürmt, die schon unter der Last eines einzigen Tourengehers abrutschten und mit ungeheurer Wucht zu Tal donnerten.

Der Mann, die Bretter quer zum Hang fest in den Schnee gerammt, unterdrückte einen Schrei und verharrte reglos, wie ein Hase, der sich vor dem Jäger tot stellt. Als könnte er sich für das drohende Unheil unsichtbar machen. Nur noch wenige Augenblicke, dann hatte der weiße Tod ihn erreicht. Schnell blickte der Mann auf die reglose Gestalt im roten Skianzug, die zu seinen Füßen lag. Die Kapuze des Anoraks war mit einem seidigen Fuchspelz besetzt. Er bewegte sich in dem eisigen Wind, als wäre das Tier wieder zum Leben erwacht und wollte seinerseits flüchten. Und nun, mit der Verzögerung des Schalles, drang auch der gefürchtete Donner, auf den der Mann gewartet hatte, an sein Ohr.

Wie viel Zeit blieb ihm noch?

Er zwang sich, den Hang hinaufzuschauen. Durch das gelbe Glas seiner Skibrille war die Spur, die die Lawine zog, deutlich zu erkennen. Schnell, immer schneller rasten die Schneemassen zu Tal und ließen eine breite Bahn von Eisklumpen, Geröll und ausgerissenen Sträuchern hinter sich. Die Erde unter den schweren Skistiefeln des Mannes begann zu vibrieren, und er drehte sich rasch um. Nur wenige Meter hinter ihm befand sich ein Felsvorsprung. Wenn er es schaffte, sich darunterzuducken, würde die Lawine über ihn hinwegrasen. Nur über ihn, denn der reglose Körper der Frau war zu weit von dem rettenden Dach entfernt.

Der Mann schaute den Hang hinauf.

Der weiße Staubschleier hatte an Höhe und Breite gewonnen und kam schneller auf sie beide zu, als er erwartet hatte. Mit klammen Händen griff der Mann nach dem roten Anorak seiner Begleiterin und zerrte daran. Aber die schwere Ausrüstung und die im Schnee verkeilten Ski der Frau machten es ihm unmöglich, die leblose Gestalt weiter von der Stelle zu bewegen. Immer wieder glitten seine Hände von dem steifen Stoff ab. Jetzt bedauerte er, dass er seine dicken Handschuhe vor wenigen Minuten achtlos in den Schnee geworfen hatte.

Ein kalter Luftstrom erfasste ihn. Schneestaub wirbelte in sein Gesicht und drohte, ihn zu ersticken. Der Luftdruck riss ihn herum. Rechts von ihm donnerte die ungeheure weiße Masse talwärts. Halb blind ließ sich der Mann auf alle viere fallen und robbte keuchend zur anderen Seite, bis er durch hartes Gestein am Weiterkommen gehindert wurde. Er hockte sich mit dem Rücken gegen die Felswand und zog die Knie an. Dann vergrub er das Gesicht im Kragen seiner Skijacke und schloss die Augen. Die Erde unter ihm bebte. Die Welt schien in einem ohrenbetäubenden Wirbel unterzugehen.

Wie lange er in seinem kalten Versteck ausgeharrt hatte, wusste der Mann nicht. Irgendwann waren auch die letzten Ausläufer der Lawine an ihm vorübergezogen. Er hatte jedes Zeitgefühl verloren, als ihn auf einmal absolute Stille umgab.

Zögernd schob er den Kopf aus seinem Versteck. Zu seinem Erstaunen sah er, dass die Abenddämmerung bereits hereingebrochen war. Die Temperatur war gestiegen, und weiße Flocken schwebten vom bleifarbenen Himmel. Die Spur der Lawine überdeckte die scharfen Konturen von Fels und Eis. Überall türmten sich Verwehungen und verwandelten die steilen Hänge des Drachenkopfes in eine Mondlandschaft.

Der Mann zwang sich, zu der Stelle zu schauen, wo die rot gekleidete Gestalt liegen musste. Aber unter der geschlossenen Schneedecke konnte er nichts mehr erkennen.

Schwer atmend ließ er sich gegen die Felswand zurücksinken. In einem Anfall von Schwäche schloss er die Augen. Die ganze Anspannung der letzten Stunden fiel von ihm ab, und Tränen der Erleichterung rannen über seine kalten Wangen. Er war am Leben. Mit halb erfrorenen Fingern tastete er nach seinem Handy, tippte mühsam die 140 und presste den Apparat ans Ohr. Nichts war zu hören. Es gab keinen Empfang.

»Ich will hier weg«, schluchzte er.

Die heulende, körperlose Stimme des Windes war die einzige Antwort.

ZWEI

München: Altbauwohnung, teilmöbliert, mit Blick auf den Viktualienmarkt, ab 1. Dezember zu vermieten.

Ben Ingram versuchte noch einmal die Handynummer zu entziffern, die er an den Rand der Immobilienanzeige in der Süddeutschen Zeitung gekritzelt hatte. Dann warf er das Blatt auf den Küchentisch und schaute zum gefühlten zehnten Mal auf seine Armbanduhr. Gleich halb vier. Sein Nachmieter hätte schon vor einer Stunde zur Schlüsselübergabe da sein sollen. Aber ein Anruf war sinnlos. Das Weihnachtsgeschäft und der Samstagsverkehr hatten in der Innenstadt bestimmt für den üblichen Stau gesorgt. Da gab es kein Entkommen vor Einkaufsgetümmel, Lichterketten und Glühweindämpfen.

Ben wanderte ins Wohnzimmer. Seine Schritte hallten durch die halb leere Wohnung. Im Flur standen griffbereit der Koffer und die Reisetasche, die er als einziges Gepäck in sein neues Leben mitnehmen wollte. Bald würde der graue Tag in einen frühen Abend übergehen. Er hätte schon längst auf der Autobahn sein sollen. Bis Wildmoos waren es gut zwei Stunden Fahrt.

»Es wird scho glei' dumpa, es wird scho glei' Nacht …«

Aus dem ersten Stock tönte mehrstimmiger Chorgesang herauf, gefolgt von Klaviergeklimper und Geigengekratze. Die sechsköpfige Lehrerfamilie in der Wohnung unter ihm begann mit der täglichen Hausmusik. Sie spielten Klavier, Geige und Blockflöte. Spätestens ab November wurde geprobt. Es war zum Verrücktwerden.

Bald fünfzig, frisch geschieden und kinderlos, betrachtete Ben es als Privileg, Weihnachten zu ignorieren und sich ganz seinem aktuellen Buch zu widmen. Normalerweise konnte er Tag und Nacht in den Computer tippen, aber im Advent stand er jedes Mal vor einer Schreibblockade.

»Sti-hille Nacht, hei-lige Nacht …«

Ben lehnte die Stirn an das kalte Glas des Wohnzimmerfensters und schaute auf die Straße hinunter. Im kahlen Geäst der Alleebäume hockten aufgeplusterte Krähen. Mit Einkaufstüten beladene Menschen eilten über die Gehsteige. Die Autos auf der Fahrbahn kamen nur im Schritttempo voran. Nieselregen verschleierte ihre Scheinwerfer, sodass sie wie ertrinkende Sonnen aussahen. Vor dem Haus quälte sich ein klobiger Geländewagen in eine enge Parklücke und brachte damit den übrigen Verkehr zum Erliegen. Autohupen untermalten die Weihnachtsmusik aus dem ersten Stock.

Ben hasste die Hektik der Vorweihnachtszeit. Aber dieses Jahr würde alles anders werden. Keine Parkplatzsuche mehr, kein Smog und kein grauer Großstadtwinter, der ihn wochenlang husten ließ. Vor ihm lag eine besinnliche Zeit in den Salzburger Bergen, erfüllt von Lesen und Schreiben. Er freute sich auf Schneewanderungen in der frischen Luft und ruhige Abende am knisternden Feuer, wenn der Duft nach Bratäpfeln die Stube erfüllte. Oder wenigstens so ähnlich. Jedenfalls Dunkelheit, Stille und Bergweihnacht.

Der Geländewagen hatte es endlich geschafft, sich in die Parklücke zu manövrieren. Sein Fahrer stieg aus und hastete auf den Eingang zu, kurz darauf fiel im Erdgeschoss die schwere Haustür krachend ins Schloss. Dynamische Schritte eilten die Treppen hinauf. Dann trampelte jemand auf den Fußabstreifer vor der Wohnungstür, gleich darauf schrillte die Klingel.

Ben eilte den Flur entlang und riss die Tür auf.

Draußen stand der junge Mann, der die Wohnung als Nachmieter übernehmen würde. »Hi«, sagte er zur Begrüßung.

»Schön, dass Sie da sind.« Ben versuchte, sich seine Ungeduld nicht anmerken zu lassen. Er hatte vollkommen vergessen, wie der Mann hieß.

»Klar doch.« Der Typ sah aus, als wäre er mit einem Hundeschlitten statt mit dem Geländewagen gekommen. Er trug einen blauen Parka mit Fellkapuze, hatte seine dicken Fäustlinge ausgezogen und schlug sie aneinander, als müsste er sie von Eis und Schnee befreien. Der trockene Stoff raschelte wie totes Laub. Dann streckte er die Hand aus. »Sag einfach Flo zu mir.«

In Bens Generation war man mit dem Duzen zurückhaltender. »Schön«, sagte er. Flo, so viel hatte er sich gemerkt, betrieb eine Werbeagentur. »Schneit's?«

Flo lachte und trat in den Flur. »Nee, aber bald.«

Ben führte ihn ins Wohnzimmer. Das alte Fischgrät-Parkett knarrte unter ihren Tritten. »Ein paar Sachen sind halt noch da«, sagte er als Entschuldigung, weil er einfach einen Teil seines alten Lebens in der Wohnung zurückließ. An den hohen Fenstern hingen Silkes scheußliche Vorhänge, und in einer Ecke stand seine lederne Sitzgruppe, die sie ihrerseits nie gemocht hatte. »Und ich habe noch meine Bücherkisten im Keller.« Das war so ausgemacht. Wenn er sich in Wildmoos eingerichtet hatte, würde er die Bücher mit einer Spedition nachholen lassen.

»Cool.« Flo ließ den Blick über die Ledergarnitur wandern. »Geiles Teil. Und sonst hat alles deine Frau mitgenommen?«

»Exfrau«, berichtigte Ben. »So ziemlich.« Inzwischen war er geradezu froh über Silkes Raffgier. Was sollte er in Wildmoos mit den Relikten seiner Ehe anfangen? Er wollte einen völligen Neuanfang machen. »Also, wenn dann alles klar ist …« Er schaute auf die Uhr. »Ich will nicht zu spät los.«

Flo schlenderte zum Fenster und schaute in den Novembertag hinaus. Die kahlen Zweige der Kastanie vor dem Haus verschwammen im feuchten Nebel. »Cool«, wiederholte er. »Und du willst wirklich ganz aufs Dorf ziehen? So richtig und für immer?« Schön blöd, hieß das wohl.

»Ein Schriftsteller braucht Ruhe für seine Arbeit«, klärte Ben ihn auf.

»Ach, nee.« Flo drehte sich um. »Schriftsteller, was? Was schreibst du denn so?«

Ben bemühte sich, nicht gekränkt zu sein. »Englische Krimis – das heißt, Krimis, die in England spielen.« Seine Reihe *Highland-Morde* war regelmäßig in den Bestsellerlisten.

»Sag bloß«, meinte Flo. Er klang nur mäßig interessiert. »Wo willst du denn überhaupt hinziehen?«

»In die Salzburger Berge, nach Wildmoos.«

Flos Brauen schossen in die Höhe. »*Wildmoos*? Hey, das kenn ich. Da war ich mal zum Snowboarden. Tolle Hotels und super Après-Ski. Aber dort leben? Nee, lieber nicht.« Er lachte. »Ich bin halt ein richtiges Münchner Kindl.«

Ben seufzte. »Ich eigentlich auch.«

»Ach ja?« Flo musterte ihn. »Und was treibt dich dann in die Pampa?«

»Ich habe ein Haus geerbt, von einer Großtante.« Mit etwas Stolz fügte er hinzu: »Einen alten Bauernhof.«

»Wow.« Flo nickte. »Echt cool.«

»Ja, eigentlich schon.«

»Kann man toll renovieren so was«, sagte Flo. »Ich kann dir da mal die Handynummer von einem Kunden von mir geben. Der Lorenzo ist Interior Designer und steht total auf solche ...«

»Ich hab's gern original – aber danke.« Die Scheidung hatte Ben fast seine ganzen Ersparnisse gekostet, und die Miete für die große Altbauwohnung, die er jetzt allein zahlte, riss jeden Monat ein Loch in sein laufendes Budget. Der Umzug ins eigene Heim würde eine Entlastung sein. Kostspielige Umbauten zum Landsitz waren nicht vorgesehen. »Der Hof war bis zuletzt bewohnt. Der ist gut in Schuss.«

Als Ben im September den Brief des Wildmooser Anwalts in den Händen gehalten hatte, war er zunächst verwirrt gewesen. Frau Agnes Stadler, so stand da, hatte ihm die Liegenschaft Einöd 3, Wildmoos, Salzburger Land, vererbt. Dr. Zechner hatte eine Kopie des Testaments beigelegt und den Totenschein. Daraus ging hervor, dass eine Überdosis Schlaftabletten in Verbindung mit einem halben Liter Zirbenschnaps die alte Dame umgebracht hatte. Tante Agnes hatte sich bei der Einnahme ihrer Medikamente geirrt. Mit vierundachtzig Jahren konnte das schon mal vorkommen. Die Testamentseröffnung war einen Monat später bei strahlendem Herbstwetter in Wildmoos gewesen. Die Lärchenwälder auf den Berghängen hatten in goldenem Feuer geleuchtet, und auf den Graten des Drachenkopfs hatte erster Schnee gelegen.

»Ich muss los«, sagte Ben. »Sonst wird's zu spät.« Inzwischen war es nach vier, und vor dem Fenster verblasste das letzte Tageslicht. Der Regen war stärker geworden. Unten spielten sie jetzt »I wish you a Merry Christmas«.

»Ich meld mich auf alle Fälle bei dir.« Flo fischte ein Handy aus der Tasche seiner Eskimo-Jacke. »Hast du mal 'ne Nummer?« Er tippte auf der Tastatur herum und gab anscheinend Bens Namen ein.

»Ich muss mir erst ein österreichisches Handy besorgen«, sagte Ben eilig. »Ich schick dir die Nummer einfach, ja?« Den Teufel würde er tun.

»Super«, sagte Flo und strahlte. »Dann komm ich Weihnachten zum Snowboarden.« Er zwinkerte Ben verschwörerisch zu. »Und nicht vergessen – Après-Ski.«

»Ja«, erwiderte Ben. »Cool.«

Natürlich dauerte die Fahrt nach Wildmoos länger als geplant. Der Stau aus München hinaus und der dichte Regen kosteten Ben über eine Stunde Fahrtzeit. Ab dem Chiemsee ging der Regen in Graupelschauer über, und bei Reichenhall schneite es bereits heftig. Hinter Salzburg lag auf der Tauernautobahn eine geschlossene Schneedecke, auf der die Reifenspuren der wenigen Autos, die am Samstagabend bei diesem Wetter unterwegs waren, schon nach kurzer Zeit nicht mehr zu sehen waren. Es war, als läge vor Ben eine neue Welt.

Er warf einen Blick auf die Uhr am Armaturenbrett. Halb sieben. Und noch eine gute Stunde bis Wildmoos. Er hatte vorsorglich Essen für den ersten Abend eingepackt. Hoffentlich war genug Brennholz da für den gemauerten Herd in der Küche, an den er sich erinnern konnte. Dass Tante Agnes auf ihre alten Tage noch eine moderne Kochgelegenheit in ihrem kleinen Hof eingebaut hatte, hielt er für unwahrscheinlich.

Als Kind war Ben ein paarmal auf dem Einödhof zu Besuch gewesen. Er hatte mit dem neuesten Wurf Kätzchen gespielt und sich mit seiner Kusine Lisl gezankt, einer frechen Kröte, deren Eltern das Hotel auf dem Nachbargrund gehörte. Bei der Testamentseröffnung hatte er Lisl, eine elegante Fünfzigerin, die sich heute Elisabeth nannte, wiedergesehen. Aber außer ein paar Höflichkeitsfloskeln hatten sie kaum ein Wort gewechselt. Elisabeth war als Chefin des Hotels Alpenrose im Grunde unabkömmlich, und er selbst hatte eine Lesung in München gehabt. Außer ihm selbst hatte sich anscheinend niemand gefragt, warum Tante Agnes ausgerechnet ihn zum Alleinerben bestimmt hatte.

Der Schneefall wurde immer dichter. Flocken tanzten im Licht der Scheinwerfer und verdichteten sich zu einer undurchdringlichen weißen Wand. Ben setzte sich gerade hin und umfasste das Lenkrad mit beiden Händen. Hin und wieder tauchte ein Straßenschild aus dem Dunkel auf, Buchstaben leuchteten auf und versanken wieder im Niemandsland. Es kam Ben fast wie ein Wunder vor, dass er die richtige Autobahnabfahrt und dann auch noch die Abzweigung nach Wildmoos fand.

Erst wenige Kilometer vor seinem Ziel ließ der Schneefall nach. Schon von Weitem konnte Ben den hell erleuchteten Ort sehen, der wie eine Schüssel voller Gold im verschneiten Talkessel glitzerte. Weißes Flutlicht beleuchtete die steile Skiabfahrt des Drachenkopfs. Auf seinem Gipfel blinkten die Lichter der Bergstation. Die Scheinwerfer der Pistenraupen, die über die Hänge krochen, stachen wie Speere in den schwarzen Himmel.

Die Landstraße führte mitten in den Ortskern von Wildmoos. In Bens Kindheit hatte es nur ein paar kleine Pensionen gegeben, an denen Fahnen mit der Aufschrift *Fremdenzimmer* oder *Zimmer frei* gehangen hatten. Jetzt standen links und rechts der Hauptstraße prachtvolle Häuser im Alpenlandstil, an deren mächtigen Vordächern Lichtergirlanden strahlten. Auf Bens Augenhöhe glitzerten die Lichter von Sportgeschäften, Luxusboutiquen und Après-Ski-Bars. Touristen in Anoraks und Pelzmänteln drängten sich auf den Gehsteigen.

Im Schritttempo fuhr Ben hinter einem Mercedes mit holländischem Nummernschild her. Der Schnee auf der Fahrbahn war zu glattem Eis gepresst, und Ben hoffte, dass der monströse Hummer-Geländewagen hinter ihm rechtzeitig bremsen und nicht seinen alten Volvo niederwalzen würde.

Endlich entdeckte er auf der linken Seite die ehemalige Pension Alpenrose, die nun ein prachtvolles Vier-Sterne-Hotel war. Die weiße Fassade mit den grünen Fensterläden wurde von Scheinwerfern angestrahlt, an den Balkonen hingen Girlanden aus Tannenzweigen und links und rechts vom hell erleuchteten Eingang standen mit roten Kugeln und goldenen Schleifen geschmückte Weihnachtsbäume. Auf dem Hotelparkplatz glänzten teure Geländewagen und Luxuslimousinen.

Gleich hinter dem Hotel bog Ben in eine lange Zufahrt ein. Hier gab es keine Straßenbeleuchtung mehr. Zu beiden Seiten des Weges türmten sich wie in einem Eiskanal Schneewände, die im Scheinwerferlicht des Volvos bläulich schimmerten. Auch wenn der Ort in den letzten Jahren näher an den Hof gerückt war und der Name »Einödhof« nur noch an früher erinnerte, als das Anwesen abgeschieden gelegen war, so hatte Ben doch das Gefühl, als befände er sich auf einer Zeitreise.

Als das alte Holzgebäude schließlich vor ihm auftauchte, wirkte es auf den ersten Blick verlassen. Die dicke Schneehaube, die auf dem First lastete, hing gefährlich weit über die Regenrinnen. Niemand hatte die drohenden Dachlawinen abgeschlagen oder wenigstens die Hauswände zur Warnung mit Stöcken gesichert. Der geschnitzte Balkon hatte so starke Schlagseite, als könnte er jederzeit abstürzen. Die kleinen Holzsprossenfenster waren fast zugeschneit, sicher waren die Fensterläden seit Monaten nicht mehr geschlossen worden. Auf der verwitterten Fassade hingen Schneeschleier, die im Mondlicht glitzerten wie Spinnweben im Altweibersommer. Die Stallscheune auf der rechten Seite des Hofes war nur ein schwarzer Klotz. Ben fragte sich, wie eine alte Frau es Jahrzehnte allein hier ausgehalten hatte. Aber bei Tag und im prallen Sonnenschein würde der urige Charme des Hofes zutage treten.

Die Fenster des alten Bauernhauses waren alle dunkel. Nur im Küchenfenster, das im Erdgeschoss über einer alten Hausbank lag, brannte Licht.

Der Schnee knirschte unter den Reifen, als Ben den Volvo vor dem Hof zum Stehen brachte. Sofort wurden die Vorhänge am Küchenfenster einen Spalt auseinandergezogen, und wenige Augenblicke später öffnete sich die Haustür. Im Rahmen stand, durch das schwache Flurlicht von hinten angestrahlt, die gebeugte Gestalt einer alten Frau. Die eine Hand hatte sie in die Tasche ihrer Kittelschürze gesteckt, mit der anderen beschirmte sie die Augen.

Ben stellte den Motor ab. Dann stieg er aus und streckte seine Glieder, die von der langen Fahrt ganz verkrampft waren. Nach der stickigen Wärme im Wagen traf ihn die Winterluft wie ein Schwall Eiswasser. Die alte Frau rührte sich nicht.

»Guten Abend«, rief Ben. Er war davon ausgegangen, dass

niemand auf dem Hof wohnte. Möglicherweise hatte er sich verfahren. »Das ist doch Einöd 3?«

Die Alte nickte.

»Mein Name ist Ingram.« Vielleicht hatte Tante Agnes, zeitlebens unverheiratet und kinderlos, doch nicht allein gelebt. Zum ersten Mal kam ihm der Gedanke, dass er sich über die Umstände seines Erbes hätte informieren müssen.

Die Frau reckte den Kopf vor und spähte zu ihm hinüber. Das Licht der Autoscheinwerfer ließ Brillengläser aufblitzen. »Sind Sie der Benni?« Ihre Stimme klang misstrauisch.

»Ja.« Ben musste lächeln. Seit vierzig Jahren hatte ihn niemand mehr so genannt. »Genau der.«

Er schlug die Autotür zu und stapfte zur Haustür. Der pulverige Schnee stäubte auf und drang von oben in seine Halbschuhe, wo er sofort zu kalten Rinnsalen schmolz.

»Hallo.« Ben streckte die Hand aus.

Die alte Frau ignorierte seine Begrüßung und starrte ihm ins Gesicht, als versuchte sie, darin zu lesen. »Na so was – der Benni.« Sie zog die Brauen zusammen, dann schüttelte sie den Kopf. »Nett, dass du dich auch mal anschauen lässt.« Ihre Stimme klang abfällig. »Komm rein, so warm is nicht. Und putz dir die Schuhe ab.« Sie trat einen Schritt zurück und gab den Weg frei.

Gehorsam stampfte Ben ein paarmal auf den Gitterrost vor der Tür. Trotzdem hinterließen seine Sohlen Wasserlachen auf den Holzdielen im spärlich erhellten Flur. Die alte Frau brummte missbilligend und schloss die Tür. Mit ihrer mageren Hand fasste sie den Schlüsselbund, der am Schloss hing, und drehte den Hausschlüssel zweimal um. Das Märchen von Hänsel und Gretel schoss Ben durch den Kopf, aber sofort machte er sich klar, dass er die Alte um zwei Köpfe überragte. Manchmal ging seine Erzählerphantasie mit ihm durch.

Im Flur roch es staubig und ein wenig modrig, anscheinend war er schon lange nicht mehr gelüftet worden. Die einzige Beleuchtung waren zwei Wandlampen, deren schwache Birnen hinter vergilbten Pergamentschirmen brannten. Ihr gelbes Licht spiegelte sich in einem verbeulten Zinnteller, der als einzige Zierde auf einer verstaubten Kommode stand. Darüber hing ein stockfleckiger Spiegel, aus dem Ben sein müdes Gesicht entgegenstarrte. Wie immer in letzter Zeit fiel ihm auf, dass sich sein ehemals volles blondes Haar über der Stirn lichtete. Seine von Fältchen umrahmten blauen Augen waren hinter der runden Hornbrille kaum zu erkennen.

Ein Uhrwerk schlug achtmal, so laut, dass die abgestandene Luft zu vibrieren schien. Ben entdeckte eine mannshohe Standuhr, auf deren weißem Emaille-Zifferblatt römische Zahlen aufgemalt waren. Ihr langes Messingpendel zitterte hin und her. Er hatte das Gefühl, als begrüßte ihn ein Lebewesen, das nach dem Tod seiner Tante noch allein den Hof bewohnte.

»Na, so was, der Benni«, sagte die alte Frau, als die Uhr endlich verstummt war. »Oder muss ich jetzt Benjamin zu dir sagen?«

Ben drehte sich zu ihr um und bemerkte, dass sie auf seine Schuhe starrte, von denen geschmolzener Schnee auf den abgetretenen Fleckerlteppich tropfte. »Eigentlich Benedikt – aber Ben tut's natürlich auch.«

»Na, dann bleib ich beim Benni.«

»Natürlich, gern.«

An einigen Stellen war der Teppich aufgeraut, als hätte man ihn mit einer Stahlbürste behandelt. Oder als hätte sich eine Katze die Krallen daran geschärft. Ben dachte an Tante Agnes' Kätzchen. Bei jedem Besuch hatte sie ihm eins angeboten. *Magst ein Katzerl mitnehmen, Benni?* Er wollte immer ein Katzerl mitnehmen, aber natürlich durfte er das nie. Tante Agnes' Katze schien stets nur zwei Junge zu werfen, und die waren dann beim nächsten Besuch verschwunden. Seine kindlich naiven Fragen nach dem Verbleib der Kätzchen waren immer ausweichend beantwortet worden.

»Ich hab in der Küche Feuer gemacht.« Die zierliche alte Frau ging ihm kaum bis zur Schulter und hielt sich ein wenig vorgebeugt. Ihr weißes Haar war zu einem Knoten gebunden. Die Brille mit dicken runden Gläsern gab ihr ein eulenhaftes Aussehen. »Die Stube hab ich nicht eingeheizt. Das kannst selbst machen.« Sie hob das Kinn und drückte die Brille mit dem Zeigefinger auf ihre spitze Nase.

»Mach ich, klar, mach ich.« Erleichtert rieb Ben seine kalten

Hände aneinander. Die Alte schien zum Glück nicht im Haus zu wohnen. »Und Sie sind ...?«

»Josefa, die Nachbarin.« Die Frau musterte ihn. »Wirst dich nicht mehr an mich erinnern, was?«

»Ehrlich gesagt ...«

»Macht nix.« Josefa drehte sich um und humpelte zu der Tür auf der rechten Seite. Ihre Füße steckten in halbhohen Schnürstiefeln. Die Sohle unter dem rechten Schuh war gute zehn Zentimeter höher als die unter dem linken, und das Leder sah aus, als umschlösse es einen Ball. Josefa hatte einen Klumpfuß. »Ich bin nur herübergekommen, um den Burli zu füttern. Die Lisl war heut Nachmittag auch schon da.« Sie drückte die Küchentür auf.

»Ah, ja.« Ben folgte Josefa.

Die Küche sah noch genauso gemütlich aus, wie er sie in Erinnerung hatte. An der Wand gegenüber der Tür befand sich der gemauerte Herd mit den schwarzen Eisenringen auf den Kochplatten. Rundherum lief eine Messingstange, an der immer Küchentücher und Wäsche zum Trocknen gehangen hatten. Jetzt war die Stange leer. Auf einem langen Brett über dem Herd reihten sich Porzellandosen, auf denen in verschnörkelter Schrift der Inhalt aufgemalt war. *Kaffee, Zucker, Tee, Kümmel, Majoran* konnte Ben lesen. Auf dem Boden stand eine Kiste mit Brennholz. Auf den rissigen Scheiten lag quer eine Axt mit einem roten Stiel.

Durch das Glas einer alten Anrichte auf der linken Seite des Zimmers glänzten bemalte Tassen. Zur Rechten führte das Küchenfenster hinaus auf den Vorplatz, sodass man Besucher rechtzeitig im Blick hatte. Die grob gewebten Leinenvorhänge waren zugezogen.

Mitten im Raum stand der große Holztisch, an dem Ben als Kind Kakao und frisch gebackene Krapfen bekommen hatte. Jetzt prangte dort ein gewaltiger Blumenstrauß aus rosa Weihnachtssternen, mit Glitzerdraht umwickelten Zimtstangen und goldenen Weihnachtskugeln. In dieser schlichten Umgebung wirkte der Strauß so deplatziert wie eine Frau im Abendkleid neben Josefa mit ihrer Kittelschürze. Über einem Stuhl hing ein zerdrückter Lodenmantel.

Ben drehte sich zu Josefa um und begegnete ihrem aufmerksamen, suchenden Blick. »Und«, erkundigte er sich, »Sie sind meine Nachbarin?« Soziales Miteinander war sicher einer der Vorzüge des Landlebens, aber er war unter anderem nach Wildmoos gezogen, um seinen Münchner Mitbewohnern zu entkommen.

»Die Agnes und ich sind zusammen zur Schule gegangen.« Josefa lehnte sich gegen die Kante des Küchentischs und verschränkte die Arme vor der mageren Brust. »Zur Volksschule.«

»Aha.« Ben hatte das Gefühl, als wären seine Glieder nach der anstrengenden Fahrt aus Blei. Hoffentlich gab es in diesem Haus warmes Wasser und eine Badewanne. »Dann waren Sie sozusagen Freundinnen.«

»Könnt man so sagen, ja.« In ihrer Stimme lag leise Verachtung. Anscheinend traf der von Ben gewählte Ausdruck nicht annähernd das Verhältnis der beiden. »Wie lang willst denn bleiben?«

Ben zuckte die Schultern. »Für immer«, meinte er.

»Hast dich lang nicht anschauen lassen«, sagte sie.

»Ich habe Tante Agnes ja nicht so gut gekannt.« Als Teenager hatten Ben die Besuche in Wildmoos angeödet. Er mochte weder das schwere Essen noch den forschenden Blick seiner Tante. Lieber war er in München geblieben und mit seinen Freunden in die Pizzeria gegangen. Und die Katzerl hatten irgendwann auch ihren Reiz verloren.

»Was hat dir der Simon denn von Wildmoos erzählt?«, fragte Josefa. »Oder – von der Familie?«

Ben meinte, etwas Lauerndes in ihrer Stimme zu hören. »Mein Vater war nicht sehr redselig«, sagte er. Ihre Neugier nervte ihn. Von jedem Besuch in Wildmoos war sein Vater wortkarger zurückgekehrt. In einem stillschweigenden Übereinkommen waren sie irgendwann beide nicht mehr hingefahren. »Jedenfalls bin ich jetzt hier. Ich brauche nämlich ganz viel Ruhe für meine Arbeit.«

Josefa hob die Brauen, sodass sie über den Rand ihrer Brille hinaufwanderten. »Was arbeitest du denn?«

Tante Agnes hatte seinen Erfolg also nicht für wichtig genug gehalten, um ihrer Freundin davon zu erzählen. Worüber unterhielten sich zwei alte Jungfern eigentlich?

»Ich bin Schriftsteller«, sagte Ben.

Josefas Brauen sanken wieder. »In echt?« Das klang so begeistert, als hätte er ihr gestanden, er lebe vom Straßenraub. »Und dafür brauchst Ruhe? Hier?« Sie lachte herzhaft. Ben hatte keine Ahnung, was die Alte so amüsierte. »Na, da wirst dich anschauen.«

Wie zur Bestätigung ihrer Worte war draußen das Geläut von Kuhglocken zu hören. Sie schienen weit entfernt, denn ihr Klang war leise, dabei rhythmisch. Josefa runzelte die Stirn und schaute zum Fenster hinüber.

Ben kam ein furchtbarer Verdacht. »Tante Agnes hat doch nicht etwa Kühe?«, entfuhr es ihm. Das fehlte ihm noch. In seinem Traum vom Landleben kamen Stallausmisten und Kühemelken nicht vor.

Josefa steckte die Hände in die Taschen ihrer Kittelschürze. »Na, sicher nicht. Vieh gibt's auf dem Hof seit fünfzig Jahren nicht mehr.«

Das Geläut schwoll an, blechern, durchdringend und unglaublich laut. »Klingt aber wie Kuhglocken.«

»In ein paar Tagen is der fünfte«, sagte Josefa, als würde das alles erklären. »Erste Raunacht.«

Ben war immer noch nicht schlauer. »Was heißt das?«

»Das is einfach so ein Brauch.«

Draußen bellte ein Hund, und ein Mann rief ihn zur Ordnung. Kam der Lärm jetzt nicht aus dem Hof? Ben ging zum Fenster und zog den dicken Leinenvorhang beiseite. An den Fenstern waren Gitter angebracht. Durch die verbogenen Streben konnte er Fackeln erkennen, in deren zuckendem Schein wilde Gestalten in einem Veitstanz herumwirbelten.

Ein als riesiger Vogel Maskierter drehte sich um sich selbst, sodass die langen Federn seines Kostüms wie Speerspitzen von ihm abstanden. Eine Hexe vollführte Luftsprünge, während sie mit einem alten Reisigbesen den frisch gefallenen Schnee zusammenkehrte. Da gab es eine überlebensgroße Ziege, einen schwarz gewandeten Trommler und eine Figur, die wie ein wandelnder Baum aussah. Um die ganze Gruppe herum rannte ein Teufel in zottigem schwarzem Fell, eine furchterregende Holzmaske vor dem Gesicht und mit vier gedrehten Hörnern auf dem Kopf. An seinem Gürtel hingen Kuhglocken, die bei jedem seiner Schritte ein rhythmisches Läuten von sich gaben. Es sah aus, als hätte sich die Hölle aufgetan.

Ben drehte sich zu Josefa um. »Was ist denn das? Ist hier Karneval?«

Statt einer Antwort hob Josefa den Zeigefinger und bedeutete ihm, ruhig zu sein. Jetzt erhob sich schauriger Gesang im Hof. Das Trommeln und der Klang der Glocken wurden lauter.

»*Glück hinein, Unglück heraus, es zieht die Wilde Gjoad ums Haus.*«

Ben schaute wieder aus dem Fenster. Die Gruppe hatte sich in einer Reihe formiert und zog zur Einfahrt hinunter. An ihrem Ende lief ein Mann mit einem Stock, der an einer langen Kette einen als Bären Maskierten führte. Ein Wolf, oder wohl eher ein schwarzer Schäferhund, bildete die Nachhut.

»*Glück hinein, Unglück heraus, es zieht die Wilde Gjoad ums Haus ... Glück hinein, Unglück heraus ... ums Haus ...*«

Die wilden Gestalten verschwanden in der Dunkelheit, und ihr Gesang wurde immer leiser, bis er endlich ganz verstummte. Erst als in der Küche nur noch das Knistern des Herdfeuers zu hören war, drehte Ben sich zu Josefa um.

»Das war ja toll«, sagte er. Gleich am ersten Abend war er auf ein faszinierendes Brauchtum gestoßen. Ein gutes Omen für den Beginn seines neuen Lebens, fand er.

Josefa machte den Mund auf, als wollte sie etwas sagen, überlegte es sich dann aber offenbar anders und meinte nur: »Die Lisl hat dir Essen aus dem Hotel gebracht. Und die schönen Blumen da sind auch von ihr.« Sie nahm den Lodenmantel vom Stuhl und zog ihn umständlich über. »Ich geh dann mal, Zeit wird's.« Sie fischte ein rotes Kopftuch aus einer Manteltasche und band es sich um den Kopf. Jetzt sah sie aus wie Rotkäppchens Großmutter. »Und dass du mir nicht vergisst, den Burli zu füttern.«

In Bens Erleichterung über ihren Abgang mischte sich Unruhe. »Und wer ist der Burli?«

Josefa schüttelte den Kopf. »Die Agnes hat schon recht gehabt. Von der Familie hat sich nie wer um sie gekümmert. Nur immer, wenn's was wollen haben.« Wieder richtete sie diesen suchenden Blick auf Bens Gesicht. »Der Burli is die Katz«, sagte sie endlich in abschließendem Ton, in dem eine Spur Enttäuschung mitschwang. Offenbar hatte sie sich den Neffen ihrer besten Freundin anders vorgestellt.

»Der Burli also«, wiederholte Ben mechanisch. *Magst ein Katzerl mitnehmen, Benni?* Jetzt bekam er also doch noch sein Katzerl.

»Also, mach's gut.« Josefa drehte sich auf dem linken Fuß um und hinkte aus der Küche, wobei sie ihren Klumpfuß etwas nachzog. Kurz darauf klappte die Eingangstür. Der Schlüsselbund schlug scheppernd gegen Metall.

Als Ben wenig später zu seinem Auto ging, um das Gepäck zu holen, hatte der Schneefall ganz aufgehört. Die Luft war schneidend kalt und die weiche weiße Decke im Hof begann schon zu gefrieren. Eiskristalle glitzerten im Licht des Mondes, der umgeben von Sternen am schwarzen Winterhimmel schwamm, als triebe er in einem Polarmeer.

Das Flutlicht auf der Drachenkopfabfahrt war erloschen. Nur ein paar vereinzelte Lichter brannten noch links und rechts von der Schneefläche. Die langen Lichtkegel der Pistenraupen tasteten sich durch das Dunkel. Das Hotel Alpenrose leuchtete wie ein Schiff in der Nacht.

Vorsichtig, um nicht auszurutschen, balancierte Ben zu seinem Wagen. Auf dem Dach des alten Volvos lag eine weiße Haube. Als Ben die Tür aufmachte, rieselten Schneekristalle herab und schienen seine Haut mit eisigem Feuer zu verbrennen. Schnell schnappte er sich seinen Koffer und die Reisetasche und machte sich auf den Rückweg zum Haus.

Erst jetzt bemerkte er die dunkle Spur, die die tanzenden Gestalten über den Hof gezogen hatten. Das Profil schwerer Stiefel hob sich deutlich im frischen Schnee ab. An manchen Stellen konnte er die halbmondförmigen Wischspuren erkennen, die die Hexe mit ihrem Reisigbesen hinterlassen hatte. Und darüber die Abdrücke gespaltener Hufe. War das die Ziege gewesen oder der Kerl im Teufelskostüm?

Vor der Holzbank unter dem Küchenfenster war der Schnee stellenweise weggescharrt. Auch hier fand Ben Abdrücke der gespaltenen Hufe. Jemand musste eine Weile dort gestanden und ihn beobachtet haben. Ben hatte niemanden bemerkt. Er fasste sein Gepäck fester und ging schnell ins Haus. Dann verschloss er die Tür sorgfältig zwei Mal, so wie Josefa es getan hatte.

Klamm und fremd wie ein lange nicht getragener Mantel umfing ihn das alte Haus. Bis auf das Ticken der Standuhr war es totenstill. Das Zifferblatt zeigte halb neun.

Vor Ben lag eine lange, einsame Winternacht. In München waren die Straßen um diese Zeit noch voller Leben, und die Menschen trafen sich zum Abendessen oder zu einem Theaterbesuch. Seine Altbauwohnung war warm und gemütlich. Und vor allem vertraut. Wenn er sich jetzt ins Auto setzte, konnte er vor Mitternacht zu Hause sein. Aber er hatte keinen Schlüssel, es war ja nicht mehr seine Wohnung. Zum ersten Mal fragte sich Ben, ob die Entscheidung, alle Brücken hinter sich abzubrechen und auf einen fünfhundert Jahre alten Bauernhof zu ziehen, richtig gewesen war.

Die abgestandene Luft im Flur roch nach Staub, und zwischen den alten Dielen schien der Geruch nach feuchter Erde hervorzukriechen. Das Ticken der Uhr wurde lauter und zerrte an seinen Nerven. Ben spürte ein Kribbeln im Nacken.

Er ließ sein Gepäck mitten im Flur stehen und ging in die Küche. Ohne Josefa wirkte der Raum leer. Aber das Feuer im Herd knisterte und knackte, und die Blumen auf dem Tisch verbreiteten einen warmen Zimtgeruch. Heimeliger Weihnachtsduft erfüllte die Luft. Er musste bald einmal Bratäpfel machen.

Im Kühlschrank fand Ben eine kalte Platte mit italienischen Antipasti und französischem Käse und eine Stange Baguette. Dazu eine Schüssel mit exotischem Fruchtsalat und eine Flasche Weißwein. Sicher fanden die eleganten Gäste der Alpenrose heute Abend auf dem Hotelbuffet dasselbe Essen vor. Ben wäre eher nach einer heißen Suppe gewesen. Und er wollte auch keinen Wein. Eine Tasse Tee könnte er jedoch vertragen.

Ben durchsuchte die Küchenschränke, bis er einen abgeschlagenen Wasserkessel mit einer Signalpfeife fand. Aber in der Porzellandose mit der Aufschrift *Tee* waren nur noch ein paar grüngraue Krümel. Dann würde ihm eben für heute Abend ein Glas Wasser genügen. Auf dem Land musste man improvisieren können.

Der Wasserhahn war so fest zugeschraubt, dass es Ben einige Mühe kostete, ihn aufzudrehen. Es gurgelte in der Leitung und plötzlich spritzte das Wasser in alle Richtungen. Das Sieb musste total verkalkt sein. Schnell hielt er das Glas unter den Hahn und ließ es, so gut es ging, volllaufen. Dann nahm er einen Schluck. Und spuckte ihn sofort wieder aus.

Was war das?

Das Wasser schmeckte erdig, nein metallisch. Als hätte man sich auf die Zunge gebissen und tränke jetzt verdünntes Blut. Ben schüttelte sich vor Ekel. Im nächsten Moment ging ihm die ganze Tragweite seiner Entdeckung auf. Die Rohre auf dem alten Bauernhof waren nicht verkalkt, sondern verrostet. Bestimmt hatte sich ein Stück Rost gelöst und das Sieb unter dem Wasserhahn verstopft. Gleich am Montag musste er einen Installateur anrufen. Das fing ja gut an. Nun brauchte er doch einen Schluck Wein.

Er war auf dem Weg zum Kühlschrank, als er hinter sich ein Geräusch hörte. Etwas kratzte am Fenster. Ben fuhr herum. Der Anblick, der sich ihm bot, ließ ihn erstarren.

Durch die Gitter lugte eine Teufelsfratze.

Zotteliges Fell bedeckte einen riesigen Kopf, aus dem vier gedrehte Hörner wuchsen. Rote Augen rollten in einem zur Grimasse verzogenen Gesicht. Aus dem weit aufgerissenen Maul ragten messerscharfe Fangzähne.

Das Ungeheuer drückte die Stirn gegen das Fenstergitter und starrte Ben an. Dann schob es langsam eine krallenbewehrte Klaue über den Sims und klopfte gegen die Scheibe.

DREI

Am nächsten Morgen strahlte die Wintersonne von einem wolkenlos blauen Himmel, fand ihren Weg durch das schlierige Glas der Fenster in das staubige Innere des alten Bauernhauses und weckte Ben, der im ersten Stock wie ein Toter unter einem schweren Federbett schlief. Noch halb im Schlaf warf er einen Blick auf seine Armbanduhr, die er am Vorabend auf den Nachttisch neben eine Lampe mit gewelltem Milchglasschirm gelegt hatte. Überrascht stellte er fest, dass es schon fast neun Uhr war. Normalerweise war er ein Frühaufsteher und begann seinen Arbeitstag spätestens um acht. Aber er hatte so tief und traumlos geschlafen wie in München seit Monaten nicht mehr. Die Ruhe und die gute Bergluft zeigten schon Wirkung.

Nach einem ausgiebigen Bad in der herrlich tiefen Badewanne auf Klauenfüßen, die das Prunkstück in Tante Agnes' altertümlichem Badezimmer war, beschloss Ben, sein neues Zuhause bei Tageslicht in Augenschein zu nehmen.

Im ersten Stock, so stellte er fest, gingen sein Schlafzimmer, das wohl nachträglich eingebaute Bad und noch ein weiterer Raum auf den Balkon und damit auf den Vorplatz hinaus. Die Tür des zweiten Zimmers war verschlossen. Auf der Rückseite des Hofs gab es drei Zimmer. Darin standen durchgelegene Betten und billiges Mobiliar aus den fünfziger Jahren. Die Zimmer waren kalt, ungelüftet und staubig.

Ben stieg die Treppe ins Erdgeschoss hinab. Hier lag gegenüber der Küche die Stube, die Josefa erwähnt hatte. Als er die Tür öffnete, sah er auf den ersten Blick, dass seine Tante Agnes dieses Zimmer seit Jahren nicht mehr benutzt hatte. Es roch muffig und ein wenig säuerlich. Schwere dunkle Möbel, vielleicht vom Anfang des zwanzigsten Jahrhunderts, zeugten vom Wohlstand der Bauernfamilie und ihrem Wunsch nach Bürgerlichkeit. Eine Kredenz mit hohem geschnitztem Aufsatz und blindem Glas, hinter dem sich schemenhaft weißes Geschirr mit Goldrand abzeichnete, beherrschte das Zimmer. Auf einem Schrank mit

Doppeltüren thronte ein geschnitzter Adler. Ein Sofa mit hoher Lehne und zwei Sessel waren mit groben Leintüchern abgedeckt, deren kunstvolle Spitzensäume vergilbt waren. Auf dem Boden lag ein Orientteppich. Sein ehemals rot-blaues Muster war an den Stellen, die das Tageslicht erreichte, verblasst und nur noch zu erahnen. Eine weiße Staubschicht lag über allem, als wäre das Zimmer in einem Eispanzer eingefroren. Der Herrgottswinkel, sonst unverzichtbarer Bestandteil jeder Bauernstube, fehlte.

Ben zog die Tür wieder zu und ging in den einzigen Raum seines neuen Zuhauses, der Wärme und Gemütlichkeit versprach: die Küche. Er schaffte es problemlos, den alten Herd zu befeuern. Es kam ihm wie ein erster Sieg des Tages und wie ein gutes Omen für seinen Neustart in Wildmoos vor. Aber als er Tante Agnes' verbeulten Wasserkessel in die Hand nahm, um seinen Morgenkaffee zu kochen, fiel ihm ein, dass die Wasserleitungen verrostet waren. Kurzerhand beschloss er, seinen Kaffee im Ort zu trinken. Dabei konnte er sich gleich bei seiner Cousine Elisabeth für das Essen und den Willkommensstrauß bedanken.

Ben trat vors Haus ins helle Tageslicht. In der Nacht musste es wieder geschneit haben. Die Stiefelspuren und die Abdrücke der gespaltenen Hufe waren unter einer pudrigen weißen Schicht verschwunden, fast so, als wären die wilden Gestalten nur ein Traum oder ein nächtlicher Spuk gewesen. Stattdessen war deutlich Autolärm von der nahen Hauptstraße zu hören. Der Zauber der Winternacht war dem geschäftigen Morgen gewichen.

Mit leisem Bedauern stapfte Ben die Einfahrt entlang. Rechts von ihm erhob sich hinter einer Fichtenhecke das Hotel Alpenrose. Die grünen Fensterläden waren geöffnet, und der weiße Putz strahlte in der Sonne. Masten mit bunten Fahnen stachen in den blauen Himmel. Einst hatte der Grund, auf dem das Hotel stand, zu dem bäuerlichen Anwesen des Einödhofs gehört. Bens Urgroßvater hatte das Erbe unter seinen drei Töchtern aufgeteilt. Agnes hatte den Hof bekommen, Maria den Grund für eine kleine Frühstückspension und Bens Großmutter, Eva, war mit einem Geldbetrag in die Stadt gegangen.

Auf der Hauptstraße wandte sich Ben gleich nach rechts und ging die Hoteleinfahrt hinauf. Eine Luxuslimousine parkte direkt vor dem Eingang. Zwei Pagen in grüner Livree waren dabei, Koffer, Reisetaschen und Kleidersäcke aus dem Kofferraum zu holen und auf einen Gepäckwagen zu laden. Ein dicker Mann, die Hände in die Seiten gestemmt, überwachte die Transaktion, während seine junge Frau hinter ihm stand und zwei Skilehrern zulächelte, die auf der Bank neben dem Eingang saßen und auf ihre Privatkunden warteten. Ben musste über eine Reisetasche mit Initialen-Logo steigen, was ihm einen unfreundlichen Blick des Eigentümers eintrug.

In der Halle des Hotels Alpenrose wimmelte es von Menschen. Skifahrer schleppten ihre Bretter zum Ausgang und in den strahlenden Sonnenschein, gerade angekommene Gäste in Daunenjacken und Pelzmänteln belagerten die Rezeption. Zwei Hausmeister stapelten Gepäck vor den Aufzügen. Die karierten Sofas und Ohrensessel, die in Gruppen in der Lobby standen, waren alle besetzt. Lautes Stimmengewirr erfüllte die überheizte Luft.

Ben blieb neben dem mit roten Kugeln und Kerzen geschmückten Weihnachtsbaum stehen, dessen Spitze nur wenige Zentimeter unter der hohen Decke endete.

Seit er das letzte Mal in der Alpenrose gewesen war, hatte sich einiges verändert. Statt der schmiedeeisernen Lampen hingen jetzt glitzernde Kristallleuchter von der Decke herab, Ölbilder in Goldrahmen hatten die billigen Stiche an den Wänden ersetzt. Lampen mit rot-grün karierten Schirmen standen auf Biedermeierkommoden und Beistelltischchen. Ihre Messingfüße glänzten um die Wette mit den vielen Silberschalen, in denen sich rote Äpfel türmten. Ben zog die Handschuhe aus und stopfte sie in die Tasche, dann knöpfte er seinen Lammfellmantel auf und ging zur Rezeption.

Auch hier hatte die neue Zeit Einzug gehalten. Statt eines einzigen netten Dorfmädels kümmerten sich jetzt mehrere junge Damen um die Gäste. Und sie trugen auch kein billiges Dirndl mehr, sondern schwarze Hosenanzüge und ein Dauerlächeln. Keine Frage, die Pension Alpenrose war zum Vier-Sterne-Hotel geworden. Superior, vermutlich.

Ben schob sich zwischen eine Frau im Nerzmantel und eine im Fuchspelz und legte die rechte Hand wie einen Anker auf den

Tresen. Eine der jungen Damen hinter der Rezeption wandte ihm sofort ihr lächelndes Gesicht zu.

»Guten Morgen«, sagte sie gut gelaunt. Auf dem Messingschild auf ihrer Brust stand *Stefanie*. »Willkommen in der Alpenrose. Hatten Sie eine gute Anreise?«

»Ja, danke, Stefanie.« Ben trat ein wenig beiseite. »Ingram ist mein Name. Ich bin mit der Frau Stadler verabredet.«

Stefanies Lächeln wurde breiter, der Ausdruck ihrer Augen kühler. »Herr Ingram, natürlich. Die Frau Chef wartet schon in der Raucherlounge auf Sie.« Hastig setzte sie hinzu: »Um diese Zeit wird in der Regel nicht geraucht. Sie sind dort einfach ungestörter.« Sie wies in einen Gang, der sich neben den Liften befand.

Ben bedankte sich und machte sich auf den Weg in die angegebene Richtung. Aber er hätte sich auch an den zahlreichen Messingschildern orientieren können, die an jeder Wand zum Speisesaal, ins Hallenbad oder zu den Seminarräumen wiesen. An den Türen stand *Luis Trenker, Reinhold Messner* und *Mont Blanc*.

Die Raucherlounge befand sich am Ende eines langen Ganges und ging auf die Hotelterrasse hinaus. Schon durch die gläsernen Türen konnte Ben eine hohe Fensterfront sehen und dahinter eine Reihe Sonnenliegen, die zum Drachenkopf hin ausgerichtet waren. Zwei Hausmeister in langen blauen Schürzen waren dabei, mit Reisigbesen den über Nacht gefallenen Schnee wegzukehren.

Ben klopfte an und drückte die Klinke hinunter. Die Raucherlounge war in strahlendes Morgenlicht getaucht, das nicht zu den dunklen Möbeln und Bücherregalen passen wollte. Der Raum war für Abende am Kaminfeuer eingerichtet. Jetzt war die Feuerstelle bis auf einen Rest weißer Asche leer. Kalter Zigarettenrauch lag in der Luft und hing wie ein zarter Schleier vor den silbergerahmten Fotos auf dem Kaminsims.

Elisabeth Stadler saß auf einem der wie poliert glänzenden braunen Chesterfield-Sofas und war in die Lektüre der Tageszeitung vertieft, die auf dem Tischchen vor ihr lag. In der einen Hand hatte sie eine große Teetasse, mit der anderen hielt sie eine Ecke der Zeitung fest.

Bei Bens Eintritt hob sie den Kopf und starrte ihn einen Moment lang aus ihren hellblauen Augen an. Sie war kaum geschminkt und trug das platinblonde Haar straff zu einem Knoten gebunden, was ihr das Aussehen einer Ballerina gab, die ihre große Zeit hinter sich hatte. Ben wusste, dass sie Anfang fünfzig war, aber ihr glattes Gesicht war weder jung noch alt, sondern wirkte seltsam alterslos.

»*Benni!*« Elisabeth stellte ihre Tasse auf ein silbernes Teetablett auf dem Sofatisch und sprang auf. Ihr hagerer Körper steckte in einem schwarzen Trachtenkostüm aus Wildleder, das sie noch blasser machte, als sie es ohnehin war. In der Brusttasche ihrer Jacke bauschte sich ein weißes Spitzentaschentuch. »Willkommen daheim.« Sie öffnete die Arme.

Überrascht über den warmen Empfang, ging Ben zu ihr hinüber, ließ sich umarmen und auf beide Wangen küssen. Er hatte Mühe, das bösartige Mädchen von einst mit der herzlichen Frau von heute in Einklang zu bringen. Die Elisabeth seiner frühesten Erinnerungen war ein schmächtiges, hinterhältiges Kind, jederzeit bereit, dem Cousin aus der Stadt einen Streich zu spielen oder ihn wegen eines harmlosen Vergehens bei den Erwachsenen anzuschwärzen.

»Setz dich doch.« Elisabeth deutete auf das gegenüberliegende Sofa. »Wie geht's dir denn in deinem neuen Heim?«

»Prima.« Ben zog den Lammfellmantel aus und warf ihn über eine Sofalehne. Er ließ sich auf das gesteppte Leder fallen. »Die traumhafte Landschaft, die herrliche Luft – ich glaube, ich habe wirklich das große Los gezogen. Und ich schlafe hier wie ein Bär.«

»Das hören wir von unseren Gästen immer wieder gern.«

»Na hör mal«, protestierte er. »Ich bin quasi Wildmooser und zu meinen Wurzeln zurückgekehrt. Ich bin doch kein Gast.«

»Natürlich nicht.«

»Bisher lässt sich jedenfalls alles ganz wunderbar an.«

»Schön.« Sie musterte ihn. »Hast du das Essen im Kühlschrank gefunden?«

»Doch, danke dafür.« Dann fiel ihm etwas ein. »Das einzige Problem scheint die Wasserleitung zu sein.«

Elisabeths Brauen schossen in die Höhe. »Wieso?«

»Sie ist verrostet. Das Wasser schmeckt metallisch, und es riecht ein wenig modrig.« Er lachte. »Ach ja, und gestern Abend hatte ich Besuch vom Teufel.«

Elisabeth starrte ihn an. »Vom Teufel?«, fragte sie. Dann erschien ein wissendes Grinsen auf ihrem Gesicht. »Du meinst wohl von der Wilden Gjoad?« Sie fing an zu lachen.

»Genau, von denen.« Ben dachte an die tanzenden Gestalten im Hof. »Es war einfach toll.«

»Ist ein alter Brauch.« Ohne es zu ahnen, wiederholte Elisabeth Josefas Worte vom Vorabend. »Die jungen Burschen ziehen als Geisterzug verkleidet durch die Raunächte. Du solltest stolz sein, dass sie dich gleich besucht haben.«

»Ach ja?«

»Es bringt Glück – das hast du sicher nur Tante Agnes zu verdanken. Die hat den Burschen immer was zugesteckt.« Elisabeth deutete auf die aufgeschlagene Zeitung vor sich. »Ich nehme an, du hast die Wildmooser Nachrichten noch nicht gelesen?«

»Ich wusste nicht mal, dass es Wildmooser Nachrichten gibt«, sagte er. Er ließ seinen Blick zum Kamin wandern. Zwischen sepiafarbenen Skifahrerfotos und einem bunten Hochzeitsbild entdeckte er auch eine Aufnahme von sich selbst. Es war das schwarz-weiße Autorenfoto, auf dem er das Kinn in die Hand stützte, mit der er eine teure Füllfeder hielt. Mit leicht gerunzelter Stirn blickte er am Betrachter vorbei, was ihm einen Hauch von Hemingway verlieh, wie er fand. Und das Foto war signiert. Wo hatte Elisabeth das wohl her?

»Liest du meine Bücher?«, erkundigte er sich.

Aber Elisabeth hörte ihm gar nicht zu. Sie zupfte am Seitenrand der Zeitung herum. »Wir haben einen Todesfall in der Familie«, sagte sie. »Ist heute der Aufmacher. Der ganze Ort redet schon drüber.«

»Etwa hier im Hotel?«

»Meine Schwiegertochter.« Sie schluckte. »Ein Lawinenabgang. Gestern Nachmittag.«

»*Was?*« Ben erinnerte sich, dass Elisabeth verwitwet war und einen Sohn hatte. Aber von einer Schwiegertochter hatte er nichts gewusst. »Das ist ja schrecklich.«

Elisabeth zog das weiße Spitzentaschentuch aus der Brusttasche, schüttelte es aus und presste es an die Nase. »Chris und Tess waren so glücklich. Sie war so ein nettes Mädchen. Die

Bergrettung hat stundenlang nach den beiden gesucht. Chris konnte sich gerade noch unter einen Felsen retten. Aber bis sie Tess gefunden und ausgegraben haben, war's schon zu spät.« Sie betupfte sich die Augenwinkel mit dem Taschentuch.

Auf eine Familientragödie gleich am ersten Tag war Ben nicht gefasst. »Ich habe gelesen, dass der Schnee von so einer Lawine hart wie Beton wird«, sagte er etwas hilflos.

»Tess ist dadrunter erstickt. Ich weiß gar nicht, wie ich ihren Eltern gegenübertreten soll.« Sie kniff die Augen zusammen und fing an zu schluchzen. »Ich dachte, du wärst deswegen gekommen.« Sie tupfte sich noch eine unsichtbare Träne aus dem Augenwinkel und schüttelte den Kopf. »Tess war so eine gute Skifahrerin. Obwohl sie doch gar nicht von hier war.«

»Ach, nicht?«

Elisabeth ließ ihr Taschentuch sinken und schaute ihn erstaunt an. »Tess war doch aus Deutschland. Ich dachte, du wüsstest das.« Es klang ein wenig indigniert. »Sie war eine geborene Hartmann aus Frankfurt.« Der Stolz in ihrer Stimme deutete an, dass es sich bei der Verstorbenen um eine besondere Partie gehandelt hatte. »Hartmann European Real Estate. Ihre Eltern haben das Chalet gebaut, in dem Chris und Tess leben – lebten.« Ihrem Tonfall nach zu schließen, war auch dieses Chalet etwas Besonderes. »Chris ist am Boden zerstört. Er glaubt, dass er schuld an dem Unglück ist.«

»Was – an dem Lawinenabgang?«

»Das Wetter war nicht so toll, und Chris hatte eigentlich keine Lust zum Skifahren gehabt.« Sie stieß einen tiefen Seufzer aus. »Aber er hat sich bei Tess einfach nicht durchgesetzt. Hat er ja nie.« Auf ihrem Gesicht erschien ein schmerzliches Lächeln. »Tess ist praktisch in Wildmoos aufgewachsen, weißt du? Ihre Eltern hatten das schöne Haus hier, und sie war in allen Ferien da. Sie und Chris kannten sich schon als Kinder.« Sie zupfte an der Spitze ihres zerknüllten Taschentuchs herum. »Im letzten Sommer haben sie geheiratet. Es war so eine wunderschöne Hochzeit.«

Sie stand auf, ging zum Kamin hinüber und nahm das Hochzeitsbild vom Sims. Eine Weile schaute sie versonnen darauf, dann trat sie zu Ben und reichte ihm den schweren Silberrahmen. »Waren sie nicht ein schönes Paar?«

Ben nahm das Foto und wollte schon pflichtschuldig zustimmen, als er stutzte. Der attraktive Bräutigam im Trachtenjanker strahlte routiniert in die Kamera wie ein Filmstar, der auf Kommando ein Lächeln anknipst. Die Braut im weißen Dirndl strahlte auch, nur entblößte sie dabei ein Pferdegebiss über einem vorstehenden Kinn. Ein Kranz aus Orangenblüten saß auf ihrem kunstvoll geflochtenen Haar. Der breite Rücken einer Hakennase, die das Gesicht beherrschte, verlieh ihren eng stehenden Augen einen rührenden Silberblick. »Ach«, sagte Ben nur. »Das ist Tess?«

»Ja, sie war einfach zauberhaft.« Elisabeth seufzte wieder und kehrte zu ihrem Sitzplatz zurück. »Ich mache mir solche Sorgen um Chris. Der ist am Boden zerstört und macht sich nur noch Vorwürfe.«

Ben schaute von dem Foto auf. »Quatsch. Wer kann denn einen Lawinenabgang voraussahnen?«

»Ja«, sagte Elisabeth. »Da hast du vollkommen recht.« Ein Lächeln huschte über ihr Gesicht.

Auf der Terrasse waren Stimmen zu hören. Eine Frau im weißen Anorak und mit kurzen dunklen Locken unterhielt sich mit einem der Hausmeister. Sie hatte ein paar Zeitschriften unter dem Arm und deutete auf eine Liege. Der Mann schüttelte den Kopf und zeigte mit eindeutiger Geste mit dem Daumen über die Schulter, bevor er sich gelassen daranmachte, ein paar Stäubchen Schnee hin und her zu fegen.

»Verdammt«, sagte Elisabeth. »Das ist Heideswinth Kurz, ausgerechnet. Wieso ist die bei dem Wetter nicht auf der Piste? Sonst hält die doch nichts vom Skifahren ab.«

Ben schaute zu der Frau auf der Terrasse, die jetzt die Sonnenbrille ins Haar schob und sich umsah. »Wer ist das?«

»Die Präsidentin der Freunde des Museums der Moderne in Salzburg.« Sie zog ein Handy aus der Jackentasche. »Stammgast, kommt schon seit Jahren zum Tiefschneefahren.« Sie tippte eine Kurzwahl ein.

Ben stellte fest, dass diese Präsidentin sich nichts aus dem Streit zu machen schien. Sie zog ihren Anorak aus, legte sich auf die Liege und schob die Jacke wie ein Kissen unter den Kopf. Dann hielt sie ihr Gesicht in die Sonne.

»Franz?«, zischte Elisabeth ins Telefon. »Bring der Frau Kurz sofort einen Kaffee auf die Terrasse. Und frag sie, ob sie noch eine Decke will oder was auch immer. Der Milan hat sich wieder unmöglich benommen.« Sie steckte das Telefon ein. »Ich würd den Mann rausschmeißen, vier Kinder oder nicht, aber ich krieg einfach kein Personal.« Sie schenkte Ben ein Lächeln. »Denkst du noch manchmal an unsere Kinderzeit?«

»Besonders daran, dass du einmal eine Kröte in Brotpapier eingewickelt und zu Tante Agnes' Kuchenstücken dazugesteckt hast.« Ben erinnerte sich mit Schaudern an den Moment, als er auf der Heimfahrt den Deckel der Brotdose hochgehoben hatte und die panische Kröte durchs Auto gesprungen war.

Elisabeth grinste. »War das ein Erfolg?«

»Volltreffer.«

Sie schob den linken Jackenärmel ein wenig zurück. Eine goldene Armbanduhr kam zum Vorschein. »Du bist ja jetzt ein berühmter Schriftsteller, was?«

Ben fuhr sich durch sein Haar, wobei ihm wieder einmal auffiel, wie schütter es geworden war. »Na ja – ich schreibe englische Krimis, das heißt, Krimis, die in England …«

»Sag mal«, schnitt Elisabeth ihm das Wort ab, »was willst du dann überhaupt mit Tante Agnes' Hof anfangen?«

Ben zuckte die Schultern. »Eigentlich wollte ich dort in Ruhe mein neues Buch für die Highland-Reihe schreiben. *Mord auf Lachlan Hall.* Scheint nur, dass meine Vorstellung vom Landleben etwas zu romantisch war.«

»Ach ja?«, fragte Elisabeth. »Wieso das?«

»Ich glaube, ich habe die Arbeit unterschätzt, die da auf mich zukommt. Und die Kosten auch.« Sein Anwalt hatte ihm zur Besonnenheit geraten. Er hatte die ehelichen Auseinandersetzungen jedoch sattgehabt und Silkes überzogenen Ansprüchen zugestimmt. Natürlich war es Pech gewesen, dass sich ausgerechnet das aktuelle Buch gut verkauft hatte. »Aber das Haus ist toll. Es hat eine ganz eigene Atmosphäre.«

Elisabeth warf einen Kontrollblick auf die Terrasse, wo sich jetzt immer mehr Sonnenhungrige einfanden und auf den Liegen einrichteten. Die Hausmeister liefen mit Kissen und Decken dazwischen herum und versorgten die Gäste. Heideswinth Kurz nippte bereits an einem Espresso.

»Tja, arme alte Tante Agnes.« Sie klang, als wäre sie in Gedanken schon wieder bei den Problemen einer Hotelchefin.

Ben, dem der Zirbenschnaps nicht aus dem Kopf ging, mit dem die alte Dame die Überdosis Schlaftabletten genommen hatte, sagte: »Eigentlich wundert es mich, dass sie was Hochprozentiges zum Einschlafen gebraucht hat.«

Elisabeth wandte ihm ihr Gesicht zu. »Was?«

»Vielleicht wollte sie sich nur wärmen«, sagte Ben. »Oder war sie eine gewohnheitsmäßige Trinkerin?« Die Einsamkeit hatte schon viele in den Alkoholismus getrieben.

Elisabeth wich seinem Blick aus. »Nächsten Monat hätte sie einen Platz im Altersheim gehabt.« Sie zog mit dem Zeigefinger Kreise auf dem Wildlederrock. Ihr Nagel hinterließ eine raue Spur. »Vielleicht ist es besser so für sie.«

»Tante Agnes wollte wohl nicht ins Altersheim, was?«

»Natürlich nicht, aber so ging's auf keinen Fall weiter. Frag nicht, was wir nicht alles versucht haben.« Elisabeth seufzte. »Ich habe ihr warmes Essen rübergeschickt und ein Mädel, das putzt und einkauft, aber Tante Agnes wollte ja partout nicht.« Sie kniff die Lippen zusammen. »Ich fürchte, sie hat nach einem Ausweg gesucht. Tabletten und Alkohol – der Gedanke verfolgt mich.«

»Du meinst, sie hat …?«

»Unfall oder Selbstmord – wen interessiert das noch? Aber lass das bloß niemanden hören, klar?« Elisabeth schaute sich um, als vermute sie einen heimlichen Zuhörer in der Raucherlounge. »Ihr Ruf war im Ort ohnehin nicht der Beste.« Sie hob die Hand vor den Mund und machte eine Geste, als wollte sie ein Glas Schnaps hinunterkippen. »Du verstehst.«

»Sicher.«

»Gut.« Ein kalter Glanz lag in Elisabeths blauen Augen. »Gegen Ende war sie sowieso nicht mehr ganz klar im Kopf.«

»Sie hatte Alzheimer?«

»Oder Altersdemenz oder was auch immer, wir werden es nicht mehr erfahren.« Elisabeth stand auf und straffte ihre Schultern. Dann strich sie über ihr makelloses Haar. »So, und jetzt muss ich weitermachen. Wir haben heute sechzig Anreisen.« Sie wandte sich schon zum Gehen, als sie sich noch einmal umdrehte. »Wenn du was brauchst – einfach melden, ja? Ich fürchte, du wirst es in der zugigen alten Hütte sowieso nicht lange aushalten.« Sie zögerte wieder, dann setzte sie hinzu: »Hast du übrigens schon Tante Agnes' irre Freundin kennengelernt?«

Das konnte nur Rotkäppchens Großmutter sein. »Diese Josefa?« Er lachte. »Allerdings.«

»Halt dir die bloß vom Hals.« Elisabeth verzog den Mund. »Die ist nicht mehr ganz dicht, die alte Hexe.«

Ben sah ihr nach, wie sie mit festen Schritten, ganz Hausherrin, die Raucherlounge verließ. Er warf noch einen Blick auf sein Porträt auf dem Kamin. Hinter den kalten Rauchschwaden sah die Füllfeder in seiner Hand wie eine Zigarre aus, was ihm noch mehr von Hemingways Aura verlieh. Vielleicht sollte er sich einen Bart stehen lassen. Elisabeth musste sich das Autorenfoto extra bei seinem Verlag besorgt haben. So viel Familiensinn hätte er seiner Cousine nicht zugetraut.

Den Rest des Vormittags verbrachte Ben damit, seine Einkäufe zu erledigen. Zum Glück hatten die Geschäfte in den Touristenhochburgen auch am Sonntag offen. Er belud seinen Volvo mit einem Lebensmittelvorrat für mehrere Tage, um sich ganz auf seinen neuen Roman konzentrieren zu können. Und er kaufte eine Taschenlampe und einen Vorrat weißer Haushaltskerzen. Irgendwie misstraute er den Elektroinstallationen auf seinem idyllischen alten Hof.

In einem kleinen Laden, der zwischen einem Antiquitätengeschäft und einer Papierhandlung mit Zeitungsständern lag, erstand er das neueste Mobiltelefon. Der junge Verkäufer mit der gegelten Igelfrisur behauptete, es wäre *state of the art*. Er spielte ihm auch gleich seine Kontakte auf das neue Handy und verschickte per SMS an alle die neue österreichische Nummer.

Zum Schluss stattete Ben noch der Papierhandlung mit den Zeitungsständern einen Besuch ab. Das Geschäft war um die Mittagszeit leer, alle Kunden waren auf der Piste oder saßen in ihren Hotels beim Essen.

Hinter der Theke stand ein bleicher Teenager mit lackschwarzen Haaren und dicken Trauerrändern um die Augen. Die rechte Braue endete in einer aufgemalten Pfeilspitze. Auch ihr Lippenstift war schwarz, was besonders auffiel, weil sie erst ihren Kaugummi mit der Zunge in die Wange schieben musste, ehe sie den Mund aufmachen konnte. Alles in allem erinnerte sie an einen hübschen Vampir.

»S'Gott«, sagte sie ohne erkennbares Geschäftsinteresse, als Ben an die Theke trat. In ihrem linken Nasenflügel zitterte ein Silberring mit einem winzigen Kruzifix. Anscheinend gab es in Wildmoos auch eine Grufti-Szene.

»Ingram«, stellte sich Ben vor. »Ich wollte fragen, ob Sie mir ein paar Tageszeitungen bestellen könnten.«

Die junge Frau starrte ihn verständnislos mit ihren Siamkatzenaugen an. »Finden S' hier 'leicht nix zum Lesen?«

»Ich weiß nicht … haben Sie den New Scientist?« Ben durchforstete das Wissenschaftsmagazin gern nach Ideen für seine Bücher. »Country Life? Horse & Hound?« Die englische Landadelsszene wollte recherchiert sein.

Der weibliche Vampir ließ sich die Frage durch den Kopf gehen. Dann schüttelte sie den Kopf. »Ich glaub nicht.«

»Aber bestellen könnten Sie die Hefte doch?«

Sie wechselte den Kaugummi von der einen Backe in die andere. »Denk schon.«

Ben verkniff sich einen Seufzer. »Gut, dann tun Sie das bitte. Mein Name ist Ben Ingram.«

»*Der* Ben Ingram?« Fräulein Vampir deutete auf einen Ständer mit Taschenbüchern, der neben dem Eingang stand. Ihre Hand steckte in einem schwarzen fingerlosen Handschuh, und ihre Fingernägel glänzten auberginefarben.

Er schaute zu den Büchern hinüber und entdeckte sofort sein letztes Buch. *Midnight Ghost – Highland Murder IV*. Die englische Ausgabe für die Touristen. Na, dann würde es mit den Zeitungen ja sicher klappen. »Genau der.«

»Also, ich les ja eigentlich nur den Stephen King«, erklärte sie im Tonfall eines Gourmets, der grundsätzlich nur in Sternerestaurants aß. Sie blies ihren Kaugummi zu einer grauweißen

Blase auf, ließ sie platzen und saugte den Klumpen wieder in den Mund. »Kennen Sie Friedhof der Kuscheltiere? Genial.«

Ben musste zugeben, dass er das Werk kannte.

»Ihre Bücher verkaufen sich aber auch nicht schlecht«.

Immerhin etwas. »Das beruhigt mich, dann kann ich die Zeitungen wahrscheinlich auch bezahlen.« Er lachte, um zu zeigen, dass er nur scherzte.

Sie verzog keine Miene, als wüsste sie nicht, was es da zu lachen gab. Dann angelte sie sich einen Kugelschreiber, der neben der Kasse lag, und drückte ein paarmal drauf. *Klick, klack.* »In welches Hotel sollen wir's Ihnen schicken?« *Klick, klack.*

»Kein Hotel – ich bin gerade hergezogen.«

»Was – nach Wildmoos? Warum sagen S' das nicht gleich?« Ihr Ton wurde um einige Nuancen freundlicher. »Sie sind von hier, was? Hab ich mir gleich gedacht. Sagen S', gehören Sie 'leicht irgendwie zu den Mosers?«

»Nein.« Lange würde Ben das nicht mehr durchhalten. »Zu den Stadlers. Und ich hätte gern …«

»Den *Stadlers*? Sagen S' bloß, Sie sind mit dem Chris verwandt.« Sie legte den Kopf kokett auf die Seite. In ihren Vampiraugen lag ein gieriger Glanz. Vielleicht ernährte sie sich ja wirklich von Menschenblut, wenn sie nicht gerade Zeitungen verkaufte oder Stephen King las. »Den hab ich ja schon eine Ewigkeit nicht mehr gesehen.« Sie überlegte. »Aber jetzt is der ja wieder solo, was?«

»Könnte ich jetzt meine Zeitungen bestellen?«

»Sowieso, aber hey – eine alte Frau is ja kein D-Zug.« Ihr Blick glitt suchend über die Zeitungsstapel auf dem Tresen, wobei sie wieder anfing, ihren Kaugummi zu kauen. Ben fühlte sich an die mahlenden Kaubewegungen eines Kamels erinnert. Schließlich fuhr sie mit der Hand unter ein Landhaus-Magazin mit einem englischen Herrensitz auf dem Cover und zog einen Block hervor. »Mit dem Chris, soso. Wissen S' was? Ich geb die Zeitungen dem Toni mit«, sagte sie. »Dann brauchen S' nicht immer extra herkommen.« Sie zückte den Stift. »Und?«

»Gern, Fräulein …?«

»Sandra«, mümmelte sie. »Und Sie grüßen den Chris von mir, ja? Also?«

»Bitte?«

»Adresse.«

»Ach so – Einöd 3.«

Sandra schaute von ihrem Notizblock hoch und hörte auf, den Kaugummi mit den Zähnen zu bearbeiten. »Nicht Ihr Ernst, oder?«, fragte sie ungläubig. »Die Spukbude?«

Ben überlegte. Vielleicht hatte sein Heim ja inzwischen eine neue Postanschrift. »Der alte Hof hinter der Alpenrose«, sagte er etwas unsicher.

»Is schon klar.« Sie betrachtete ihn mit sichtlich neu erwachtem Interesse. Ben hatte das Gefühl, als wollte sie etwas fragen, aber dann zuckte sie nur die Schultern. »Geht mich ja sowieso nix an.«

»Wie meinen Sie das?«

Sie hob noch einmal die Schultern. »Na, wer wohnt denn schon freiwillig in dem Spukhaus?«

»Was für ein Spukhaus?« Die junge Frau hatte vielleicht doch eine Spur zu viel King gelesen.

Sandra grinste, etwas mitleidig, wie Ben fand. »Ach so, verstehe«, sagte sie und verzog den Mund. »Die haben Ihnen nix gesagt, was? Typisch. Na ja, is wahrscheinlich für einen Schriftsteller genau das Richtige. Also für den Stephen King wär das bestimmt …«

»Die Adresse ist Einöd 3.«

»Schon klar.« Sie warf ihm einen spöttischen Blick zu, während sie Kreuze auf ihren Block malte, bis er wie ein kleiner Friedhof aussah. »Und?«, säuselte sie. »Welche Zeitungen möchten S' jetzt?«

Es war schon gegen ein Uhr, als Ben auf seinen Hof fuhr. Die Sonne ließ den Schnee im Hof golden glitzern und die alte Holzfassade erglühen. Bei Tageslicht sah das alte Bauernhaus wie das mit Zuckerguss verzierte Hexenhäuschen aus, das er früher immer zu Weihnachten bekommen hatte. Der Anblick erfüllte Ben mit geradezu kindlichem Besitzerstolz. Der Hof war vielleicht ein wenig in die Jahre gekommen, aber er hatte Potenzial, wie Immobilienmakler es ausdrücken würden. Und die Stiefelspuren vom Vorabend waren geschmolzen, als wären sie nie gewesen. *Wilde Gjoad.* Wenn die jungen Leute wiederkämen, würde er ihnen auch etwas zustecken. So wie Tante Agnes.

Erst als Ben direkt auf das Haus zufuhr, bemerkte er die schmale Gestalt, die auf der Bank unter dem Küchenfenster saß. Josefa trug ihr rotes Kopftuch, den Lodenmantel und die orthopädischen Schuhe. Auf ihrem Schoß räkelte sich die größte schwarze Katze, die Ben je gesehen hatte.

Er fuhr bis zur Eingangstür. Wieso war diese Josefa schon wieder hier? Der ganze Vormittag war mit Erledigungen draufgegangen. Es wurde Zeit, dass er an den Computer kam. Etwas ärgerlich stieg er aus und knallte die Fahrertür zu. Er holte seine Einkäufe aus dem Kofferraum und stellte sie direkt neben die Haustür. Während er in der Manteltasche nach dem Hausschlüssel kramte, sagte er: »Grüß Gott, Frau Josefa, was verschafft mir heute die Ehre?« Gute Nachbarschaft war auf dem Land sicher wichtig, aber hier galt es, rechtzeitig Grenzen zu setzen.

»Grüß dich, Benni«, erwiderte die Alte. »Kannst mich ruhig duzen.« Die Katze auf ihren Knien hob den Kopf und starrte ihn aus grünen Augen an. Ihr Fell schimmerte bläulich in der Wintersonne. »Ich hab dir den Burli rübergebracht.«

Das Tier gähnte und entblößte ein Vampirgebiss, das Ben an Sandra aus dem Zeitungsladen erinnerte. Dann streckte es die Vorderbeine aus und spreizte die Pfoten. Messerscharfe Krallen kamen zum Vorschein. War das etwas das Katzerl, das ihm Tante Agnes hinterlassen hatte?

»Also, Josefa«, Ben versuchte, seinen Schrecken zu verbergen, »das ist ja die größte Mieze, die ich kenne.« Sollte er ab jetzt für dieses Ungeheuer sorgen? Mit einem falschen Lächeln fügte er hinzu: »Leider verstehe ich gar nichts von Katzen. Und der Burli scheint dich sehr ins Herz geschlossen zu haben.« *Bitte, bitte, nimm die Katze wieder mit.*

Josefa kraulte den Kater hinter den Ohren, was dieser mit dem Geräusch eines Zweitaktermotors quittierte. »Ich würd ihn ja auch lieber behalten«, sagte sie betrübt.

»Aber natürlich, gern«. Wenigstens dieses Problem war gelöst.

»Aber meine Minki mag ihn nicht«, fuhr Josefa fort.

Ben betrachtete das schwarze Fell, das in der Sonne zu knistern schien. Als wenn es sich gerade mit elektrischer Energie auflud. Er konnte Minki gut verstehen.

»Das ist aber schade«, sagte er und setzte hastig hinzu: »Für den Burli, meine ich.«

»Kann man eben nichts machen.« Josefa legte den Kopf schief und musterte Ben von unten herauf. »Der Toni meint, du warst heut Morgen in der Alpenrose.«

Die Buschtrommeln von Wildmoos hatten ihre Arbeit also schon aufgenommen. »Ach ja? Und wer ist der Toni?«

»Na, unser Briefträger.« Ihre Augen glitzerten. »Was spricht denn die Elisabeth so?«

Ben zuckte die Schultern. »Sie hat mir von dem Unfall erzählt.« Er schob die Hände in die Manteltaschen und setzte den Fuß auf eine Ecke der Haustreppe. Irgendwie auch ganz gemütlich, so ein Dorftratsch. Und schließlich hatte er ja fest vor, in Wildmoos heimisch zu werden. Hier war eine gute Gelegenheit, Integrationswillen zu beweisen. »Ihr Sohn muss völlig am Ende sein.« Er nickte mitfühlend.

Josefa lachte, als hätte er einen guten Witz gemacht. »Der Chris? Der wird sich schon trösten, da brauchst keine Angst zu haben.« Sie erhob sich und hielt den Kater dabei wie ein kleines Kind in den Armen. »Der hätt die Tess irgendwann genauso verlassen wie alle anderen.«

Da hatte Ben aber von Elisabeth anderes gehört. »Ich denke, das war die große Liebe?«

»Was is schon die große Liebe?« Josefa schnaufte verächtlich. »Die große Liebe gibt's nicht. Der Chris war mit der Bonaventura Julia – die von der Pizzeria – zusammen und alle haben gedacht, die wird er heiraten.« Sie nickte zur Bekräftigung. »Aber die war halt nur eine Kellnerin. Und wie dann die Teresa Hartmann wieder im Ort aufgetaucht is …« Sie gab einen abfälligen Laut von sich.

Es war immer das Gleiche. »Da hat der Chris die Julia verlassen, verstehe.«

»Im selben Moment.« Josefa beugte sich vor. »Nur wegen dem Geld der Hartmanns, sag ich dir«, raunte sie, als verriete sie ihm ein Geheimnis. »Weil, fesch war die Teresa ja wirklich nicht. Aber die Lisl war natürlich hocherfreut über die neue Schwiegertochter.«

Ben dachte an das Hochzeitsfoto, das Elisabeth ihm gezeigt hatte. An den lachenden Bräutigam und die Braut mit dem Silberblick. Vielleicht hatte diese Tess ja innere Qualitäten gehabt. Er nahm den Fuß von der Treppe.

»Wer könnte es ihr verdenken«, sagte er und fischte den Hausschlüssel aus der Tasche. »Na ja, ich werde dann mal wieder an die Arbeit gehen.«

»Hier, vergiss den Burli nicht.« Ehe sich Ben wehren konnte, drückte ihm Josefa den Kater in den Arm. »Wirst sehen, ihr werdet noch gute Freunde.«

Burli schien genauso überrascht wie Ben, und für eine Schrecksekunde waren beide wie erstarrt. Der Kater fasste sich als Erster wieder. Er drehte sich aus Bens Griff, fuhr im Absprung mit den Krallen über Bens Handrücken und landete auf allen vieren im Schnee, ehe er wie ein schwarzer Blitz davonstob und um die Hausecke verschwand. Nach beginnender Freundschaft sah das nun gerade nicht aus, fand Ben. Umso besser.

»Der kommt schon wieder«, meinte Josefa.

»Ja, hoffentlich.« Ben musterte seinen blutenden Handrücken. Dann bückte er sich nach seinen Einkäufen, richtete sich aber gleich wieder auf. »Josefa? Kann ich dich noch was fragen?«

Die Alte, schon zum Gehen gewandt, drehte sich um. »Ja?«

Ben zögerte. Schließlich wollte er nicht für verrückt gehalten werden. »Weißt du, was es mit dem – Spukhaus auf sich hat?«

Josefa schob ihre Brille mit dem Zeigefinger auf die Nasenwurzel hoch. *»Was? Wo?«*

»Hier.«

Ben deutete auf die graue Holzfassade des Bauernhofes. Aus der Nähe sah man, wie verwittert die alten Balken waren. Dort, wo am Balkon ein paar Bretter fehlten, klaffte ein schwarzes Loch. Die Fensterläden von Bens Schlafzimmer standen offen, ebenso wie die des verschlossenen Raumes daneben, nur lag auf diesen unberührter Schnee.

»Diese Sandra aus dem Zeitungsladen behauptet, dass es hier spukt«, fuhr er fort. »Deswegen heißt der Hof anscheinend das Spukhaus.« Auf den Gittern vor dem Küchenfenster glitzerten Eiskristalle. »Oder die Spukbude?«

Josefa zögerte mit einer Antwort. »Is halt ein altes Haus«, sagte sie endlich. »Da is viel passiert. Und nicht nur Gutes. Aber spuken?« Sie schüttelte den Kopf. »Lass das bloß nicht die Lisl hören, Benni. Die mag solchen Klatsch gar nicht.«

Eigentlich hatte er vorgehabt, die Lisl genau danach zu fragen. »Und warum nicht?«

Josefa seufzte. »Ach, Benni, gerade du solltest die alten Geschichten ruhen lassen.«

»Gerade ich?«

Josefa zögerte und schien etwas abzuwägen. Aber dann schüttelte sie nur den Kopf und sagte: »Is noch keiner froh geworden, der seine Nase in Dinge gesteckt hat, die ihn nichts angehen.« Damit drehte sie sich um und stapfte über den Schnee davon, wobei sie mit ihrem Klumpfuß eine tiefe Spur hinterließ.

Ben hatte gerade die Hand auf die Türklinke gelegt, als in seiner Manteltasche eine Postfanfare ertönte. Er brauchte einen Augenblick, bis er begriff, dass es das neue Handy war. Er zog das Telefon aus der Tasche und schaute auf das Display. *Müller, Florian* hatte ihm eine SMS geschickt. Wer war Müller, Florian? Da fiel ihm sein Nachmieter in München ein. Er hatte die Nummer für die Wohnungsübergabe gespeichert und vergessen, sie wieder zu löschen. Nun hatte dieser Flo die Rundmitteilung aus dem Handy-Shop erhalten.

»Verdammt«, knurrte Ben und öffnete die SMS.

Hi, Ben! Cool, dass du dich gleich meldest. Hatte nach unserem Gespräch eine Superidee. Mache eine Fotostrecke statt in Kitzbühel lieber auf deinem urigen Bauernhof in Wildmoos. Kunde ist begeistert und zahlt ordentlich. See you soon, Flo.

Ben drückte auf die Austaste und schaute zu dem windschiefen Balkon hinauf. Die Vorhänge hinter den Fenstern des verschlossenen Zimmers waren nicht ganz aufgezogen, als hätte ein übernächtigter Schläfer sie am Morgen nur nachlässig geöffnet. Von außen wirkte der Raum direkt bewohnt. War das bei seiner Ankunft auch schon so gewesen? Es war ihm bis jetzt noch nicht aufgefallen.

VIER

Zitternd hielt Isobel die Kerze über ihren Kopf. Die Flamme zuckte über den Marmorboden der Halle und spiegelte sich in den hohen Schlossfenstern, durch die in dieser Gewitternacht kein Mondstrahl fiel. Die Ritterrüstungen an den Wänden schienen sich im flackernden Kerzenschein zu bewegen, und auf der Galerie im ersten Stock tanzten Schatten.

Ben nahm die Hände von der Tastatur, trommelte mit den Fingern auf das abgewetzte Holz des Küchentischs und ging den Stand der Geschichte noch einmal im Kopf durch. Isobel war also nach Schottland gereist, wo ihr alter Onkel Angus auf Lachlan Hall, dem Stammsitz der MacLachlans, im Sterben lag. Sein einziger Sohn, Alastair, lebte in Amerika. Seit Jahren hatte niemand etwas von ihm gehört.

Ben griff zu der Tasse mit den aufgemalten Rosen und trank einen Schluck Tee. Das Schreiben lief gut. Es lief besser als all die Jahre in München. Das konnte damit zusammenhängen, dass er nun allein war und seine Ruhe hatte. Aber tief in seinem Inneren war Ben davon überzeugt, dass es auch an dem Hof lag. *Is ein altes Haus. Da is viel geschehen.* Josefas Stimme raunte in seinem Ohr. Vielleicht stimmte es ja und es gab so etwas wie einen Geist des Ortes, und die bewegte Vergangenheit und die Schwingungen dieses alten Bauernhauses ließen seine Kreativität zu Hochform auflaufen. Ben nahm noch einen Schluck aus der Rosentasse. Der Tee schmeckte jetzt ganz annehmbar. Zum Kochen hatte er stilles Mineralwasser statt Leitungswasser aus den verrosteten Rohren verwendet.

Draußen auf dem Flur knackten die Holzdielen. Die alten Bretter zogen sich zusammen, weil sich die in langen Monaten gespeicherte Feuchtigkeit in der trockenen Heizungsluft verflüchtigte.

Ben schaute durch das Küchenfenster in die Winternacht hinaus. Hinter dem schlierigen Glas wirbelte der Sturm weiße Flocken vorbei. Den ganzen Tag schneite es nun schon. In den

Fenstergittern hingen Schneewechten wie Spinnennetze, und das wilde Gestöber hüllte den alten Hof ein, als läge hinter dem Vorplatz keine Welt. Ben setzte seine Tasse ab und wandte sich erneut dem Bildschirm und dem schottischen Hochmoor zu.

Da war es wieder, das Geräusch, das sie aus dem Schlaf gerissen hatte. Ein Scharren und Schlurfen, als schleppte sich ein Mensch über die alten Dielen. Es schien aus dem ersten Stock zu kommen. Draußen erhob sich ein Heulen. Mit der freien Hand zog Isobel den Kragen ihres Nachthemdes fester um den Hals. Was sollte sie tun? Ihr Onkel lag, dem Tode näher als dem Leben, in seinem Zimmer.

Irgendwo am Haus hatte sich ein Fensterladen gelöst und schlug mit dumpfem Pochen gegen die Holzwand. Ben konzentrierte sich auf seinen Text.

Die nächste Polizeistation war in St. Mary-in-the-Moor, dreißig Meilen entfernt. Und selbst wenn ein Beamter um diese Uhrzeit auf seinem Posten gewesen wäre – Isobel hätte ihn nicht zu Hilfe rufen können. Mit dem Strom war auch das Telefon im Schloss ausgefallen.

Draußen im Flur setzte sich das Uhrwerk der Standuhr surrend in Bewegung und schlug elfmal. Die Schläge verhallten zitternd im Treppenhaus. Die Holzdielen knarrten lauter, dann war ein Quietschen zu hören, als würde sich ein Scharnier öffnen. Ben drehte sich um und warf einen Blick zur Küchentür. Außer ihm war niemand im Haus. Den Kater Burli hatte er den ganzen Tag nicht gesehen und auch nicht vermisst. Anscheinend hatte das Biest beschlossen, den Rest seiner sieben Katzenleben bei Josefa zu verbringen. Für gewöhnlich beendete Ben seine Arbeit gegen elf, aber es lief gerade so gut, dass er das Kapitel noch fertig schreiben wollte.

Sollte er nachsehen, ob er den Schlüssel in der Haustür wie immer zweimal umgedreht hatte? Unsinn. Das alte Holzhaus ächzte einfach unter dem Wintersturm. Und nachdem es seit fünfhundert Jahren an dieser Stelle gestanden hatte, würde es auch diese Nacht überstehen. Ben widmete sich wieder dem Schicksal der Familie MacLachlan.

Ein Blitz erhellte die Halle, und für einen Augenblick konnte Isobel eine weiß verhüllte Gestalt erkennen, die oben auf der Galerie stand und zu ihr hinuntersah. Isobel erstarrte vor Schreck, doch dann nahm sie all ihren Mut zusammen und schlich mit pochendem Herzen zum Treppenabsatz. Der Kerzenschein zuckte über die beiden Hellebarden, die unter den langen Bannern gekreuzt an der Wand hingen, und ließ ihre Spitzen aufleuchten. Auf einmal war die Gestalt verschwunden. Dafür erfüllte nun ein Stöhnen die Halle.

Der Fensterladen schlug noch immer gegen das Haus. Das rhythmische Klopfen verschmolz mit dem Heulen des Windes zu einem eigentümlich klagenden Lied.

Isobel verharrte regungslos und lauschte. Ging es Onkel Angus schlechter? Nein, das Stöhnen kam von irgendwo über ihr. Geräuschlos, um den Eindringling nicht zu warnen, zog sie eine der Hellebarden aus ihrer Halterung. Die Kerze in der einen Hand, die Waffe in der anderen, stieg sie Stufe für Stufe in das Dunkel hinauf.

Ben streckte sich, bis er meinte, seine Wirbel knacken zu hören. Seit sieben Uhr saß er auf dem harten Küchenstuhl und jetzt hatte er das Gefühl, als wäre sein Rückgrat steif wie eine Hellebarde. Aber er hatte sein Tagespensum erfüllt und war mit dem Ergebnis zufrieden. Die Einsamkeit und die Ruhe auf dem kleinen Hof taten seiner Kreativität wirklich gut. Wenn es nur nicht so durch die alten Holzwände ziehen würde. Trotz seines dicken Norwegerpullovers fröstelte er.

Gerade strich ein kalter Lufthauch unter der Küchentür hervor, kroch über die Dielen und umspielte seine Knöchel. Ben bückte sich und fasste nach dem Rand seiner dicken Wollsocken, um sie weiter hochzuziehen. Es war, als hielte er seine Finger in eine eisige Bö. Eine Diele im Flur ächzte. Das klang nach dem unteren Treppenabsatz. Ben richtete sich auf. Irgendwas stimmte da nicht.

Vielleicht klapperte da kein Fensterladen, sondern es stand überhaupt ein Fenster offen. Oder das alte Holzschindeldach hatte unter der Schneelast nachgegeben, und nun stoben weiße Flocken ungehindert durch sein Haus.

»Oh, verdammt, bitte *nicht*.«

Vor seinem geistigen Auge sah Ben den Flur und die Treppe in den ersten Stock bereits unter meterhohem Schnee versinken. Der Eisenherd fauchte wie ein Blasebalg, als ein Windstoß in das Ofenrohr fuhr. Ben sprang auf, lief zur Tür und riss sie auf.

Der Flur lag unberührt im Schummerlicht der beiden Wandlampen. Der verbeulte Zinnteller glänzte auf der Kommode. Das lauteste Geräusch war das Ticken der Standuhr und die einzige Bewegung ihr Pendel, das hinter der Glasscheibe hin- und herschwang. Der gusseiserne Heizkörper neben der Treppe zischte leise. Trotzdem hing ein eisiger Hauch in der Luft. Der Geruch nach feuchter Erde und Moder stieg Ben in die Nase. Und er roch noch etwas anderes, etwas Salziges oder Eisenhaltiges. Etwas, das er im Haus noch nie wahrgenommen hatte.

Ben hatte das Gefühl, als sträubten sich ihm gegen jedes Naturgesetz die Nackenhaare. Er zog die Ärmel seines Pullovers über die Hände und schlang die Arme um seinen Körper.

»Ganz ruhig«, beschwor er sich selbst.

Er war dieses alte Haus und seine Gerüche und Geräusche einfach noch nicht gewohnt. Aber in diesem Moment wären ihm sogar die Weihnachtslieder seiner Münchner Nachbarn wie Himmelsklänge erschienen. Gerade als er sich umdrehte, um in die Küche zurückzukehren, hörte er ein leises Keckern. Er fuhr herum.

»*Hallo?*«

Das Keckern antwortete ihm von irgendwo über ihm.

Ben ließ seinen Blick die Treppe hinaufwandern. Auf der obersten Stufe saß der schwarze Kater. Mit angelegten Ohren starrte er gereizt auf Ben hinab. Sein langer Schwanz peitschte hin und her.

»Verdammt, Burli!« Ben machte seinem Ärger, aber auch seiner Erleichterung Luft. »Wo kommst du denn her?«

Kaum hatte Ben die Worte ausgesprochen, als ihm klar wurde, dass das genau der Punkt war. Die Fenster waren vergittert und die Türen versperrt. Das Tier konnte nicht vom Himmel gefallen sein.

Burli sprang auf, machte einen Buckel und fauchte. Mit einem Satz verschwand er wie ein schwarzer Schatten um den oberen Treppenabsatz. Vielleicht hatte der Sturm ein Fenster im ersten Stock aufgedrückt, durch das die Katze ins Haus gehuscht war. Und deshalb war die Luft im Flur auch so bitterkalt.

Vielleicht gab es in diesen alten Holzwänden aber auch Öffnungen, die nicht nur einer Katze Durchschlupf boten, sondern auch für ständigen Nachschub an kalter Luft sorgten. Auf jeden Fall sollte er der Sache nachgehen, denn der Winter in Wildmoos dauerte bis Anfang Mai, und er musste die Heizkosten für den alten Hof im Auge behalten.

Ben zog den Schlüsselbund von der Haustür ab und eilte die Treppe hinauf. Er musste in jedem Zimmer nachsehen, auch in dem versperrten. Als er auf dem obersten Treppenabsatz ankam, stellte er fest, dass der Kater verschwunden war. Der Gang lag leer und dunkel vor ihm. Er wandte sich gleich dem verschlossenen Zimmer zu, das, nur durch das altertümliche Bad getrennt, direkt neben seinem Schlafzimmer lag.

Ben ging die Schlüssel an seinem Bund durch, aber sie sahen fast alle gleich aus. Bis auf den für das moderne Zylinderschloss an der Haustür waren alle aus zerkratztem Metall und hatten einen ähnlichen Bart. Er beschloss, einfach einen nach dem anderen auszuprobieren.

Der vierte Schlüssel passte ins Schloss, ließ sich aber nicht drehen. Bestimmt war die Tür seit ewigen Zeiten nicht mehr geöffnet worden. Ben fasste den Schlüssel fester und versuchte es mit mehr Druck. Aber das starre Metall widerstand seinen Anstrengungen. Er legte sich mit seiner ganzen Kraft auf den Schlüsselhals. Mit dem Knirschen eines brechenden Knochens gab der Schlüssel nach. Ben hielt nur noch den Ring in der Hand. Aber das Schloss war offen.

Er stieß die Tür auf. Sofort schlug ihm kalte, abgestandene Luft aus dem finsteren Raum entgegen. Er tastete die Wand neben dem Türstock entlang und fand einen altmodischen Drehschalter. Als er ihn betätigte, flammte eine Hängelampe mit Milchglasschirm unter der Decke auf. Eine einzelne Glühbirne warf ihren Schein in den Raum.

Vor Ben lag ein Schlafzimmer, das von einem schweren Doppelbett aus dunklem Holz beherrscht wurde. Eine Seite war noch bezogen und die Decke zurückgeschlagen, als wäre der Schläfer gerade erst aufgestanden. Das Laken war an mehreren Stellen geflickt. Auf dem spitzengesäumten Kopfkissen lag, nicht sorgfältig dekoriert, sondern wie hingeschleudert, ein Rosenkranz. Auf dem Nachttisch stand ein Wasserglas mit stumpfen Kalkrändern, aus dem der Stiel eines Blechlöffels ragte. Ein Stuhl stand schief neben dem Bett, über der Lehne hing eine schwarze Krawatte. Über dem hohen Betthaupt prangte ein grellbuntes Madonnenbild in einem schwarz-goldenen Rahmen.

Auf der gegenüberliegenden Seite des Bettes befand sich eine Kommode, auf der eine vergilbte Spitzendecke lag. Darüber hing ein Spiegel, in dessen erblindetem Glas früher Bett und Bild zu sehen gewesen sein mussten. Jemand hatte nachlässig ein Laken über die obere Hälfte des Spiegels gehängt. Die braunen Vorhänge an den beiden Balkontüren waren halb zurückgezogen. Über der ganzen Szenerie lag eine dicke Staubschicht, auf der sich keine Spur abzeichnete. Der Raum strahlte ein Gefühl von Endgültigkeit aus. Jemand hatte dieses Zimmer nur für kurze Zeit verlassen wollen und es dann nie mehr betreten, war für immer gegangen.

Vielleicht lag es an dem muffigen Geruch, vielleicht an den düsteren Farben – doch der Raum erinnerte Ben an eine Gruft. Hier schien man eher die ewige Ruhe zu finden als erholsamen Schlaf. Aber das Zimmer war gut geschnitten, lag im ersten Stock und ging auf den Balkon hinaus. Bestimmt war es sonnig und hatte einen schönen Blick auf Wildmoos. Er beschloss, es im Frühjahr zu entrümpeln, frisch zu streichen und vielleicht als Arbeitszimmer zu nutzen. Für immer konnte er ja nicht in der Küche schreiben.

Die einsame Glühbirne in der Deckenlampe fing an zu flackern. Offenbar war ihre Lebenszeit abgelaufen. Ben fasste nach dem Drehschalter und wollte gerade das Licht ausmachen, als sein Blick noch einmal auf das Bild über dem Bett fiel. Er war kein Kunstfachmann, aber dass dieser Druck von minderer Qualität war, sah sogar er. Durch die Staubschicht, die auf dem billigen Papier lag, leuchteten die Farben noch immer in überbunter Pracht.

Unter einem türkisfarbenen Himmel schwebte die Muttergottes mit ausgebreiteten Armen auf einer schwefelgelben Wolke. Sie hatte knallrote Pausbacken, die ihr ein fiebriges Aussehen gaben, und eine Stupsnase. Sie lächelte verführerisch wie ein Filmstar aus den zwanziger Jahren. Ihr blauer Mantel flatterte in spitzen

Falten hinter ihrem Rücken und verlieh ihr Fledermausflügel. Die zu großen Hände waren vor ihr ausgebreitet, was eher nach Abwehr als nach einem Segen aussah.

Aber das, was Bens Herzschlag beschleunigte und ihm einen kalten Schauer über den Rücken trieb, waren ihre Augen. Sie waren groß, dunkel – und leer. Wo der seelenvolle Blick der Muttergottes hätte strahlen sollen, klafften Löcher mit gezackten Rändern.

Jemand hatte die Madonna geblendet.

Die Glühbirne an der Decke flackerte noch einmal auf, dann erlosch sie endgültig und tauchte den Raum in Dunkelheit.

FÜNF

Susanne Hartmann fühlte sich wie zerschlagen. Tief in ihren Nerzmantel eingekuschelt und eine große Sonnenbrille auf der Nase, saß sie auf dem Beifahrersitz des Mercedes-Geländewagens und starrte vor sich hin. Obwohl die Heizung auf Hochtouren lief und die Sonne die Winterlandschaft hinter den getönten Scheiben in glitzerndes Licht tauchte, war ihr kalt. Ihre Augen juckten wie im Sommer, wenn der Gärtner mit seinem Traktor den Rasen mähte. Seit der Nachricht, dass ihr einziges Kind unter den Schneemassen einer Lawine erstickt war, war sie sterbensmüde und konnte doch nicht schlafen.

Sie lehnte den Kopf zurück und schloss die Augen. Tess hatte alles gehabt, was sie brauchte oder sich auch nur wünschen konnte. Teure Privatschulen und Fernreisen, Ballettstunden und ein eigenes Pferd. Auch das Kunstgeschichtestudium, gegen das sie als Eltern gewesen waren, hatten sie jahrelang finanziert. Und das, obwohl Tess keine einzige Prüfung abgelegt hatte. Zum Schluss hatte sie sogar den Mann bekommen, auf den sie bestand und gegen den der Widerstand der Eltern sinnlos gewesen war. Horst und sie hatten versucht, das Beste aus der Situation zu machen. Auch wenn sie sicher gewesen waren, dass diese Verbindung nicht halten und nur Geld kosten würde. Die Ehe hatte ja dann auch schon nach einem halben Jahr ein abruptes Ende gefunden. Nur anders, als sie es erwartet hatten.

Susanne setzte sich auf, zog ein Taschentuch aus ihrem Pelzmantel und putzte sich die Nase. Vor ihr lagen schon die ersten Häuser von Wildmoos. Darüber glitzerte der tief verschneite Drachenkopf wie ein Diamant. Sie konnte die Kabinen der Lifte sehen, die an ihren Seilen die Flanken hinaufkrochen, und die Skifahrer, die wie Ameisen auf den Hängen wimmelten. Wie ein Bild aus einem Prospekt wölbte sich der Himmel tiefblau über diesem Urlaubspanorama.

»Alles in Ordnung mit dir, Liebes?« Horst warf ihr einen Seitenblick zu. »Du weißt, dass du nicht mitgehen musst. Willst du nicht einfach einen Sprung in die Chanel-Boutique machen? Wenn es dir zu viel ist, kann ich auch allein mit Chris über die Beerdigung reden.«

»Geht schon.« Susanne hatte einen Kloß im Hals. Bisher hatten sie das Wort Beerdigung immer vermieden und stattdessen von Formalitäten gesprochen. Es kam ihr wie ein Tabubruch vor. Aber vielleicht war das der erste schmerzhafte Schritt zurück zur Normalität. Und später, irgendwann in ferner Zukunft, würden sie sogar den Tod ihres Kindes akzeptieren können. Sie räusperte sich. »Ich denke, das ist ohnehin unsere Sache und nicht die von Chris.«

Chris. Am Tag der Hochzeit waren sie dazu übergegangen, diesen Christopher – was für ein affiger Name – einfach Chris zu nennen, und so zu tun, als wären sie gewillt, ihn als Sohn in ihre Familie aufzunehmen.

Ein Muskel begann auf seiner Wange zu zucken. Susanne wusste, dass Horst dann immer eine heftige Gefühlsregung unterdrückte. Schließlich sagte er: »Chris war immerhin ihr Mann.«

Sie schloss ihre Hand fest um das feuchte Taschentuch. »Weißt du, was ich mir überlegt habe?«

»Sag's mir.«

Susanne sah zu ihm hinüber. Tess hatte ihre blonden Haare und blauen Augen geerbt. Aber die Adlernase und das energische Kinn waren die ihres Vaters gewesen. Und Energie hatte sie gehabt. Wenn auch für die falschen Dinge. »Vielleicht sollten wir das Chalet verkaufen.« Auch wenn es ihr das Herz zerreißen würde.

Sie passierten die Ortstafel von Wildmoos. Zwei gekreuzte Holzskier bildeten ein Dach über dem Schild, Tannenzweige und Goldkugeln schmückten den Blumenkasten darunter. Im Frühjahr wuchsen darin Primeln, im Sommer Geranien und im Herbst Astern. Wie gern waren sie immer nach Wildmoos gekommen.

Horst brummte etwas Unverständliches.

»Bist du anderer Meinung?«, fragte Susanne. »Wenn das alles vorbei ist, fahren wir sowieso nie wieder hierher.« Nicht einmal der Name würde mehr über ihre Lippen kommen.

»Natürlich nicht«, sagte er grimmig. »Nur werden wir die Hütte wahrscheinlich nicht verkaufen können.«

Auf der Hauptstraße waren am Morgen kaum Touristen zu sehen. Nur ein paar Einheimische in Skijacken und Lodenmänteln waren unterwegs, um ihre Einkäufe zu erledigen. In der Tür der Chanel-Boutique lehnte Iris, die Verkäuferin, und hielt ihr Gesicht in die Sonne. Als sie den Mercedes der Hartmanns entdeckte, hob sie die Hand zum Gruß. Susanne winkte aus reiner Gewohnheit zurück.

»Warum können wir nicht verkaufen?«, fragte sie. Das Chalet war eines der schönsten Häuser im Ort. Von einem Stararchitekten mit viel Glas und Holz gebaut und am Sonnenhang gelegen, bot es einen spektakulären Blick über das ganze Tal und die umliegende Bergwelt. »Sogar unter unseren Freunden in Frankfurt finden wir da leicht einen Interessenten.«

»Es gehört uns nicht.«

Susanne traute ihren Ohren nicht. »Wie bitte?«

»Chris wird es wohl geerbt haben.« Horsts Stimme klang gepresst. »Es ist seine Entscheidung, was mit dem Haus geschieht.«

»*Was?*« Sie starrte ihn an. »Aber die beiden waren kein halbes Jahr verheiratet!«

Er schüttelte den Kopf. »Das Chalet war unser Hochzeitsgeschenk für Tess, schon vergessen? Wenn sie kein Testament gemacht hat, gehört es jetzt ihrem Mann.« Horst klang zögerlich.

Susanne fehlten die Worte. Sie stieß die Hände in die Taschen ihres Nerzmantels. Die Niedergeschlagenheit, die sie den ganzen Morgen gequält hatte, wich handfestem Ärger. »Soll das heißen, wir können nicht mehr in unser Haus, weil dieser – *Chris* sich dort breitmacht?« Ihr kam ein noch schrecklicherer Gedanke. »Und seine Mutter? Horst, das dürfen wir nicht zulassen.«

»Ich werde einen Termin mit Dr. Zechner machen.«

Susanne überlegte, wo sie den Namen schon mal gehört hatte. »Meinst du den Anwalt?«

»Tess hat mir bei unserem letzten Telefonat gesagt, dass sie überlegt, ein Testament zu machen.« Sein Mund bildete eine scharfe Linie.

»Davon weiß ich ja gar nichts.«

»Ich wollte dich nicht beunruhigen.«

»Oh Gott.« Susanne vergrub sich noch tiefer in den Pelzmantel. Weshalb sprach eine junge Frau von ihrem Testament? Es war, als hätte sie ihren frühen Tod vorausgeahnt.

»Ja«, fuhr Horst fort. »Und ich frage mich, warum.«

Zwei Querstraßen nach dem Hotel Alpenrose bogen sie links ab und folgten einer schmalen Straße, die direkt auf den Berg zuführte. Auf beiden Seiten der Fahrbahn hatten die Räumfahrzeuge Schneegebirge aufgetürmt, aus denen gelb-schwarze Stangen ragten. Unter normalen Umständen hätten sie sich über den vielen Schnee gefreut und ihren Skiurlaub genossen. Aber die Umstände würden nie wieder normal sein.

Wenige Minuten später fuhren sie die Privatstraße hinauf, die zur Rückseite des Chalets führte. Wie ein dicker weißer Schal umschloss der Schnee die steinernen Fundamente des großen Blockhauses. Drei spitze Giebel waren zum Tal ausgerichtet, überragt von einem mit Natursteinen verkleideten Kamin. Eine breite Holztreppe führte zu der doppelflügeligen Eingangstür.

Rund um das Haus lief eine überdachte Veranda. Als Tess noch klein gewesen war, hatte unter den Dachsparren ihre Schaukel gehangen. Die Eisenringe steckten noch immer in den Holzbalken und warteten auf die Enkelkinder, die Horst und Susanne nun nie haben würden. Für einen Moment meinte sie, wieder das durchdringende Quietschen zu hören, das die Scharniere von sich gaben, wenn das Schaukelbrett hin- und herschwang. Eine Gänsehaut lief über ihren Rücken, und sie verkroch sich wieder tiefer in ihren Pelz.

Niemals würde sie zulassen, dass dieser Chris das Chalet bekam. Den Gedanken, es zu verkaufen, verwarf sie im gleichen Augenblick. Zu viele schöne Erinnerungen hingen an diesem Ferienhaus, fast war es, als könnte sie die Gegenwart ihres Kindes hier spüren. Chris hatte ihnen Tess weggenommen, wenigstens das Chalet würden sie behalten. Sie würde darum kämpfen, egal was Horst oder dieser Anwalt oder irgendein Testament sagten.

Der Dieselmotor des Mercedes war kaum verstummt, als sich der rechte Flügel der Haustür öffnete und Chris auf der Schwelle erschien. Er trug einen grauen Kaschmirpullover, Chinos und teuer aussehende Wildlederstiefel. Sein blondes Haar war leicht zerzaust und sein schmales Gesicht braun gebrannt. Selbst im Türrahmen eines Luxus-Chalets und in Designerkleidung verströmte er den typischen Skilehrercharme.

»Da seid ihr ja – *Susi*!« Chris eilte mit federnden Schritten die Holzstufen herab. Er schloss Susanne in die Arme und legte seine glatt rasierte Wange für den Bruchteil eines Augenblicks zu lange an ihre. Eine Wolke teuren Männerparfüms hüllte sie ein.

Susanne befreite sich aus seiner Umarmung. »Grüß dich.«

»Oh Gott, gut, euch zu sehen.« Chris wandte sich an Horst, machte aber keine Anstalten, ihn anzufassen. »Wie war die Fahrt?«

»Kannst du dir wohl denken«, knurrte Horst.

»Sorry.« Chris fuhr sich mit der Hand über die Stirn. Er hatte die Ärmel seines Pullovers über die Unterarme hochgeschoben. An seinem linken Handgelenk funkelte das schwere goldene Panzerarmband, das ihm Tess geschenkt hatte. Auf einer Platte waren ihre beiden Namen und das Hochzeitsdatum eingraviert. »Ich steh einfach total neben mir.«

»Wer nicht.« Horst hakte Susanne unter. Sein Griff war fester als gewöhnlich. »Komm, Liebes.« Er führte sie ins Haus.

Das Chalet war auf einer Ebene gebaut. Von dem großen Wohnraum konnte man bis ins Dachgebälk sehen. Durch das Glas des Hauptgiebels, der wie ein Schiffsbug nach Süden vorstieß, reichte der Blick über Wildmoos und das Tal bis hin zum Drachenkopf. Auf der einen Seite des Wohnraumes trennte ein Tresen eine amerikanische Küche vom Sitzbereich. Davor standen vier Barhocker mit Lehnen aus Elchschaufeln. Drei schwere Ledersofas gruppierten sich vor einem mit Natursteinen verkleideten Kamin. An seiner Stirnfront hing der präparierte Kopf eines Elches mit mächtigem Geweih. Am Beginn ihrer Ehe waren Susanne und Horst gern zum Jagen und Helicopter-Skiing nach Kanada geflogen. Doch seit sie das Chalet hatten, hatte der Urlaub praktisch vor ihrer Haustür gelegen.

»Meine Mutter kommt später noch rauf«, sagte Chris und ging in die Küche. »Sie freut sich so, euch zu sehen.« Er hantierte an der großen silbernen Espressomaschine mit dem Adler, die Susanne in Florenz gekauft hatte. »Möchtet ihr auch einen Kaffee?«

»Wir wollen nur die Details für die Beerdigung mit dir besprechen.« Horst half Susanne aus dem Mantel und warf den Pelz über einen der Barhocker. Dann steuerte er auf die Sitzgarnitur vor dem großen Naturstein-Kamin zu und setzte sich auf die Kante eines Sofas. Er stützte die Ellenbogen auf die Knie, verschränkte die Hände und ließ Chris nicht aus den Augen. »Ich denke, wir werden nicht lange brauchen.«

Susanne setzte sich auf ihren Stammplatz neben der Feuerstelle, wobei sie nicht umhinkonnte, die beiden Kelimkissen wieder richtig zu platzieren. Wie oft hatten sie hier mit Tess nach dem Skifahren gesessen, Glühwein getrunken und sich am prasselnden Feuer gewärmt. Jetzt war der Kamin dunkel und kalt. Auf dem Tisch hatten um diese Zeit immer prachtvolle rote Weihnachtssterne und ein Teller mit Keksen gestanden. Stattdessen stapelten sich dort nun Auto- und Sportzeitschriften. Unter der Ecke eines Oldtimer-Magazins schaute eine Untertasse hervor, auf der ein Rest Zigarettenasche lag.

Sie ließ den Blick über den vom Elchkopf überragten Kaminsims wandern, wo die Familienfotos standen. Bei ihrem letzten Besuch war das offizielle Hochzeitsfoto von Tess und Chris in einem schweren Silberrahmen der Blickfang gewesen. Das Bild war verschwunden. Susanne legte ihre Arme um sich und zog die Schultern hoch.

Hinter der Glasfront war ein Fauchen zu hören. Drei bunte Heißluftballons schwebten über dem Tal. Wie in Zeitlupe schienen sie auf einer unsichtbaren Straße dahinzufahren. Ein blauer mit gelben Sternen hielt direkt auf sie zu.

»Dann also keinen Kaffee«, sagte Chris. Er drückte den langen Hebel an der Espressomaschine herunter und gleich darauf zischte es. »Ich habe wieder die ganze Nacht nicht geschlafen, ich brauche was zum Wachwerden.«

Mit der Kaffeetasse in der Hand kam er zum Kamin und setzte sich auf das Sofa direkt gegenüber von Horst, als wollte er zeigen, dass er keine Konfrontation scheute.

»Susanne und ich haben beschlossen, unsere Tochter in Frankfurt zu beerdigen.« Horst hob das Kinn. »Wir wollten dir das nur mitteilen.«

Der blaue Heißluftballon hatte sich von den anderen gelöst und schwebte immer näher an das Chalet heran. Susanne konnte drei Männer in wattierten Jacken und Skimützen erkennen, die, die Hände auf dem Rand des riesigen Korbes, zu ihr herüberschauten. Wie ein Nachthimmel hing der mit Mond und Sternen bemalte Ballon über ihren Köpfen.

»Ich denke, du hast nichts dagegen«, sagte Horst.

Chris nippte an seinem Kaffee. »Natürlich, das verstehe ich.« Er schluckte. »Auch wenn es mir schwerfällt, dass meine Tess ...« Er verstummte. Unter der Sonnenbräune war er blass, und dunkle Schatten lagen unter seinen blauen Augen. Mit gesenkter Stimme fügte er hinzu: »Ich hätte sie halt lieber hier bei mir in Wildmoos. In unserem Familiengrab.«

Susannes Kehle wurde eng, sie schaute zu Horst hinüber.

Horst räusperte sich. »Nun ja, vielleicht, wenn ihr Kinder gehabt hättet.«

Chris hob schnell den Kopf. »Aber das wollten wir doch. Wir hatten auch schon Pläne für das Haus.« Er rutschte auf dem Sofa nach vorn. »Wir hätten Tess' altes Zimmer und das Büro als Kinderzimmer eingerichtet. Tess wollte immer einen Jungen und ein Mädchen.« Er schlug die Hand vor die Augen, seine Schultern zuckten.

Susanne musste zugeben, dass dieser Chris wirklich um ihre Tochter trauerte. Vielleicht hatte sie sich in ihm getäuscht. Und das Klischee des gut aussehenden jungen Mannes, der Hals über Kopf die – nicht ganz so attraktive, wenn auch äußerst liebenswerte – Tochter aus reichem Haus heiratete, hatte einfach zu gut gepasst. Nur allzu genau konnte sie sich an die schadenfrohen Mienen in ihren Frankfurter Kreisen erinnern, als sie die Nachricht von der Hochzeit ihrer einzigen Tochter mit dem Wirtssohn aus ihrem Urlaubsort bekannt gegeben hatten. Der gute Rat, unbedingt einen Ehevertrag abzuschließen, war noch das Netteste gewesen, was sie gehört hatte. Natürlich hatte Tess von einem Ehevertrag nichts wissen wollen. Denn offensichtlich war es Liebe gewesen.

Getrieben von schlechtem Gewissen, sagte Susanne: »Chris, wir waren vielleicht nicht immer einer Meinung, aber – ich denke, ich spreche da auch für Horst – wir haben immer respektiert, was ihr, du und Tess, füreinander empfunden habt.« Sie schämte sich ein wenig für diese Lüge.

Horst brummte etwas Unverständliches. Susanne kannte ihn gut genug, um zu wissen, dass er damit keine Zustimmung signalisierte. Aber Chris nahm die Hand vom Gesicht und starrte sie hoffnungsvoll an. Er hatte sich wieder gefangen, und seine hellen Augen waren trocken. Ein wenig erinnerten sie Susanne an die Augen eines Schlittenhundes, in denen man auch nicht lesen konnte.

Bedächtig stellte Chris seine Kaffeetasse auf den Tisch. »Ich muss euch etwas gestehen«, sagte er.

»Was denn noch?«, entfuhr es Horst. »Lass uns endlich die Formalitäten besprechen. Susanne und ich haben einen weiten Heimweg.«

Aber Chris ließ sich nicht beirren. »Ich bin schuld am Tod eurer Tochter«, sagte er. »Ich allein.«

Ein kalter Luftzug schien aus dem Kamin zu streichen, und eine Gänsehaut kroch über Susannes Arme.

»Was?«, flüsterte sie.

»Ach, Herrgott noch mal!« Horst schlug sich mit den Händen auf die Knie. »Schluss mit der Komödie! Natürlich trifft dich an dem Unfall keine Schuld. Wie solltest du …«

Ein Fauchen ließ ihn mitten im Satz innehalten. Der Heißluftballon war jetzt so nah, dass seine blaue Kugel fast die ganze Glasfront einnahm und die einfallenden Sonnenstrahlen verdeckte. Mond und Sterne tanzten hinter dem Fenster, und ein riesiger Schatten verdunkelte den Raum. Als wäre es mit einem Mal Nacht geworden.

»Doch«, sagte Chris. »Ich habe mich von Tess zu der Skitour überreden lassen. Ich wusste, dass es gefährlich war.« Er schüttelte den Kopf. »Aber es war so schwer, ihr etwas abzuschlagen.«

Susanne stand auf und setzte sich neben Chris. Sie zögerte kurz, dann griff sie nach seiner Hand. Erstaunt stellte sie fest, dass seine Haut für einen Mann ungewöhnlich zart war. Fast wie die einer Frau, auf jeden Fall nicht fest und trocken wie die von Horst. Die Frage, was er eigentlich arbeitete, schoss ihr durch den Kopf. Aber sie verbot sich den Gedanken gleich wieder, natürlich hatte Chris im Hotel genug zu tun. Und von einem Junior-Chef wurde nicht erwartet, dass er Bierfässer stemmte.

»Chris«, sagte sie, »was hast du denn jetzt vor?«

Er starrte sie an, als hätte er die Frage nicht verstanden. »Wie?«

»Ich meine, ziehst du ins Hotel? Zu deiner Mutter?«

Chris ließ seinen Blick zwischen Susanne und Horst hin- und herwandern. »Ach so.« Mit einem Ruck entzog er Susanne seine Hand. »Keine Angst, ich will euer Haus gar nicht.«

Susanne fühlte sich ertappt. »Unsinn! Natürlich musst du nicht ausziehen. Nicht sofort jedenfalls«, verbesserte sie sich eilig.

Horst beugte sich vor und ließ Chris nicht aus den Augen. »Tess hat ein Testament gemacht.«

Susanne warf ihm einen warnenden Blick zu und schüttelte leicht den Kopf. Dies war nicht der Moment für Erbstreitigkeiten. »Das wissen wir doch noch gar nicht.«

Chris stand abrupt auf und ging zum Kamin. Er lehnte sich mit dem Rücken gegen die rauen Natursteine und vergrub die Hände in den Hosentaschen. »Verstehe«, sagte er und verzog den Mund. »Aber das interessiert mich nicht. Ich wollte ihr Geld nicht – ich wollte immer nur Tess.«

Susanne spürte ein Brennen hinter den Lidern. Sie hätten Tess bei der Wahl ihres Ehemannes vertrauen sollen. Mit ihrer Ablehnung hatten sie ihr nur die letzten Monate ihres Lebens vergällt. Um ihre aufsteigenden Tränen zu verbergen, schaute sie zu der Glasfront hinüber, aber der Heißluftballon hatte beigedreht, war kleiner geworden und schwebte direkt über der Kirchturmspitze von Wildmoos.

»Na, dann ist ja alles in Ordnung.« Horst zeigte sich von Chris' Worten wenig beeindruckt. Er ließ sich auf das Sofa zurücksinken und verschränkte die Arme vor der Brust. »Sehr gut, dann lasse ich also vom Anwalt einen Erbverzicht aufsetzen. Nur für den Fall, dass es doch kein Testament gibt.« Sein Ton war herausfordernd. »Ist dir doch recht?«

Chris ballte deutlich sichtbar die Hände in seinen Taschen zu Fäusten. Aber er antwortete in gelassenem Ton: »Klar doch.«

»Horst, also wirklich«, sagte Susanne. Ganz konnte sie die Erleichterung in ihrer Stimme nicht unterdrücken.

»Nicht jetzt, Liebes.«

Draußen war Motorengeräusch zu hören. Ein Wagen fuhr auf den Vorplatz und hielt vor dem Chalet. Eine Autotür klappte, jemand trat sich den Schnee von den Schuhen und gleich darauf drehte sich ein Schlüssel im Schloss. Mit einem kalten Luftzug ging die Eingangstür auf.

»Susi? Horst? Grüß euch, ihr Lieben!« Elisabeth, umweht von einem pelzverbrämten Cape, stöckelte auf hohen Wildlederstiefeln auf sie zu. »Chris hat mir gesagt, dass ihr kommt. Ihr wohnt natürlich bei mir.« Sie beugte sich hinunter und legte ihr von der Schneeluft eiskaltes Gesicht an Susannes Wange. »Wir sind zwar bis unters Dach voll, aber für euch habe ich immer Platz. Familie ist schließlich Familie.«

»Nicht nötig.« Horst erhob sich. »Guten Tag, Elisabeth. Wir sind hier fertig. Es ist alles geklärt.« Er wandte sich an Susanne und hielt ihr die Hand hin. »Liebes?«

»Ja, klar.«

Susanne ließ sich von ihm hochziehen. Sie war erleichtert, dass er die Initiative ergriffen und dieses unglückliche Zusammentreffen beendet hatte. Auch wenn sie die Beziehung ihrer Tochter zu Chris möglicherweise falsch eingeschätzt hatte, wollte sie einen Schlussstrich unter das letzte Jahr ziehen.

»Aber warum denn?« Elisabeth ließ ihren Blick zwischen Horst, Susanne und Chris hin- und herwandern. »Was ist denn los?« Sie musterte ihren Sohn. »Chris?« Ihr Ton klang, als wollte sie ihn fragen, ob er etwas angestellt hatte.

»Nichts, Mama.« Chris stieß sich vom Kamin ab. »Tess wird nach Frankfurt überführt. Ich bin damit einverstanden.« Er ging zur Küche, holte Susannes Pelzmantel von dem Barhocker, über den ihn Horst geworfen hatte, und hielt ihn ihr auf. »Ich wünschte, wir hätten mehr Zeit gehabt, uns kennenzulernen, Susi.«

Susanne schlüpfte in den Mantel. »Das finde ich auch«, log sie. Sie schloss die Pelzhaken. Dabei fiel ihr Blick auf den leeren Kaminsims. »Wo ist eigentlich das Hochzeitsbild?«

Chris und seine Mutter schauten beide zu den Familienfotos hinüber.

»Im Hotel«, sagte Elisabeth. »Ich habe es mitgenommen.«

»Im Schlafzimmer«, sagte Chris gleichzeitig. »Ich will Tess ganz bei mir haben.«

Elisabeth legte ihm die Hand auf den Arm. »Verzeih mir, Schatz, aber ich habe es in die Lounge gestellt. Zu den anderen Hochzeitsbildern der Familie. Jetzt, wo Tess nicht mehr bei uns ist, dachte ich, dass es dort hingehört.« Sie tupfte mit der Fingerspitze eine noch unsichtbare Träne aus dem Augenwinkel.

Chris starrte seine Mutter an, als könnte er nicht glauben, dass sie das Foto ohne seine Zustimmung entfernt hatte. Aber dann sagte er nur: »Das war eine gute Idee.«

»Oh bitte, was denn noch?«, rief Horst und marschierte zur Haustür. Nach wenigen Schritten drehte er sich noch einmal um. »Ich muss mir noch die Hände waschen.« Er verschwand in Richtung Badezimmer.

Elisabeth trat zu Susanne. »Was für ein prachtvolles Stück«, sagte sie und strich über den Ärmel von Susannes Nerzmantel. »Müsst ihr wirklich schon wieder nach Hause fahren?«

Susanne fiel auf, dass sie das Chalet offenbar nicht als das Zuhause der Familie Hartmann ansah. »Nach Frankfurt, ja.« Sie fischte ihre Handschuhe aus der Manteltasche und zog sie an. »Aber ich denke, wir kommen bald wieder.«

Im Gang schlug eine Tür, gleich darauf stürmte Horst herein. »Susanne, wir müssen.«

»Was ist denn?«

»Los, los.«

Schweigend fuhren sie die Bergstraße vom Chalet nach Wildmoos hinunter. Die drei Heißluftballone schwebten im Verband auf die Drachenkopfspitze zu. Ihre bunten Hüllen sahen aus, als hätte sie ein Kind auf den blauen Himmel gemalt. Die Schneeberge am Straßenrand leuchteten grell unter der Mittagssonne, und kleine Rinnsale von Schmelzwasser liefen über den schwarzen Asphalt talwärts. Horst fuhr schneller als sonst, und als eine riesige schwarze Katze über die Fahrbahn rannte, bremste er so abrupt, dass Susanne in den Sicherheitsgurt geworfen wurde.

»Sag mal, spinnst du?«, rief sie. Auch ihre Nerven lagen nach dem Zusammentreffen mit der angeheirateten Verwandtschaft blank. »Willst du uns umbringen?«

Horst verlangsamte sein Fahrtempo. »Ich bin vorhin nicht auf die Gästetoilette gegangen«, sagte er. »Ich musste einfach einen Blick ins Schlafzimmer werfen.«

Susanne starrte ihn von der Seite an. »Wie bitte?«

Ein Muskel zuckte auf seiner Wange. »Beide Seiten vom Bett sind bezogen – und benutzt.«

Einen Augenblick war Susanne irritiert. Aber dann fiel ihr eine Erklärung ein. »Natürlich sind sie das, Horst. Der arme Junge hat das Bett nicht neu beziehen lassen. Chris fällt es genauso schwer wie uns, mit dem Verlust von Tess fertig zu werden.« Auf ihrem Hochzeitsbild sahen die beiden so glücklich aus.

»Deswegen hat er auch die ganzen Fotos von Tess auf den Nachttisch gestellt, was?« Die lauernde Ironie in Horsts Stimme war nicht zu überhören.

Sie hatten den Ort erreicht und bogen in die Hauptstraße ein. Vor ihnen fuhr ein Reisebus. Aus dem Korb am Heck ragten Skispitzen wie ein Wald aus Speeren. Schwarzer Rauch quoll in dicken Schwaden aus seinem Auspuff, und Dieselgestank drang durch die Lüftung in den Innenraum des Mercedes. Susanne stellte die Klimaanlage aus und ließ ihr Fenster ein Stück herab. Sofort wurde ihr kalt.

»Du hast doch gehört – Elisabeth hat das Hochzeitsbild mit ins Hotel genommen.« Auf dem Kaminsims hatte eine ganze Anzahl von Fotos gestanden, die Tess' Leben dokumentierten. Vom Kinderskikurs über Silvesterpartys im Schnee bis eben zu dem unseligen Hochzeitsbild. »Worauf willst du hinaus, Horst?«

»Es gibt im ganzen Schlafzimmer kein einziges Foto von unserer Tochter«, sagte er. »Aber das Bett ist benutzt.«

Susanne brauchte einen Augenblick, bevor sie seine Worte begriff. »Vielleicht hat er sie woanders aufgestellt.« Sie hörte selbst, wie lahm ihre Verteidigung von Chris war.

Horst fuhr mit der Hand in seine Jackentasche, zog einen Gegenstand heraus und hielt ihn ihr hin. »Das ist das einzige Bild, das ich gefunden habe.«

Es war ein kleiner ovaler Silberrahmen. Tess, in einem roten

Polohemd und mit Reithandschuhen, schmiegte ihr Gesicht lachend an den Kopf ihrer neuen Schimmelstute. *Sparkling Diamond's White Star.* Das Pferd hatte ein Vermögen gekostet. Seit Chris am Horizont aufgetaucht war, fraß es sein vorzeitiges Gnadenbrot. Behutsam nahm Susanne das Bild und betrachtete es, wobei sie den Rahmen wie eine zerbrechliche Kostbarkeit zwischen den Fingern hielt.

»Wo hast du das her?«, flüsterte sie.

»Lag unter der Garderobe – neben der Kellertreppe.«

»Was?« Susanne hob den Kopf. »Wieso denn das?«

Horst zuckte die Schultern. »Ich nehme an, dieser Chris hat das Haus entrümpelt. Würde mich nicht wundern, wenn Tess' ganze Sachen in Kisten im Keller lagern.« Er warf einen Seitenblick auf das Foto. »Wird wohl runtergefallen sein.«

Susanne presste die Lippen zusammen und dachte an Elisabeths Auftritt vor ein paar Minuten. Als hätte sie eine Bühne betreten, auf der sie sich ganz zu Hause fühlte. »Und diese Elisabeth hat einen Haustürschlüssel.« Sie schob das Foto in ihre Manteltasche.

Der Skibus vor ihnen blieb am Straßenrand stehen, und Horst bremste scharf und hielt ebenfalls an. Er nahm die Hände vom Lenkrad und verschränkte sie über dem Bauch.

»Wollte Tess wirklich diese Skitour machen?«, fragte er. »Was meinst du?«

Susanne wusste, was er damit andeuten wollte. Natürlich war Tess ein Schatz gewesen, aber manchmal eben auch etwas lethargisch. Es sah ihr gar nicht ähnlich, bei Schneetreiben auch nur einen Fuß vor die Tür zu setzen, geschweige denn, Tourenski anzuschnallen und sich einen mühevollen Aufstieg und eine lange Abfahrt im Tiefschnee zuzumuten. War es am Ende doch nicht ihre Idee gewesen? Hatte im Gegenteil Chris sie zu dieser Unternehmung überredet?

»Sie wäre eher zu Hause geblieben«, gab sie zu.

»Eben.« Horst räusperte sich. »Wir waren mit diesem Mann nie einverstanden, und jetzt werden wir einen Schlussstrich ziehen.«

»Genau das habe ich mir vorhin gedacht.« Sie spürte eine ganz neue Entschlossenheit. »Wir müssen diese Leute aus unserem Haus bekommen, Horst. Koste es, was es wolle.«

»Mir ist jedes Mittel recht«, knurrte er. »Du kennst mich doch, Liebes.«

Der Bus entließ eine Horde Skifahrer, die sich sofort um das Heck scharten, um ihre Bretter in Empfang zu nehmen. Ein Mann im Lammfellmantel trat aus dem Zeitschriftenladen. In der Hand hielt er eine Kiste mit Mineralwasser und unter dem Arm hatte er eine Rolle Zeitungen stecken. Er stutzte und starrte auf das Gedränge. Dann versuchte er, sich mit seiner sperrigen Last durch die Touristen zu schieben, um auf die andere Straßenseite zu gelangen.

Horst trommelte mit den Fingern auf das Lenkrad. »Von Frankfurt aus telefoniere ich sofort mit Dr. Zechner. Dieses Gesindel wird aus unserem Haus verschwinden.«

»Dein Wort in Gottes Ohr«, meinte Susanne. Wenn es eine Möglichkeit gab, das Chalet zurückzubekommen, würde Horst sie finden. »Der Gedanke, dass diese Elisabeth in unserem Haus sitzt, macht mich irre.«

Jetzt war der Mann im Lammfellmantel von den Bustouristen eingekeilt. Ein Skifahrer im roten Anorak rempelte ihn an. Er taumelte gegen die Motorhaube des Mercedes. Die Mineralwasserkiste schlug so hart gegen die Stoßstange, dass das Klirren der Flaschen bis in den Wagen zu hören war.

»Kann der Idiot nicht aufpassen?« Horst drückte auf die Hupe. »Haut hier mit den Flaschen auf meinen Lack, verdammt.«

Die Skifahrer drehten die Köpfe zu ihnen, die Gespräche verstummten, einer schüttelte die Faust in ihre Richtung, und ein anderer zeigte ihnen den Mittelfinger. Der Mann im Lammfellmantel spähte ins Wageninnere. Seine Hornbrille war ein wenig verrutscht. Sekundenlang starrte er Susanne ins Gesicht, dann drehte er sich um und kämpfte sich weiter einen Weg durch die Menge. Kurz darauf war er zwischen den wattierten Anzügen verschwunden.

»Du – ich glaube, das war Ben Ingram«, sagte Susanne.

»Kein Grund, mein Auto zu ruinieren«, knurrte Horst. »Kennst du den Typen etwa?«

»Ja, klar, das *war* Ben Ingram«, wiederholte Susanne. »Du weißt doch – dieser englische Schriftsteller.« Trotz der deprimierenden

Stunden, die hinter ihr lagen, fühlte sie fast so etwas wie freudige Erregung. Sie war eine leidenschaftliche Leserin und hatte ein Faible für Agatha Christie und Co. »Ob der hier Urlaub macht?« Ihre Gedanken wanderten zum Chalet zurück. Auf dem Tisch vor dem Kamin hatte ein Teller mit Zigarettenkippen gestanden. Er war halb unter den Zeitschriften verborgen gewesen. »Sag mal, raucht Chris eigentlich?«

»Keine Ahnung.« Horst legte den Rückwärtsgang ein und versuchte zurückzusetzen. Aber hinter ihm hatte sich bereits eine ganze Autoschlange gebildet. »Scheiße, verdammt.«

»Tess war jedenfalls dagegen«, sagte Susanne. Ein richtiger Gesundheitsapostel war Tess gewesen. Bei Einladungen war es Susanne immer peinlich gewesen, wenn sie gegen Zigaretten- und Fleischkonsum gewettert hatte. »Sie hätte niemals einen Raucher geheiratet.«

»Dann hätten wir Chris ja nur rechtzeitig eine Zigarettenpackung unterjubeln müssen«, brummte Horst. »Eine einmalige Chance verpasst.«

Susanne strich über den Ärmel ihres Pelzmantels, so wie es Elisabeth vor ein paar Minuten oben im Chalet getan hatte. Die seidigen Haare sträubten sich, als wollte sich der Nerz gegen diese Zudringlichkeit wehren.

»Auf dem Sofatisch hat eine Untertasse gestanden«, sagte sie. »Darauf war noch Zigarettenasche.«

»Und?«

»So ein Automagazin lag halb drüber«, fuhr sie fort. »Ich glaube, Chris hat einfach nicht mehr daran gedacht, die Kippen zu beseitigen, ehe wir kommen. Seltsam, oder?«

Die Autoschlange setzte sich wieder in Bewegung. Horst gab so ruckartig Gas, dass Susanne in den Sitz gepresst wurde. Er sagte nichts, aber sie konnte sehen, wie der Muskel auf seiner Wange zuckte. Seine Hände umfassten das Lenkrad so fest, dass die Knöchel weiß hervortraten.

Jetzt hatten sie die Ortsmitte erreicht. Rechts vor ihnen lag das Hotel Alpenrose. Abrupt und ohne den Blinker zu betätigen, bog Horst in die Einfahrt ein und fuhr direkt vor die Eingangsstufen. Zu beiden Seiten der Treppe standen mit Weihnachtskugeln geschmückte Christbäume. Die Sonne ließ die goldenen Schleifen zwischen den grünen Nadeln glitzern. Zwei Skilehrer in rot-weißen Anoraks saßen auf einer Bank an der Hauswand und rauchten, während sie offenbar darauf warteten, dass ihre Privatschüler das Mittagessen beendet hatten. Alle wandten Horst und Susanne gleichzeitig die sonnenverbrannten Gesichter zu.

»So«, sagte Horst und stellte den Motor ab. »Da wären wir.« Seine Stimme klang grimmig.

Susanne schaute ihn an. »Und was wollen wir hier?«

»Wohnen, Liebes, wohnen.« Horst stieß die Autotür auf und stieg aus. »Du hast doch gehört – Elisabeth hat jederzeit ein Zimmer für uns.« Er schaute zum Eingang und winkte energisch einen Pagen in grüner Livree heran. »Schließlich gehören wir ja zur Familie.«

Der Page eilte die Stufen hinunter, lief auf das Auto zu und öffnete die Beifahrertür. »Herzlich willkommen, gnädige Frau. Hatten Sie eine angenehme Anreise?«

Susanne war ein paarmal in der Alpenrose gewesen, doch diesen jungen Mann kannte sie nicht. Er musste neu sein. Sie nickte daher nur und ließ sich von dem hohen Beifahrersitz herabgleiten. »Ja, danke.«

Die Dezembersonne brannte auf ihr Gesicht, sodass sie die Augen zusammenkneifen musste, doch das innere Frösteln blieb. Sie zog den Pelzmantel fester um sich.

Horst ging um den Geländewagen herum, öffnete die Heckklappe und zeigte dem Pagen die beiden großen Reisetaschen, die Susanne für alle Fälle gepackt hatte. Insgeheim hatte sie gehofft, ein paar Tage im Chalet zu bleiben und Tess in ihrem letzten Zuhause nah zu sein. Und so den Beileidsbezeugungen in Frankfurt zu entkommen. Doch im Chalet wohnte jetzt dieser Chris. *Und seine Mutter hatte einen Hausschlüssel.*

Sie wartete, bis der Hotelbedienstete mit dem Gepäck die Eingangsstufen hinaufstieg und außer Hörweite war. Dann fixierte sie Horst über das schwarze Autodach hinweg. »Kannst du mir vielleicht erklären, was das bedeuten soll?«, fragte sie lauter als beabsichtigt. »Ich möchte nach Hause.«

Aus dem Augenwinkel konnte sie sehen, wie einer der Skilehrer die Miene zu einem Grinsen verzog und Horst einen spöttischen Blick zuwarf, ehe er einen tiefen Zug aus seiner Zigarette nahm und den Rauch in ihre Richtung blies.

Horst ging um den Wagen herum und legte ihr den Arm um die Schultern. »Du willst doch auch wissen, was mit unserer Kleinen passiert ist, oder?«

Susanne starrte zu ihm hoch. Eine scharfe Falte stand zwischen seinen Brauen und seine Miene war sorgenvoll, aber auch kalt und entschlossen. So schaute er immer drein, wenn er die Chance sah, einen geschäftlichen Mitbewerber auszuschalten. Sie fühlte, wie ihre Knie weich wurden.

»Irgendwas stimmt nicht mit Tess' Tod«, flüsterte sie. »Oder? Das habe ich vom ersten Augenblick an gespürt.«

»Wir bleiben jedenfalls so lange, bis wir es wissen.« Horst zog sie an sich. »Und wehe, wenn es so ist, wie ich befürchte.«

»Vielleicht sollten wir lieber die Polizei rufen.«

»Dann brauchen wir keine Polizei mehr, dann bringe ich ihn um«, sagte er dicht an ihrem Ohr. »Versprochen.«

Ein Paar in teuren Skisachen trat aus dem Hotel. Sofort stand einer der Skilehrer auf. Er nahm noch einen Zug von seiner Zigarette und warf die Kippe dann in die sandgefüllte Schale neben der Bank. Rauch wand sich in der kalten Wintersonne und stieg wie der Geist aus der Flasche in den stahlblauen Himmel hinauf.

SECHS

»Hallo? Jemand zu Hause?« Der anhaltende Klingelton schrillte durch den Flur. »Hallo – Onkel Be-hen!«

Als wollte sie eine Antwort geben, fing die Standuhr an zu surren. Das alte Werk setzte sich in Bewegung, dann schlug es zwei Mal.

Ben schenkte sich Mineralwasser ein und ging, das Glas in der Hand, zum Küchenfenster. Vor dem Haus parkte ein schwarzer Porsche Cayenne. Der Lack des schweren Autos war makellos und strafte seinem Ruf als Geländewagen Lügen. Bens alter Volvo dagegen lag noch immer unter einer dicken Schneehaube begraben und erinnerte an einen schlafenden Eisbären. Über Nacht hatte der Schneefall aufgehört, und die Sonne brannte gleißend vom blauen Himmel. Ben kniff die Augen gegen den strahlenden Winternachmittag zusammen. Der Sturm hatte ihn die halbe Nacht wach gehalten, sodass er erst gegen Morgen in den tiefen Schlaf gefallen war, an den er sich seit seinem Einzug in das Bauernhaus inzwischen gewöhnt hatte.

»Onkel Benedikt!« Nun wurde an die Haustür getrommelt.

Onkel Benedikt? Ben schlurfte zur Tür. Als er gewohnheitsmäßig die Hand nach der Klinke ausstreckte, bemerkte er, dass der Hausschlüssel nicht im Schloss steckte. Er warf einen Blick auf die Kommode unter dem fleckigen Spiegel, wo er den Schlüsselbund schon manchmal gedankenlos auf den kleinen Zinnteller gelegt hatte.

Der Teller war weg.

Ben machte die Augen zu, aber als er sie wieder öffnete, bot sich ihm das gleiche Bild: Die Kommode war vom Gebrauch vieler Jahre zerkratzt. Schwarze Furchen durchzogen wie Narben die grobe Maserung, und eine feine Staubschicht bedeckte ihre Oberfläche. Bis auf eine kreisrunde Stelle in der Mitte, wo das alte Holz wie frisch poliert glänzte.

»Onkel Benedikt?« Die Stimme war direkt draußen vor der Tür.

»Komme gleich.«

Jetzt fiel ihm ein, dass er den Schlüsselbund im ersten Stock vergessen hatte. Nach seinem Besuch in dem leeren Zimmer hatte er sich gleich in seinem Bett verkrochen. Nachdem er die Zimmertür wieder geschlossen hatte.

»Moment noch«, rief er und nahm einen Schluck Mineralwasser, wobei er den Blick auf die Stelle, wo sich gestern Abend noch der Zinnteller befunden hatte, vermied. Was war letzte Nacht geschehen? Er konnte sich nicht erinnern, den Teller von seinem Platz genommen zu haben. Wozu auch? Aber es musste so gewesen sein. Ben schüttelte sich. Sogar das Mineralwasser hatte an diesem Morgen einen salzigen Nachgeschmack. »Ich hole nur den Schlüssel.«

Ein paar Minuten später schloss er die Tür auf.

Draußen stand ein junger Mann in einer lackschwarzen Daunenjacke, die Sonnenbrille in das zerzauste blonde Haar geschoben. In den Händen hielt er einen Karton, aus dem Flaschenhälse und Papiertüten ragten.

»Hallo, Onkel Ben«, sagte der Mann und streckte zur Begrüßung vorsichtig ein paar Finger aus, damit ihm der Karton nicht aus der Hand glitt. »Willkommen im Hexenhäusl.« Seine hellblauen Augen funkelten. »Na, du siehst ja ziemlich mitgenommen aus. Hab ich dich etwa geweckt? Einzug gefeiert, was?«

Ben starrte erst auf den Besucher und dann auf die ausgestreckten Finger, ehe er sie zögernd ergriff. »Ingram.«

»Hey, ich bin der Chris.« Der junge Mann machte einen Schritt auf Ben zu. »Ich hab dir was zu essen mitgebracht. Lass mich mal rein.«

Ben trat beiseite und gab den Weg frei. »Chris?«, fragte er, während der junge Mann sich an ihm vorbeischob und zielsicher die Küchentür ansteuerte. Offensichtlich kannte er sich im Haus aus.

»Dein Lieblingsneffe«, rief er Ben über die Schulter zu. »Weil – dein einziger.«

»Ach.«

»Der Sohn von deiner Cousine.« Chris grinste und entblößte dabei eine Reihe kräftiger weißer Zähne. »Von der Lisl.«

»Oh ja, klar.«

Jetzt, wo sein ungebetener Gast es sagte, fiel Ben die Familienähnlichkeit auf. Dieser Chris hatte die blonde Schönheit seiner Mutter geerbt. Nur dass sein Gesicht nicht so maskenhaft wirkte. Aber für ein Lifting war er eindeutig noch zu jung. Ben schätzte ihn auf Anfang dreißig.

»Na bitte, kennst mich doch, Onkel Ben«, sagte Chris in dem Ton, den man alten Leuten im Altersheim gegenüber anschlägt, wenn sie sich partout nicht an den Namen ihres Besuchers erinnern wollen. Unter lautem Flaschengeklapper verschwand er in der Küche.

»Dann komm mal rein«, sagte Ben und schloss die Haustür. Sofort war es wieder finster im Flur. Er drehte den Schlüssel zweimal im Schloss. Dann warf er einen misstrauischen Blick auf die Kommode. Aber der Teller hatte sich nicht wieder materialisiert. »Chris, natürlich.« Er folgte seinem neu aufgetauchten Neffen.

Chris stellte bereits den Karton neben Bens Computer, direkt auf die Ausdrucke vom Vorabend. Die Flaschen, die sicher Hochprozentiges enthielten, klirrten gegeneinander. Mit Schwung setzte er sich auf einen Küchenstuhl, streckte die Beine von sich und faltete die Hände auf dem Bauch.

Ben griff nach dem eisernen Haken und zog die Ringe von einer der Herdplatten. Aus der Kiste mit Holz und Altpapier nahm er ein paar Scheite, öffnete die Herdklappe und schichtete das Brennholz sorgfältig in das Feuerloch. Dann schlug er die Klappe zu, zerknüllte die Titelseite der Wildmooser Nachrichten und sah sich nach der Streichholzschachtel um.

Chris beobachtete Bens Bemühungen. »Nett hast du's hier«, sagte er. »Hast dich schon ganz gut eingerichtet, was?«

Ben entdeckte die Streichhölzer zwischen den verstaubten Porzellanbehältern auf der Ablage, wo sie hinter die Dosen mit Mehl und Zucker gerutscht waren. Als er sie hervorzog, fielen eine paar mumifizierte Fliegenleichen herab. Er wischte sie kurzerhand in die Brennholzkiste, wo sie zwischen den Scheiten und der Axt verschwanden. *Feuerbestattung*, dachte er.

»Geht so«, antwortete er, ohne sich zu Chris umzudrehen, und riss ein Streichholz an. Der Schwefelgeruch stach ihn in die Nase.

»Die Mama schickt dir was für die Hausbar«, sagte Chris munter. »Sie dachte, du kannst es in der alten Hütte hier gebrauchen. Und der Küchenchef hat noch was fürs leibliche Wohl dazugetan.«

»Danke.« Ben hielt das brennende Streichholz an den Papierball. Er wartete, bis die Flammen in die Luft züngelten, dann warf er das lodernde Bündel in das Loch auf der Kochplatte und schob die Ringe mit dem Feuerhaken wieder an ihre Stelle zurück. »Gleich wird's warm.«

Chris nickte. »Wollt schon sagen, bisschen kühl hier.« Er rieb die Hände aneinander. »Probleme mit der Heizung?«

Ben holte die letzte Flasche mit stillem Mineralwasser aus dem Kühlschrank, füllte den Teekessel und stellte ihn auf die Herdringe. »Eher Probleme mit dem Wasser. Willst du auch Tee?«

»Wenn du nichts Besseres hast. Wo hakt's denn?« Chris klang interessiert. »Mit dem Wasser, meine ich.«

Ben nahm zwei Tassen, die nicht zusammenpassten und deren Ränder abgeschlagen waren, steckte in jede einen von Tante Agnes' Blechlöffeln und stellte sie auf den Küchentisch. »Es ist ungenießbar.«

Chris starrte ihn ungläubig an. »Das Wildmooser Wasser ist für seine Reinheit berühmt«, sagte er hörbar gekränkt. »Unsere Gäste füllen's in Flaschen und nehmen's mit nach Hause.«

»Glaub ich gern.« Ben hängte zwei Teebeutel in die Tassen und stellte eine Packung Zucker dazu. »Aber die Leitungen hier sind verrostet.« Er hob die Schultern. »Im Moment behelfe ich mich mit Mineralwasser.«

»Verstehe.« Chris verschränkte die Arme vor der Brust. Der schwarz glänzende Stoff seiner Jacke erinnerte an Haifischhaut. »Hast du schon mit einem Installateur gesprochen?«

»Noch nicht.« Ben ging zum Herd zurück, lehnte sich mit dem Rücken dagegen und umfasste die Messingstange, die an der Vorderseite entlanglief.

Das Feuer knisterte und prasselte. Heimelige Wärme kroch unter Bens Haut und lockerte seine von der schlaflosen Nacht verkrampften Muskeln. Ein Hauch jener Stimmung, die er sich von dem alten Bauernhof erhofft hatte, kam auf. Besinnliche

Tage in den Bergen, an denen der Duft nach Bratäpfeln die Stube erfüllte. Fast musste er lachen, wenn er an die Bruchbude dachte, die ihn stattdessen empfangen hatte. Aber dass dieser Chris ihm einen Willkommensbesuch abstattete, war natürlich nett. Es war ein erster Schritt aus der Einsamkeit heraus, die ihn seit seiner Ankunft in geradezu erstickender Umklammerung hielt.

»Den Anruf kannst du dir nämlich sparen«, sagte Chris. »Das bringt nichts. Nicht, solange der Boden gefroren ist.«

Der Teekessel pfiff wie eine Dampflokomotive. Ben nahm ihn vom Feuer, ging zum Tisch und goss kochendes Wasser in die Tassen. Die Papierbeutel blähten sich auf, stiegen an die Oberfläche und trieben wie kleine Rettungsinseln dahin.

»So was habe ich schon befürchtet«, sagte Ben. Er stellte den Kessel auf den Herd zurück und setzte sich Chris gegenüber. »Das Ganze hier ist eine Schnapsidee.«

»Wieso?« Chris musterte Ben, während er mit seinem Löffel den Teebeutel unter Wasser drückte, als wollte er ihn ertränken. »Die Mama hat gesagt, du schreibst hier dein neues Buch. Ist doch romantisch, oder sagt man bei euch inspirierend?«

»Romantisch ist gut.« Jetzt musste Ben tatsächlich lachen, aber er hörte selbst den Sarkasmus in seiner Stimme. »Träume eines sentimentalen Städters – nichts weiter. Die Realität sieht halt immer anders aus.«

»Quatsch, Onkel Ben.« Chris schaufelte Zucker in seine Tasse und gab dem Teebeutel den Rest. »Im April kannst du hier alles reparieren lassen. Die Wasserleitung und die Heizung und – wie steht's eigentlich mit dem Dach?« Er klopfte den Löffel geräuschvoll am Tassenrand ab. »Also, spätestens im Mai kannst du mit allem fertig sein.« Er warf den Löffel auf die Tischplatte. Braune Teeflecke breiteten sich auf dem alten Holz aus. »Das heißt, wenn du den Vorplatz erst im Sommer pflasterst.«

»Den Vorplatz pflastern?«

»Ja, klar.« Chris musterte ihn mit seinen blauen Huskyaugen. »Was meinst du, wie das draußen ausschaut, wenn du erst mal die ganzen Leitungen ausgegraben und wieder unter der Erde verlegt hast? Da draußen ist nichts asphaltiert. Da liegt Kopfsteinpflaster. Wenn die Herbstwetter kommen, stehst du hier knietief im

Dreck.« Er schüttelte den Kopf. »Und auf der alten Sickergrube liegen überhaupt nur Bretter, glaub ich. Die musst du sowieso irgendwann sanieren. Am besten, du lässt sie zuschütten.«

»Sickergrube? Gibt's hier keinen Kanalanschluss?««

»Doch, klar.« Chris nickte eifrig. »Die Sickergrube war nur für die Gülle aus dem Stall.«

Hier gibt's seit fünfzig Jahren keine Tiere mehr. In einem halben Jahrhundert konnte sich viel in so einer Grube angesammelt haben und musste entsorgt werden. »Sechs Monate, meinst du?« Ben fehlte nicht nur das Geld, sondern auch die Zeit, um einen alten Bauernhof großzügig zu renovieren.

»Vorsichtig geschätzt.« Ein Grinsen erschien auf Chris' Gesicht. »Ganz vorsichtig. Du kennst unsere Handwerker im Ort nicht. Und im Sommer müssen die auch noch die Hotels für die Wintersaison wieder auf Schuss bringen.«

Ben schüttelte den Kopf. »Das halte ich nicht aus. Ich frage mich, wie Tante Agnes hier leben konnte.«

Chris trank einen Schluck und ließ Ben über den Tassenrand hinweg nicht aus den Augen. »Die hat die Hütte halt auch geerbt. Die hat keiner gefragt.«

Bens Großmutter Eva hatte den elterlichen Hof mit Anfang zwanzig verlassen und war in die Stadt gezogen, um dort eine neue Heimat zu finden. Kurz darauf war Simon, Bens Vater, auf die Welt gekommen. Wahrscheinlich war die Schwangerschaft der Grund ihrer Flucht gewesen, denn niemand wusste, wer der Vater des Kindes war. Eva hatte sich stets geweigert, über Wildmoos zu sprechen, und war nie in das Dorf zurückgekehrt. Von der ganzen Familie hatte nur Tante Agnes den Kontakt zu Eva und dem kleinen Simon gehalten. Bestimmt hatte sie deswegen auch Ben als Erben eingesetzt.

»Warum ist Tante Agnes eigentlich nicht weggezogen?«, erkundigte sich Ben und musterte Chris dabei. »Wollte sie nie heiraten?«

Chris wich seinem Blick aus. »Die Tant' Agnes war eine Männerhasserin. Mannsbild kommt ihr keines ins Haus, hat sie immer gesagt.« Er wedelte mit der Hand vor seinem Gesicht hin und her. »Wenn du mich fragst, war sie verrückt, genau wie ihre Mutter. So was vererbt sich.«

»Was denn – Wahnsinn?«

Chris zuckte die Schultern und kniff den Mund zusammen. Die Sonnenstrahlen, die durch das alte Glas fielen, malten Lichtkringel auf seine schwarze Jacke. Staubkörner tanzten wie Glühwürmchen um seinen blonden Kopf.

»Was war denn mit der Mutter von der Tante Agnes?«

Chris seufzte. »Hat sich aufgehängt.«

»Was?«

»Ist schon lange her.« Chris deutete mit dem Kinn zum Fenster. »Draußen, in der Stallscheune. Hat einen Kälberstrick an einen Dachsparren geknotet und ist durch die Heuluke gesprungen.«

»Großer Gott.« Nie hatte Bens Vater ein Wort von dieser Tragödie erwähnt. Auf einmal war ihm, als hörte er Josefas Stimme. *Is halt ein altes Haus. Da is viel passiert. Und nicht nur Gutes.* »Aber – warum hat sie das getan?«

Chris nahm die Sonnenbrille aus dem Haar und hielt sie sich vor die Augen, als wollte er die Sauberkeit der Gläser prüfen. »Weiß ich nicht, ich hab's auch nur als Kind so mitgehört. Die Familie redet nicht gern drüber, wie du dir vorstellen kannst.«

Bens Mund war trocken. »Und wann war das?«

Chris überlegte. »Das wird so in den fünfziger Jahren gewesen sein. Die Tant' Agnes war jedenfalls noch ein Teenager, glaub ich.« Er schob sich die Brille wieder auf den Kopf. »Tja, und da ist sie halt geblieben, nicht? Die kleine Schwester, die Maria, war ja noch ein Volksschulkind. Das war halt damals so.« Er streckte sich. Dabei erschien wieder das breite Lächeln auf seinem Gesicht. »Und die kleine Maria hat dann den Grund für die Pension Alpenblick geerbt und ist meine Großmutter geworden. Und so lebten sie alle glücklich bis an ihr Lebensende.«

Ben zog den Teebeutel aus seiner Tasse und wickelte ihn um den Löffel, um den Sud auszupressen. Der Blechstiel war im Wasser so heiß geworden, dass er sich daran verbrannte. Sollte er Chris von der letzten Nacht erzählen? Bestimmt würde er seinen alten Onkel für verrückt halten. »Im ersten Stock gibt es ein Schlafzimmer, das scheint seit Ewigkeiten nicht mehr betreten worden zu sein«, sagte er deshalb nur.

Chris nickte. »Das Zimmer von den Eltern. Die Tant' Agnes wird den Raum nicht gebraucht haben.«

Draußen im Hof knirschte der Schnee.

»Schmeiß halt die Möbel raus«, schlug Chris vor.

Ben fiel das Bild über dem Bett ein, die ausgestochenen Augen der Madonna. Wer hatte das getan? »Sag mal«, er räusperte sich, »ist dir mal ein Gerücht zu Ohren gekommen, dass es hier auf dem Hof spuken soll?«

Die Schritte im Hof kamen direkt auf das Haus zu. Ben stand auf und ging zum Fenster. Josefa stand, eingemummelt in ihren Lodenmantel und einen dicken Schal, vor der Hausbank. Auf dem Kopf leuchtete ihr rotes Tuch, und mit einer Hand stützte sie sich auf einen Stock.

»Glaubst du etwa an Gespenster?«, sagte Chris in lauerndem Ton, als wartete er nur auf eine Gelegenheit, seinen Onkel auf den Arm zu nehmen.

Ben öffnete einen Fensterflügel. »Guten Morgen, Josefa«, rief er. »Ich schließe gleich auf. Mein Neffe Chris ist zu Besuch.«

»Der Chris?« Josefa reckte den Kopf vor. »Was – jetzt schon?«

So früh fand Ben es eigentlich nicht. »Komme gleich.« Anscheinend galt Chris als Langschläfer.

»Nein, nein«, sagte sie hastig und wedelte abwehrend mit der freien Hand. »Ich geh schon wieder. Sag ihm nur, dass ich da war. Und dass ich wiederkomme.« Damit drehte sie sich um und humpelte über den Hof zurück zur Einfahrt.

Die in die warme Küche strömende Dezemberluft verursachte Ben eine Gänsehaut. Rasch schlug er den Fensterflügel zu und kehrte zum Küchentisch zurück. »Wo waren wir stehen geblieben?«

»Bei der lieben Familie«, sagte Chris. Er lehnte sich vor, als verriete er Ben ein Geheimnis. »Der alte Alois, musst du wissen, also der Vater von der Tant' Agnes, das war so ein richtiger Ungustl. Der war im ganzen Ort verschrien.«

»Ein Ungustl?«

»Jähzornig, unbeherrscht, alles was du willst. So ein Familientyrann vom alten Schlag – den hat niemand mögen. Er ist schon lange tot, aber es heißt, so einer geht um.« Chris' Mundwinkel zuckten, und in seinen Augen saß der Schalk. Aber seine Fröhlichkeit wirkte irgendwie aufgesetzt.

»Willst du mich auf den Arm nehmen?«, fragte Ben.

»Ganz ehrlich? Ja.« Chris ließ sich gegen die Stuhllehne fallen und lachte. »Der Einödhof war immer abgelegen, und die Bauersleute waren nie recht gesellig. Da entstehen dann leicht Gerüchte.« Er runzelte die Stirn. »Besonders, nachdem der Bauer weg war.«

»Wie – weg?«

»Na ja, abgehauen ist er halt. Gleich nach der Beerdigung seiner Frau. Scheint doch irgendwie an ihr gegangen zu haben. Vielleicht hat er doch so was wie ein schlechtes Gewissen gehabt. Aber im Ort hat's gleich geheißen, der Geist seiner Frau hätte ihn aus dem Haus getrieben.« Im Ofen knackte ein Holzscheit. »Vielleicht stimmt's ja sogar.«

»Das ist ja unglaublich.« Konnte er diese Geschichte für seinen neuen Roman nutzen? Eine verzweifelte Seele, die den Unhold, der sie in den Freitod getrieben hat, über das Grab hinaus verfolgt – gab es dafür überhaupt einen authentischeren Schauplatz als ein Gruselschloss in Schottland? Außer vielleicht einen alten Bauernhof im Salzburger Land. »Und man hat nie wieder von ihm gehört?«

»Doch, sicher. Er hat sich immer wieder gemeldet.« Chris überlegte. »Ich glaub, die Tant' Agnes hat sogar mal eine Postkarte von ihm bekommen. Aus Panama.«

»Verstehe.« War es nicht ungewöhnlich, dass ein Bauer so plötzlich Heim und Hof verließ und nach Südamerika auswanderte? Dafür musste es gute Gründe gegeben haben. Ben schaute zum Fenster hinüber, unter dem vor ein paar Minuten noch Josefa gestanden hatte. »Kennst du die Freundin von Tante Agnes gut? Diese Josefa?«

»Die alte Hex mit dem Klumpfuß?« Chris verzog den Mund. »Freilich, die hat keinen Mann gefunden und steckt ihre Nase ständig in anderer Leute Angelegenheiten. Halt dir die bloß vom Leib. Die verbreitet nix als Lügen.« Bei seinen letzten Worten wurde Chris' Stimme scharf. »Wenn's die mal beerdigen, müssen's ihr Mundwerk extra eingraben.«

»Aha«, sagte Ben. »Na ja, gut zu wissen.« Aber Josefas Stimme in seinem Kopf wollte nicht verstummen. *Der Chris? Der wird sich schon trösten. Der hätt die Tess genauso verlassen wie alle anderen. Der Chris war mit der Julia zusammen, und alle haben gedacht, die wird er heiraten.* Aber die sei nur eine Kellnerin gewesen, hatte Josefa gesagt. Und diese Tess hatte Geld gehabt. *Weil, fesch war die Teresa ja wirklich nicht.* Aber dieser Chris war fesch, das musste Ben ihm lassen. Er trank einen Schluck von seinem inzwischen lauwarmen Tee.

»Ich wollte dir noch mein Beileid aussprechen«, sagte er.

Im ersten Moment wirkte Chris, als wüsste er nicht, wovon die Rede war. Doch dann verdüsterte sich seine Miene. »Ja, danke. Da bist du der Erste.«

»Ach ja?«

»Allerdings. Jeder hier scheint der Meinung zu sein, ich hätte meine Frau umgebracht, um an ihr Riesenvermögen zu kommen.« Chris lachte auf, doch das Lachen klang bitter. »Aber keiner kann mir sagen, wie man eine Lawine auslöst, um seine Frau zielgenau zu verschütten.«

Ben schaute zum Fenster hinüber, wo sich über den Dächern von Wildmoos der Drachenkopf erhob. An einem prachtvollen Tag wie diesem glitzerten seine verschneiten Hänge in der Sonne und machten seinem Ruf als Wintersportgebiet alle Ehre. Aber ein Wetterumschwung reichte aus, um seine Rinnen und Grate in eine lebensgefährliche Landschaft zu verwandeln.

»Plötzlich war da so ein Grollen«, fuhr Chris mit gepresster Stimme fort. »Wir haben die Lawine kommen hören. Ich hab noch geschrien, dass da ein Felsvorsprung ist, unter dem wir uns retten können.« Er fuhr sich mit der Hand über die Stirn. »Aber Tess hat die Nerven verloren, sie ist immer schneller gefahren. Dann ist sie gestürzt, und plötzlich war die Lawine da.« Chris starrte Ben an. Unverhohlene Wut lag in seinem Blick. »Ihre Eltern haben mich vom ersten Augenblick an gehasst. Erst hat ihr Goldschatz unter Stand geheiratet, und jetzt bin ich auch noch der Erbschleicher.« Er schlug mit der Hand auf den Küchentisch, dass Bens Blechlöffel in der Tasse klapperte. »Dabei will ich weder das verdammte Haus noch ihr verdammtes Geld.

Mein Schwiegervater hat schon beim Notar einen Erbverzicht aufsetzen lassen.«

»Nette Familie.«

»Heute Morgen sind die beiden Alten bei mir aufgetaucht, und jetzt hocken sie in der Alpenrose als lebender Vorwurf herum.«

»Reizend.« Die Scheidung von Silke hatte ihn auch von seinen Schwiegereltern befreit. Die beiden waren sowieso immer der Meinung gewesen, dass ein Schriftsteller die falsche Partie für eine pensionsberechtigte Gymnasiallehrerin war. Er konnte Chris nur zu gut verstehen. »Und? Wirst du den Verzicht unterschreiben?«

»Ja, klar, was denn sonst? Wie soll ich denn anders beweisen, dass ich die Liebe meines Lebens nicht unter tonnenweise Schnee erstickt habe?« Er schaute auf seine braun gebrannten Hände hinab. Um sein Handgelenk schlängelte sich ein rotes Freundschaftsband, und ein feiner weißer Streifen lief um den Finger, auf dem der Ehering gesteckt hatte. »Schade, dass du Tess nicht kennengelernt hast.« Ein seltsames Lächeln erschien auf seinem Gesicht. »Ihr hättet euch sicher einiges zu sagen gehabt.«

Ben räusperte sich. »Na ja, dafür kennen *wir* uns jetzt, nicht?« Irgendwie war es nett, einen Neffen zu haben.

Chris hob den Kopf. »Das finde ich auch, Onkel Ben.«

Sie schauten sich ein paar Sekunden an.

»Lass doch das Onkel weg«, sagte Ben dann, und um seine Verlegenheit zu überspielen, stand er auf und inspizierte den Inhalt des Kartons, den Chris mitgebracht hatte. »Ist da was drin, womit man eine Männerfreundschaft am helllichten Tag begießen kann?«

Chris grinste, seine düstere Stimmung schien auf einen Schlag verflogen. »Das will ich meinen.« Er zog eine mit einer klaren Flüssigkeit gefüllte Flasche aus dem Karton. »Gib mal Gläser.«

Ben holte zwei Wassergläser – kleinere gab es in Tante Agnes' Küchenbeständen nicht – und Chris schenkte ihnen ein.

»Prost«, sagte er und hob das Glas. »Ich bin der Chris.«

»Ben«, sagte Ben und kippte den Schnaps hinunter. Einen Moment stach ihn die kalte Flüssigkeit wie mit Nadeln in die Kehle, dann rann sie brennend seine Speiseröhre hinab, ehe sie sich in seinem Magen ausbreitete. »Verdammt«, japste er. »Was ist denn das?«

»Zirbenschnaps.« Chris leerte sein Glas, ohne mit der Wimper zu zucken. »Kaufen wir immer vom Lechenbauern.«

»*Zirbenschnaps?*« Ben hatte das Gefühl, als wollte das Gebräu sein Inneres verätzen. »Damit hat sich doch Tante Agnes umgebracht.«

»Mit Zirbenschnaps? Echt?« Chris lachte fröhlich und unbeschwert. »Reiner Zufall, Ben. Die Tant' Agnes hat alles getrunken, nur kein Wasser.« Er beugte sich über den Tisch. »Hör mal, Ben, wenn du die alte Hütte hier loswerden willst, kann ich mich ja mal umhören. Ich meine, viel wirst du nicht dafür kriegen, aber ...«

»Nein.« An einen Verkauf hatte Ben überhaupt nicht gedacht. Trotz aller Spukgeschichten mochte er dieses urige Haus, in dem seine Familie seit Jahrhunderten gelebt hatte. Außerdem kam ein neuerlicher Umzug gar nicht in Frage. Dafür fehlte ihm schlicht das Geld. Er hatte ja nicht einmal mehr Möbel. Und wohin hätte er schon gehen sollen? »Ich bleibe.«

»Sicher?«

»Ganz sicher.«

Chris musterte ihn. »Na, wie du meinst. Hoffentlich bereust du deinen Entschluss nicht noch. Aber lass es mich wissen, wenn du deine Meinung änderst. Ich könnt's verstehen.«

Die Standuhr im Flur surrte und schlug die halbe Stunde.

»Oh, verdammt, schon halb drei – ich muss los. In zwanzig Minuten kommt unser Weinvertreter ins Hotel. Und das ist mein Job.« Er stand auf. »Gehst du gern Eisstock schießen?«

»Hab ich noch nie gemacht.«

Chris lachte. »Dann wird's aber Zeit. Ich treff mich bald einmal mit ein paar Freunden auf der Eisbahn – wenn du Lust hast, komm doch mit.«

»Ja – gern.«

»Ich besorg dir einen passenden Stock.« Er drohte Ben mit dem Zeigefinger. »Die Verlierer zahlen nachher den Schweinsbraten und das Bier.«

»Abgemacht«, sagte Ben und lächelte.

Als Chris gegangen war, inspizierte Ben den Inhalt der Kiste, die ihm Elisabeth geschickt hatte. Außer der Schnapsflasche fand er mehrere mit Klebezetteln versehene Plastikdosen. Jemand hatte sie mit ungelenker Schrift sorgfältig gekennzeichnet. *Hirschgulasch, Semmelknödel* und *Zwiebelrostbraten* und *Tafelspitz, Semmelkren in Tupperware* war da zu lesen. Ben war wider Willen gerührt. Der Empfang, den ihm seine lange Zeit ignorierte Familie da bereitete, bestärkte ihn in seinem Vorsatz, sich in Wildmoos häuslich einzurichten.

Natürlich gab es immer Anfangsschwierigkeiten, wenn man sich auf das Abenteuer eines alten Hauses einließ. Aber die waren zu meistern. Außerdem waren die kurzen Tage und langen Nächte in wenigen Monaten vorbei. Im Frühjahr würde er den Hof so nett herrichten, wie es eben möglich war. Dann besaß er ein großzügiges Heim in einer traumhaften Landschaft. Er würde in Ruhe arbeiten und endlich die langen Spaziergänge unternehmen, deretwegen er nicht zuletzt nach Wildmoos gezogen war. Vor ihm lagen Schneeschmelze, Sonnenschein und blühende Almwiesen. Oder so ähnlich.

Ben schenkte sich eine frische Tasse Tee ein und setzte sich an den Computer. Die Sonnenstrahlen, die durch das kleine Küchenfenster fielen, kitzelten seinen Nacken, als er sich in das Schicksal der Menschen auf Lachlan Hall vertiefte. Bald hatte er Wildmoos und die verstörende Nacht auf dem Einödhof vergessen.

An diesem feuchtkalten grauen Morgen machte sich Inspektor Applegate wie immer mit dem Fahrrad auf den Weg zur Dienststelle. Um sieben Uhr war die Hauptstraße von St. Mary-in-the-Moor noch menschenleer. Herbstnebel schwappte wie dicke Suppe zwischen den tief herabgezogenen Reetdächern der Häuser und waberte in den verblühten Staudenbeeten der Vorgärten. Die einzigen Geräusche waren das Knarren der Pedale und das Klappern seiner Fahrradkette. Aber Applegate war nicht ganz allein. Aus dem grauen Dunst vor ihm tauchten die verschwommenen Umrisse der alten Annie und ihres Handwagens auf. Wie immer brachte sie Milch und Eier von ihrem kleinen Hof direkt vor die Haustüren der Dorfbewohner.

»Morgen, Annie«, rief er und wollte schon an ihr vorbeifahren, als die Alte ihm aufgeregt zuwinkte. Das war so ungewöhnlich, dass Applegate sein Fahrrad mit einem Quietschen direkt neben ihr zum Stehen brachte. »Guter Gott – ist was passiert?«

Annie schob die Hände in die Manteltaschen und reckte den Kopf aus dem groben Strickschal, der wie eine dicke Schlange um ihren Hals lag. Ein zerbeulter Topfhut bedeckte ihr graues Haar. Unter der Hutkrempe hervor schaute sie Applegate scharf an. »*Meine Butterfly hat letzte Nacht ihr Kalb bekommen*«, *teilte sie ihm mit.*

»*Na, dann gratuliere ich*«, *meinte er freundlich.*

»*Ja.*« *Sie warf einen Blick über die Schulter, aber hinter ihr verschwamm die Dorfstraße im Nebel.* »*Muss so nach Mitternacht gewesen sein.*«

»*Oh, wirklich?*«

»*Ja.*« *Sie wandte sich wieder Applegate zu.* »*Und da war ich noch ein bisschen vor dem Stall und hab gewartet, ob alles in Ordnung ist.*« *Sie machte eine Pause und vergrub das Kinn im Schal. Viele kalte Winter in Schottland hatten ihn fadenscheinig werden lassen, und Annie hatte auch nicht immer den richtigen Faden zum Stopfen genommen. Jeder in St. Mary-in-the-Moor wusste, dass Annie McGregor dem Dorfleben mehr Aufmerksamkeit schenkte als ihren eigenen Angelegenheiten.* »*Also, das war schon seltsam.*«

»*Aber es ist doch nicht Butterflys erstes Kalb.*«

»*Nein!*« *Annies Augen flackerten.* »*Da war was.*«

»*Wo war was, Annie?*«

Sie zog eine Hand aus der Manteltasche und machte eine unbestimmte Handbewegung in Richtung Dorfrand, dorthin, wo das Moor begann. »*Da draußen*«, *flüsterte sie.* »*Das Licht. Ich glaub, der Inder ist wieder da, John.*«

Applegate hatte das Gefühl, als stellten sich ihm die Nackenhaare auf. »*Was soll das heißen – der Inder?*«, *fragte er, obwohl er genau wusste, von wem sie sprach.*

»*Da war so ein Licht auf dem Moor. Und nachher war's auf Lachlan. Hat so komisch geflackert – und auf einmal war's weg.*« *Sie nickte grimmig.* »*Finster wie'n Grab nachher, das Schloss.*«

Applegate überlegte. Der Sturm der letzten Nacht hatte ein paar Freileitungen gekappt. »*Das war sicher Kerzenlicht, Annie, es hat einen Stromausfall gegeben.*«

Annie brummte etwas Unverständliches. Dann nahm sie die Deichsel ihres Handwagens wieder auf. »*Der is zurück, sag ich dir, John.*« *Mit diesen Worten ließ sie ihn stehen und machte sich wieder auf ihre Tour.*

Gegen halb acht hatte Applegate den Posten erreicht. Er kochte sich einen Tee, fuhr den Computer hoch und fing mit der Routinearbeit an. Aber das Gespräch mit Annie ging ihm nicht aus dem Kopf. Vor dreißig Jahren hatte ein Serienmörder in St. Mary-in-the-Moor und den umliegenden Ortschaften Angst und Schrecken verbreitet. Sieben Menschen hatte er die Kehle durchgeschnitten. Mit einer Klinge, die schärfer war als jeder schottische Dolch. Scotland Yard war von einem indischen Kris als Tatwaffe ausgegangen, und kurzfristig war sogar Major Thompson-McFerguson in die Schusslinie der Ermittlungen geraten. Der Major hatte fast sein ganzes Leben in den ehemaligen Kolonien verbracht, ehe er sich in die Pension nach St. Mary-in-the-Moor zurückgezogen hatte. Er nannte eine stattliche Dolchsammlung sein Eigen, doch keiner hatte damals die Auffassung des Yard geteilt, dass er der siebenfache Mörder hätte sein können. Man hatte einfach einen klangvollen Namen für den Messerstecher gefunden – der Inder.

Natürlich wäre niemand auf die Idee gekommen, den jungen und gut aussehenden Mahatma Singh, der den Teeladen direkt neben Holy St. Mary betrieb und der bei der hübschen Frau von Reverend Sykes jeden Mittwoch Bridge spielte, zu verdächtigen. Wie man hörte, war der Bedarf an Darjeeling im Pfarrhaus plötzlich so angestiegen, dass Mr. Singh sich genötigt sah, persönlich die tägliche Lieferung zu übernehmen. Aber nicht einmal Annie McGregors scharfem Auge war bei diesen Botengängen ein Kris in seiner Hand aufgefallen – höchstens gelegentlich das fehlende Teepäckchen.

Dann war die Mordserie auf einmal abgebrochen. Ganze Hundertschaften der Polizei hatten das Moor mit Hunden erfolglos durchkämmt. Doch obwohl offiziell von einem vagabundierenden Täter ausgegangen wurde, waren die Verdächtigungen im Dorf nie verstummt.

Was, wenn Annie nun recht hatte?

Ein kurzer Anruf auf Lachlan Hall konnte jedenfalls nicht schaden. Higgins, die Haushälterin, trat ihren Dienst immer um sieben Uhr an und würde ihm bestätigen, dass alles in Ordnung war. Vielleicht war sogar Isobel, die Londoner Nichte von Sir Angus, schon auf.

Applegate griff zum Telefon und wählte die Nummer im Schloss. Fast hatte er damit gerechnet, dass die Leitung aufgrund des Stromausfalls noch immer tot war, aber es dauerte nur wenige Augenblicke, bis es zu läuten begann. Er wartete. Niemand meldete sich. Diese

Pflichtvergessenheit sah Higgins gar nicht ähnlich. Er wählte erneut. Niemand hob ab. Er warf den Hörer auf die Gabel, riss seine Jacke vom Garderobenständer und rannte aus dem Haus. Der Polizeiwagen parkte direkt vor dem Dienstposten. Applegate warf sich hinter das Lenkrad, startete und fuhr mit quietschenden Reifen los. Wenige Augenblicke später hatte ihn der zähe Nebel verschluckt.

SIEBEN

»Stille Nacht, Heilige Nacht, alles schläft, einsam wacht, holder Knabe im lockigen Haar ...«
Wie mit Engelsstimmen gesungen schwebte die Musik über dem Wildmooser Adventmarkt und senkte sich zwischen die bunten Holzbuden auf dem Kirchenvorplatz. Vom sternenlosen Abendhimmel rieselten zarte Schneeflocken herab und legten sich auf die Mützen und Anoraks der singenden Kinder auf der Kirchentreppe. Der Duft von Weihnachtsgebäck, gebratenen Maroni und Glühwein durchzog die Luft.

Ben stapfte, die Hände in den Taschen seines Lammfellmantels vergraben, zwischen den gut gelaunten Menschen in Skijacken und Pelzmänteln hindurch, die den Adventmarkt bevölkerten. Den ganzen Tag war er voller Konzentration in seine Arbeit vertieft gewesen. Die Sonne war hinter den Bergen untergegangen, ihre letzten Strahlen hatten den Himmel golden gefärbt und der Schatten der Stallscheune im Innenhof war länger und dunkler geworden. Da hatte eine unerklärliche Unruhe Ben erfasst.

Schon von Weitem hatte er die Lichter auf dem Dorfplatz gesehen. Magisch angezogen war er dem weihnachtlichen Zauber gefolgt. Zunächst hatte er sich nur die Beine vertreten wollen, aber je weiter ihn sein Weg vom Einödhof weggeführt hatte, umso leichter waren ihm seine Schritte gefallen. Immer schneller war er gegangen. Erstaunt hatte er festgestellt, dass es sich fast wie eine Flucht anfühlte. Als ihm die Gerüche nach Zimt und Weihrauch in die Nase gestiegen waren und er die fröhlichen Stimmen der vielen Menschen gehört hatte, war er direkt darauf zumarschiert. In München war er dem vorweihnachtlichen Gedränge immer ausgewichen. Aber nach den langen Stunden am Küchentisch sehnte er sich nach menschlicher Nähe.

Die Kirchenglocken schlugen sieben Uhr. Auf dem Einödhof brach ein neuer Abend an. Ben schaute zum hell angestrahlten Kirchturm hinauf. Darüber erhob sich der über das ganze Tal herrschende Drachenkopf, über dessen Flanken die Scheinwerfer der Pistenraupen strichen.

Er schlenderte an den Auslagen der Buden vorbei. Vor einem Stand mit gebrannten Mandeln, kandierten Äpfeln und Zuckerwatte blieb er stehen. Der Duft des Naschwerks weckte wehmütige Erinnerungen an den Münchner Viktualienmarkt in ihm, aber eigentlich mochte er keine Süßigkeiten. Dafür wurde er zwei Hütten weiter fündig. Hier wurden handgestrickte Jacken, Mützen und Handschuhe angeboten. Ben kaufte ein paar dicke Socken, die sich in seinen Händen kratzig anfühlten, ihm aber ein Gefühl von heiler Alpenwelt vermittelten.

Gerade als er vor einer Armee von bunten Nussknackern stand und sich fragte, wer diese martialischen Gestalten mit den grausamen Gesichtern eigentlich Kindern schenkte, wurde er von hinten angesprochen.

Eine Frau sagte mit kultivierter Stimme: »Verzeihen Sie bitte, aber sind Sie nicht Ben Ingram?«

Ben drehte sich um. Vor ihm stand eine Mittfünfzigerin im bodenlangen Nerzmantel. Ihr zartes Gesicht schaute unter einem schicken Kurzhaarschnitt hervor, und an ihren Ohren hingen die größten Perlen, die er je gesehen hatte.

»Allerdings.« Er hatte das Gefühl, als wäre er der Frau schon einmal begegnet. Vielleicht hatte sie eine seiner Lesungen besucht. »Wir kennen uns, stimmt's?«

Die Frau zwinkerte. »Ich fürchte, wir haben Sie fast überfahren. Vor zwei Tagen, auf der Hauptstraße.« Sie lachte ein wenig verlegen.

Sofort erinnerte sich Ben an den schwarzen Mercedes-Geländewagen, der ihn fast überrollt hätte. Er hatte eine ganze Kiste Mineralwasser nach Hause geschleppt, nachdem der Dieselmotor seines alten Volvos es abgelehnt hatte, bei solchen Minusgraden anzuspringen. Ben hatte Mühe gehabt, nicht unter die Stollenreifen des Geländewagens zu rutschen. Dabei hatte er der Beifahrerin sekundenlang ins Gesicht gestarrt. Nun stand sie vor ihm.

»Ist ja nichts passiert«, sagte er.

Sie schob die Hände in die Taschen. Die Ärmel ihres Mantels waren so weit wie die eines Chorhemdes. Ben hatte eine Abneigung gegen Pelze, und automatisch schoss ihm die Frage durch den Kopf, wie viele tote Tiere wohl zu diesem Mantel verarbeitet worden waren. Für einen Moment sah er die Marder zum Leben erwachen, quietschend über den Körper der Pelzträgerin wimmeln und dann zwischen den Adventbuden davonhuschen. Gänsehaut kroch über seinen Rücken, und er ermahnte sich wieder einmal, seine Phantasien zwischen Schreibtisch und Wirklichkeit getrennt zu halten. Solche Gedanken waren seiner geistigen Gesundheit nicht zuträglich.

»Ich habe alle Ihre Bücher«, sagte die Frau und blickte zu ihm auf. »Die *Highland-Morde* liebe ich besonders. Woher nehmen Sie nur Ihre Ideen? Dafür muss man doch einen kriminalistischen Spürsinn haben.«

Ben lachte. »Ja, das stimmt.«

»Vielleicht kann ich Sie auf einen Glühwein einladen – als Wiedergutmachung.« Sie schaute ihn an. »Nachdem mein Mann Sie fast totgefahren hat.«

»Ach, so schlimm war's ja nicht.«

Ben machte einen Schritt zurück und stieß gegen das Brett mit den Nussknackern. Das Holz klapperte, als die Figuren aneinanderstießen, und er hätte sich nicht gewundert, wenn sie ärgerlich mit den großen Kiefern nach ihm geschnappt hätten.

»Hartmann«, sagte die Frau und streckte ihm die Hand entgegen. »Susanne Hartmann. Wir wohnen in der Alpenrose.«

»In der Alpenrose?« Ben nahm ihre Hand. Die Haut fühlte sich heiß an, gewärmt von den Fellen, die man kleinen unschuldigen Tieren über die Ohren gezogen hatte. Er verdrängte den Gedanken energisch. »Dann sind Sie die Schwiegermutter von Chris, ja?«

»Ja«, sagte sie, und es klang, als hätte sie am liebsten ein *leider* hinzugefügt.

»Dann sind wir ja quasi verwandt.« *Mein Schwiegervater hat schon beim Notar einen Erbverzicht aufsetzen lassen. Und jetzt hocken sie in der Alpenrose als lebender Vorwurf.* »Chris ist mein Neffe.«

»Ich weiß.« Sie zog ihre Hand zurück und wandte sich halb ab, als überlege sie, das Gespräch abzubrechen. Aber dann schien sie es sich anders überlegt zu haben, denn sie holte tief Luft. »Ich muss Ihnen etwas gestehen – ich wusste gleich, wer Sie sind. Ich dachte eigentlich, dass Sie aus England kommen.« Sie musterte ihn. »Wegen der Schauplätze in Ihren Büchern. Aber im Hotel steht ein großes Foto von Ihnen. Stehen Sie Elisabeth, ich meine, Ihrer Cousine, nahe?«

Er schüttelte den Kopf. »Wir kennen uns kaum. Was mir natürlich leidtut.« Tat es das?

»Ach so.« Ihre Stimme klang erfreut. Sie trat von einem Bein auf das andere. »Dann würde ich gern mit Ihnen reden.« Sie betrachtete den zertretenen Schnee vor ihren Stiefelspitzen. »Das mag Ihnen jetzt seltsam vorkommen, aber ich brauche Hilfe und weiß nicht, an wen ich mich sonst wenden könnte.«

Ben schob die Papiertüte mit den Socken in seine Manteltasche. »Worum geht's denn?« Normalerweise ließ er sich nicht auf persönliche Gespräche mit wildfremden Menschen ein. Aber erstens war Susanne Hartmann die Schwiegermutter von Chris. Und zweitens, da war er ganz ehrlich zu sich, hatte sie mit ihren Worten seine Neugier geweckt. »Wo ist denn Ihr Mann?« Chris hatte doch gesagt, das Ehepaar wohne gemeinsam in der Alpenrose.

»Horst musste zurück nach Frankfurt – das Geschäft.« Sie zögerte, dann fuhr sie fort: »Aber ich wollte hierbleiben. Ich muss einfach noch ein paar Fragen klären. Und ich denke, Sie könnten mir dabei helfen.«

Ben wartete auf eine nähere Erklärung, aber als sie nichts mehr hinzufügte, sagte er: »Na, dann sollten wir wirklich einen Glühwein miteinander trinken.« Er bot ihr seinen Arm an, den sie sofort nahm. »Leider bin ich das erste Mal auf diesem Weihnachtsmarkt und kenne mich hier nicht aus.«

Auf ihrem Gesicht erschien ein trauriges Lächeln. »Wir kommen schon seit über zwanzig Jahren nach Wildmoos.« Sie deutete über die Köpfe der anderen Besucher. »Den besten Glühwein gibt's da hinten beim Dorfbrunnen.«

Gemeinsam machten sie sich auf den Weg. Ben schwieg in der Erwartung, dass sie ihm ihr Anliegen mitteilen würde, aber sie sagte nichts, bis sie ihn vor eine große Hütte geführt hatte, die wie das Hexenhaus aus Hänsel und Gretel aussah. Die bemalten Dachschindeln schienen aus Lebkuchen zu bestehen, und von der Traufe hingen Brezeln. Rot-weiß karierte Vorhänge öffneten sich über dem Tresen, und neben der Hütte stand eine rauchende Eisentonne, über deren Kohlebett Kastanien rösteten.

Eine junge Frau im roten Anorak war dabei, die Maroni geschickt mit einer Schaufel zu wenden. Zwischen ihren dunklen Locken glänzten große goldene Ohrringe. Es sah aus, als wäre Carmen von der Opernbühne auf den Wildmooser Dorfplatz herabgestiegen. Zwei Paare, dampfende Plastikbecher in den Händen, warteten vor der Eisentonne.

Als Ben und Susanne Hartmann an die Theke traten, hob die Verkäuferin den Kopf. Ihr Blick glitt über Ben und blieb dann an seiner Begleiterin hängen. Für einen Augenblick weiteten sich ihre dunklen Augen, dann vertiefte sie sich wieder in ihre Arbeit. Sie schaufelte Maroni in zwei kleine Papiertüten, reichte sie den jungen Leuten auf der anderen Seite der Tonne und nahm das Geld dafür in Empfang. Dann kam sie zu Ben und Susanne Hartmann.

»Grüß Gott«, sagte sie in keckem Ton und schaute Susanne Hartmann dabei an. Ihre getuschten Wimpern waren so lang und dicht, dass sie wie kleine Besen aussahen. »Kann ich Ihnen was geben?«

Susanne Hartmann bestellte zweimal Glühwein und wartete, bis die Verkäuferin sich umdrehte. Dann wandte sie sich an Ben. »Es geht um Tess«, sagte sie ohne Umschweife. »Unsere Tochter. Ich nehme an, Sie wissen von ihrem Tod?«

»Ja, natürlich. Mein Beileid.«

Sie nickte und wollte etwas sagen, aber da kam schon die Verkäuferin zurück. Sie stellte zwei dampfende Becher auf den Tresen. Dann ging sie zu ihrem Kohlebecken zurück, wo schon die nächsten Maronikäufer auf sie warteten.

Ben reichte Susanne Hartmann einen Becher und blies bei seinem den heißen Dampf davon. »Ein Skiunfall, habe ich gehört.«

Susanne Hartmann verzog den Mund. »Das ist die offizielle Version, ja.«

Ben nippte an seinem Glühwein. »Gibt es denn noch eine andere?«

»Tess hat vor ihrem Tod mit meinem Mann gesprochen und angekündigt, dass sie ein Testament aufsetzen will.« Sie schwenkte ihren Plastikbecher ein wenig, sodass süß-saure Schwaden in die kalte Winterluft aufstiegen. »Sie wollte aber nicht sagen, warum.«

»Ist es denn nicht üblich, ein Testament zu machen?«

Ein trauriges Lächeln spielte um ihren Mund. »Tess hat sich schon geweigert, einen Ehevertrag aufzusetzen, obwohl wir ihr so zugeredet haben.« Sie stellte ihren unberührten Becher auf den Tresen. »Bei einer Scheidung oder im Todesfall hätte dieser Christopher das große Los gezogen. Wenn sie keinen Ehevertrag wollte, warum also jetzt so plötzlich ein Testament? Leider wissen wir nicht, was drinsteht.«

Ben fiel auf, dass Susanne Hartmann ihren Schwiegersohn *diesen Christopher* nannte und nicht einfach Chris. »Hätte Ihre Tochter ihren Letzten Willen nicht bei Ihrem Anwalt hinterlegt?«

»Bei Dr. Zechner, doch.«

»Und warum fragen Sie ihn dann nicht einfach?«

Sie stieß die Hände in die Manteltaschen. »Das haben wir schon probiert, aber Dr. Zechner beruft sich auf das Anwaltsgeheimnis. Das umfasst auch alle Vorgespräche, die Tess mit ihm geführt hat. Wir wissen nur, dass sie nicht mehr zu einer Unterschrift gekommen ist, denn von einem aufrechten Testament hätten wir nach ihrem Tod natürlich erfahren.« Sie lachte bitter auf. »Was immer sie darin verfügt hat.«

Hinter dem Dorfbrunnen war das Klingeln von Kuhglocken zu hören.

Ein kleines Mädchen im roten Mantel rannte kreischend über den festgetretenen Schnee zwischen den Buden zu ihrer Mutter und zog sie aufgeregt am Ärmel. Dabei deutete sie immer wieder in Richtung Brunnen. »Der Nikolaus, der Nikolaus«, schrie sie.

Es war tatsächlich schon der sechste Dezember. Ben lebte erst seit einer Woche in Wildmoos. Aber es fühlte sich viel länger an. Vielleicht war das so, wenn man zu seinen Wurzeln zurückkehrte.

»Chris hat mir erzählt, dass er bereit ist, einen Erbverzicht zu unterschreiben«, sagte er.

Susanne Hartmann runzelte die Stirn. »Ja, allerdings.«

Die Verkäuferin lehnte im Hintergrund der Bude an dem großen Sack roher Maroni und beobachtete sie. Ihre Neugier irritierte Ben. Auch wenn seine Worte durch das Stimmengewirr auf dem Adventmarkt und das Glockengeläute bestimmt überlagert wurden, drehte er ihr den Rücken zu.

»Aber dann ist doch alles in Ordnung«, meinte er.

»Finanziell schon, aber … Ich kann einfach nicht glauben, dass es ein Unfall war.«

»*Was?*«

»Es war kein Unfall«, wiederholte sie bestimmt.

»Woher wollen Sie das wissen?«

»Mutterinstinkt.«

Dagegen ließ sich schwer etwas sagen, ohne sie zu kränken. »Ihre Tochter ist unter eine Lawine geraten. Wer hätte das denn voraussehen können?«

»Tess wäre niemals bei diesem Schneegestöber aus dem Haus gegangen.« Sie schüttelte den Kopf. »Und schon gar nicht auf eine Skitour. Das ist einfach lächerlich.«

Ben unterdrückte einen Seufzer. »Aber eine Lawine ist ein Naturereignis.« Leichtsinn war das Einzige, was man Chris vorwerfen konnte. Aber immerhin war diese Tess ja mit auf die Skitour gegangen.

Susanne Hartmann zuckte mit den Schultern. »Ich weiß nur, dass mit ihrem Tod etwas nicht stimmt.« Ihre Stimme war nachdrücklich, ihr zartes Gesicht verriet keine Emotion. Sie war sich ihrer Sache vollkommen sicher, hatte lange genug nachgedacht und stand nun zu ihrer gewonnenen Erkenntnis.

Ben fragte sich, was er hier eigentlich tat. Im Grunde ging ihn der tragische Tod einer ihm völlig unbekannten jungen Frau gar nichts an. Aber er betraf seine Familie, vor allem seinen Neffen, den er mochte. »Warum gehen Sie dann nicht einfach zur Polizei?«

Gerüchte hatten schon so manchen Ruf ruiniert. Und wenn Susanne Hartmann der Meinung war, dass Chris irgendeine Schuld am Tod ihrer Tochter trug, denn so musste man ihre Anspielungen ja verstehen, dann sollte sie es offen sagen.

Sie musterte ihn. »Wissen Sie, wie viele Lawinentote es jedes Jahr gibt?« Die Frage war rein rhetorisch. »Die lachen mich doch aus.«

»Warum erzählen Sie dann mir davon?«

»Weil Sie eine Art Kriminalist sind – ich kenne sonst niemanden, der mir helfen könnte.« Sie schlug den Kragen ihres Nerzmantels hoch. »Und ich will nicht, dass mein Mann eine Dummheit macht. Unser Unglück ist schon groß genug.« Ihre Miene war angespannt. Ben konnte in dem Gesicht keine Ähnlichkeit mit der Braut auf dem Hochzeitsbild erkennen. Teresa Hartmann musste ihr spektakuläres Aussehen vom Vater geerbt haben.

»Ich schreibe Detektivgeschichten, aber ich bin selbst kein Detektiv«, wandte er ein.

»Ich weiß.«

»Wie soll ich Ihnen dann helfen?«

»Kriminalfälle sind Ihr Beruf«, sagte sie. »Ich möchte nur, dass Sie über den Tod meiner Tochter nachdenken. Sonst nichts.«

Ben ließ sich ihre Worte durch den Kopf gehen. Warum sollte eine junge Frau, die vor ihrer Hochzeit den Abschluss eines Ehevertrages abgelehnt hatte, ein halbes Jahr später ein Testament machen? Wollte sie auf einmal nicht mehr, dass ihr Mann ihr Vermögen erbte? Woher überhaupt diese Todesgedanken? Und warum wollte sie im Schneetreiben und bei Lawinenwarnstufe drei auf eine Skitour gehen? Es wäre der perfekte Mord. Die Sache hatte nur einen Haken: Wie konnte Chris die Lawine auslösen und voraussehen, dass seine Frau unter den Schneemassen ersticken würde? Wie würde er selbst, Ben, das in einem Buch planen? Wider Willen stellte er fest, dass ihn das Gedankenspiel faszinierte. »Einverstanden«, sagte er. »Aber machen Sie sich keine allzu großen Hoffnungen.«

»Natürlich nicht, aber – ich bin Ihnen wirklich sehr dankbar«, sagte Susanne Hartmann ernst. »Sie wissen ja, wo Sie mich erreichen können.« Sie hielt ihm die Hand hin.

Er umschloss ihre Finger mit seinen beiden Händen und hielt sie fest. »Dafür müssen Sie mir auch was versprechen.«

Sie schaute ihn erwartungsvoll an. »Was Sie wollen.«

»Wenn sich der Tod Ihrer Tochter als Unfall herausstellt – und davon gehe ich aus –, dann lassen Sie Chris und meine Familie in Ruhe. Keine Gerüchte und keine Verdächtigungen.«

Susanne Hartmann nickte und zog ihre Hand zurück. »Sie können sich auf mich verlassen.« Sie fischte einen kleinen ovalen Rahmen aus ihrer Manteltasche. »Hier, das möchte ich Ihnen geben.« Sie hielt ihm das Bild hin.

Ben nahm es vorsichtig und betrachtete das Foto. Es zeigte Teresa Hartmann mit einem weißen Pferd. Auf dem Bild war sie noch ein Teenager, aber schon damals hatte in ihren Augen ein siegessicherer Ausdruck gelegen. Doch am Ende hatte sie den Kampf um ihr Leben verloren. »Ich werde mich darum kümmern«, sagte er.

»Versprochen?«

»Versprochen.«

»Gut.« Sie stieß sich vom Tresen ab. »Und jetzt muss ich ins Hotel zurück, Horst ruft mich jeden Abend an.« Sie zögerte. »Vielleicht kann unser kleines Arrangement vorerst unter uns bleiben?«

»Klar.« Wenn Chris irgendeine Schuld am Tod seiner Frau traf, würde es sowieso jeder erfahren. Und wenn nicht, konnten alle Seiten Stillschweigen bewahren. »Gern.«

Sehr aufrecht und mit erhobenem Kopf entfernte sich Susanne Hartmann durch die Gasse zwischen den Hütten. Die Marderfelle ihres weiten Mantels schwangen graziös in ihrem Rücken. Als sie in der Menge der Marktbesucher verschwunden war, drehte Ben sich um und stellte fest, dass die Maroni-Verkäuferin direkt vor ihm stand. Wenn sie schon eine Weile an dieser Stelle stand, dann hatte sie das Ende seines Gesprächs mit Susanne Hartmann mitgehört.

»Na«, sagte sie. »Noch einen Glühwein?«

»Ja – vielleicht geben Sie mir noch einen.«

»Ich bin übrigens die Julia.« Sie lächelte ihn an. »Und Sie?«

»Ben.«

»Und wie weiter?«

Ihr Interesse schmeichelte Ben, verwunderte ihn aber auch ein wenig. »Ingram«, sagte er. »Und Sie?«

Sie warf ihm einen herausfordernden Blick zu. »Bonaventura.«
Die Stimme von Josefa klang Ben im Kopf. *Der Chris war mit der Bonaventura Julia zusammen. Und alle haben gedacht, die wird er heiraten. Aber die war halt nur eine Kellnerin. Und wie dann die Teresa Hartmann wieder aufgetaucht is …* »Dann sind Sie Italienerin?«, fragte er.

»Wenn Sie so wollen.« Sie warf ihre glänzende Mähne über die Schulter. Der Schein des Kohlebetts zauberte rote Lichter auf das schwarze Haar.

Ob diese Julia Susanne Hartmann erkannt hatte? Ben spürte, wie sich sein kriminalistisches Interesse regte. Er setzte eine Unschuldsmiene auf. »Sind Sie nicht die Freundin von Chris Stadler?« Was wusste schon ein frisch Zugezogener?

»Wer behauptet denn so was?« Sie kniff die Augen zusammen. »Haben Sie etwa mit dem Chris geredet?«

»Nicht direkt, aber ich glaube, er hat mir mal von Ihnen erzählt.« Bei der Lüge schenkte Ben ihr ein freundliches und, wie er hoffte, möglichst unverfängliches Lächeln.

»Na ja.« Sie zwirbelte eine Locke um den Zeigefinger. »Exfreundin trifft's eher.« Sie blies sich eine Haarsträhne aus dem Gesicht. »Ist schon länger vorbei. Ich bin jetzt verlobt.« Sie hob die linke Hand und wedelte mit den Fingern. Ein dünner Ring mit einem winzigen grünen Stein blitzte auf.

Ein junger Mann mit zwei Kindern trat an den Stand und bestellte dreimal Maroni. Julia griff zu der Blechschaufel, füllte geschickt drei kleine Papiertüten und streckte sie mit der einen Hand über den Tresen, während sie mit der anderen das Geld entgegennahm. Dabei rutschte der Ärmel ihrer dicken Jacke hoch und gab den Blick auf eine goldene Armbanduhr frei. Eine brillantbesetzte Lünette warf im Schein des Kohlebeckens rot sprühende Lichter. Der Verlobungsring sah dagegen direkt unscheinbar aus.

Julia wartete, bis ihre Kundschaft weitergegangen war, dann sagte sie: »Ich war letztes Jahr mit Chris zusammen. Wir hatten eine schöne Zeit, aber irgendwie war klar, dass das keine Zukunft hatte.«

Ben nahm einen Schluck von dem zu stark gewürzten Wein. »Warum nicht?«

»Was?«

»Warum hatte Ihre Beziehung keine Zukunft?«

Julia griff in die Tasche ihres Anoraks und zog eine Schachtel Marlboro und ein schweres Dupont-Feuerzeug hervor. Während sie eine Zigarette aus der Packung klopfte, schüttelte sie den Kopf.

»Wir wussten beide, dass es nur eine Affäre ist. Ich bin Kellnerin und er der Hoteliersohn.« Sie steckte die Zigarette in den Mund und zündete sie an. Den Rauch blies sie in Bens Richtung, legte dabei den Kopf auf die Seite und kniff die Augen zusammen. »Schade eigentlich – sonst wären wir jetzt verwandt, was?« Ihr Blick wanderte über seinen teuren Lammfellmantel. »Ben Ingram, was? Sie sind der Schriftsteller.« Ihr Tonfall war flirtend.

Ben wunderte sich über die Koketterie in ihrer Stimme und dachte mit einem gewissen Mitleid an ihren Verlobten. Diese Julia wusste genau, wer er war. Hatte es schon gewusst, bevor sie ihn angesprochen und nach seinem Namen gefragt hatte. So ein kleines Luder. »Ja«, antwortete er und fügte boshaft hinzu: »War Teresa Hartmann auch ein Trennungsgrund?«

Julia hielt die Zigarette zwischen Zeigefinger und Mittelfinger. Der Rauch kräuselte sich vor ihrem Gesicht. Dann nahm sie einen langen Zug und schüttelte schließlich den Kopf. »Nein.« Sie warf die halb gerauchte Zigarette auf die glühenden Kohlen, wo sie noch einmal aufleuchtete und dann zu einem Häufchen Asche verglühte. »Wir haben einen Riesenkrach gehabt und danach war's aus. Noch einen Glühwein?«

Ben reichte ihr wortlos den Becher und sah zu, wie sie ihn unter den Hahn hielt. Die rote Brühe rann herab, und Dampfwolken stiegen auf und sammelten sich in Schwaden unter dem Budendach.

»Ich kenne Beziehungskrach zur Genüge«, meinte er und dachte an Silke. Bei allen Anfangsschwierigkeiten in Wildmoos kam es ihm so vor, als wäre er auf seinem Einödhof weniger einsam als während der letzten Zeit seiner Ehe.

»Der Chris hat sich schon mit der Teresa getroffen, da waren wir noch zusammen, so ein Arsch.« Sie gab Ben den gefüllten Becher zurück. »Das hab ich – logisch – erst später rausgefunden. Der Chris ist ein Schürzenjäger.« Sie beugte sich über den Tresen.

»Ganz ehrlich – ich hab ja gehofft, vielleicht krieg ich ihn herum und es wird was Ernstes draus. Und da hab ich mir gedacht, wirfst mal 'nen Blick in sein Handy. Und was war? Jede Menge Anrufe ins deutsche Netz. Na, dann bin ich eben ausgezuckt.«

»Völlig klar.« Von dem vielen süßen Wein war Ben schon schlecht. Er stellte den Becher ab. »Ist noch heiß.«

»Ich hab ihm fast den Kopf abgerissen«, fuhr Julia fort. »Schließlich bin ich nicht auf so einen wie den angewiesen, oder?« Sie warf ihr Haar zurück.

»Keineswegs«, beeilte sich Ben zu versichern.

»Außerdem hatte ich da schon den Lukas in der Warteschleife. Sie kennen doch das große Geschäft auf der Hauptstraße? Das mit den Schnitzereien?«

Das musste der Laden neben Sandras Zeitungsgeschäft sein. Ben konnte sich dunkel an eine Auslage mit Krippen und Heiligenfiguren erinnern. »Ja, natürlich. Und das gehört Ihrem Verlobten?«

Julia nickte. »Der Lukas macht ganz tolle Sachen.« Mehrmals drehte sie ihren Verlobungsring um den Finger. »Der hätte mir auch schon früher einen Heiratsantrag gemacht, wenn ich mir nicht den Chris eingebildet hätte.« Sie schüttelte den Kopf über so viel eigene Dummheit.

»Und deswegen haben Sie auch den Kontakt zu Chris abgebrochen, klar.«

Julia ließ ihren Verlobungsring in Ruhe und schob die Zigarettenpackung und das Feuerzeug ein. »Was hab ich?«

»Sie haben sich nicht mehr mit Chris getroffen.«

Sie musterte ihn. »Doch, warum nicht?«

»Aber ich dachte …«

»Ich hab ihm noch einen Beileidsbesuch in seiner Traumvilla abgestattet.« Sie grinste. »Bisschen mit dem Arsch und dem Verlobungsring gewackelt und gezeigt, was ihm nicht mehr gehört. Der soll mich bloß in Ruhe lassen.«

Na, das war ja ein schönes Früchtchen, das da seiner Familie verloren gegangen war. Ben konnte verstehen, dass Elisabeth aufgeatmet hatte. In diesem Licht betrachtet, war der Tod von Teresa ein doppelter Verlust.

Das Geläut blecherner Schellen schwoll an. Plötzlich erhob sich ein Raunen unter den Marktbesuchern, und die Menge zwischen den Holzbuden teilte sich. Der heilige Nikolaus mit goldener Bischofsmütze, seinen Hirtenstab in der einen und einen billigen Jutesack in der anderen Hand, hielt Einzug. Huldvoll nickte er nach allen Seiten. Hinter ihm sprang ein gehörntes Ungeheuer im schwarzen Fellkleid auf und ab und schwang drohend eine Rute. Unter der geschnitzten Teufelsfratze fletschte das Monster die Zähne, und die großen Kuhglocken an seinem Gürtel lärmten.

»*Der Krampus, der Krampus*«, quietschte das kleine Mädchen im roten Mantel und schlug die Hände vor den Mund.

»Wenn man vom Teufel spricht«, sagte Julia und zog die Mundwinkel herab. »Was willst du denn hier?«

Ben drehte sich um. Keinen halben Meter hinter ihm stand, wie aus dem Nichts aufgetaucht, Chris. Er trug die schwarze Daunenjacke, und um seinen Hals lag ein hellblauer Kaschmirschal, der exakt zu seiner Augenfarbe passte. Obwohl es schon dunkel war, saß immer noch die Sonnenbrille auf seinem blonden Scheitel.

»Hallo, Ben, wie geht's denn so?« Chris rieb sich bibbernd die Hände aneinander, als wäre es im Dunstkreis der Glühweinbude nicht heiß genug. An Julia gewandt setzte er hinzu: »Na, Schatzerl, wie gehen die Geschäfte? Gut schaust aus.« Das Kompliment klang routiniert und etwas geistesabwesend.

Julia verschränkte die Arme vor der Brust. »Verpiss dich«, gab sie zur Antwort.

Ben hatte das ungute Gefühl, zwischen die Fronten geraten zu sein. »Ich wollte sowieso gerade nach Hause gehen.«

Der Nikolaus hatte ein glattes, junges Gesicht, das gar nicht zu seinem weißen Rauschebart passen wollte. Er beugte sich zu dem kleinen Mädchen hinunter und stellte offenbar eine Frage, denn die Kleine nickte eifrig. Daraufhin durfte sie in den offenen Jutesack greifen und zog einen Schokoladenengel in buntem Stanniolpapier heraus. Der Krampus rasselte drohend mit seiner Kette und tat, als wollte er ihr die Süßigkeit wieder abjagen. Aber die Kleine drückte ihre Beute fest an die Brust, hob das Kinn und schaute herausfordernd zu der entsetzlichen Fratze hinauf. Da breitete der Teufel ergeben die Arme aus, als wäre er vor so viel Mut machtlos.

»So einen Krampus habe ich am ersten Abend auf dem Hof gehabt«, sagte Ben zu Chris. »Ich habe mich fast zu Tode erschreckt.«

»Wirklich?«, fragte Chris und schob die Sonnenbrille etwas weiter hinauf. Dann wandte er sich an Julia. »Mach mir schnell einen doppelten Williams, Schatzerl.«

Julia lachte nur und warf die Haare zurück. »Mach's dir selbst.« Sie warf Ben einen Blick zu. »Der Glühwein geht aufs Haus. War nett, mit Ihnen zu plaudern.«

Damit drehte sie sich um und begann, unter lautem Gepolter Maroni aus dem großen Sack auf das Glutbecken zu schaufeln. Funken und Asche stoben in die Luft, und Ben wandte sich ab, um die widerwärtige Mischung nicht ins Gesicht zu bekommen.

»Weiber«, knurrte Chris. »Na ja, ich muss dann mal ins Hotel zurück.« Er zog ein paar Wildlederhandschuhe aus den Taschen seines Anoraks und streifte sie über.

Der Nikolaus schritt, nach allen Seiten grüßend, weiter. Applaus begleitete ihn. Nur der Krampus wollte sich anscheinend noch nicht von seinem Publikum trennen. Wie ein Springteufel machte er immer wieder einen Satz auf die Zuschauer zu und versetzte dem einen oder anderen, der sich nicht schnell genug wegduckte, einen Hieb mit seiner Rute.

»Ich sollte auch heimgehen«, sagte Ben. Sein Kopf war schon ziemlich benebelt, aber trotz der beiden Becher Glühwein war ihm kalt. Dann fielen ihm der Modergeruch im Flur ein und die vielen Geräusche, die er nicht zuordnen konnte. Auf einmal hatte der Heimweg nichts Verlockendes mehr. »Chris?«

»Onkel Benedikt?«

»Sag mal – hättet ihr noch ein Zimmer in der Alpenrose für mich?« So überraschend wie Ben der Einfall gekommen war, so gut schien er ihm in seinem leichten Rausch.

Chris hob die Brauen. »Du willst ins Hotel ziehen?«

Ben zuckte die Schultern. »Irgendwie war die Sache mit dem Bauernhaus doch keine so tolle Idee.« *Aber mit deiner Arbeit läuft es doch phantastisch auf diesem verdammten Hof.* Ben brachte die Stimme in seinem Kopf zum Schweigen. »Zumindest nicht im tiefsten Winter.«

»Du gibst auf?« Chris zwinkerte. »So schnell? Willst du jetzt doch verkaufen?«

»Nein, natürlich nicht«, sagte Ben. »Ich brauche einfach warmes Wasser und eine Zentralheizung. Nur so lange, bis ich den alten Kasten bewohnbar gemacht habe. Also?«

Chris überlegte. »Na ja, wir haben Hochsaison – da ist das nicht so einfach.« Trotz seiner ablehnenden Worte wirkte er überrascht und erfreut, dass Ben ihn gefragt hatte. Er rieb die Hände in seinen Wildlederhandschuhen aneinander. »Das Hotel ist komplett ausgebucht, tut mir leid. Wir haben kein einziges Bett frei. Ist es denn so schlimm?«

Ben versuchte, sich seine Enttäuschung nicht anmerken zu lassen. »Und ein anderes Hotel?«

»Du wirst nichts finden, glaub mir.« Chris wippte von den Fersen auf die Zehen und zurück. »Um die Zeit ist jede Badewanne belegt.«

Der Krampus hatte seine Runde durch die Zuschauer gemacht und kam jetzt auf sie zugesprungen. Der Höllenlärm der großen Kuhglocken an seinem Gürtel machte jedes weitere Gespräch unmöglich. Chris wandte sich um und schaute dem zotteligen Gesellen entgegen, der sich hin- und herwiegte. Seine grauschwarz bemalte Holzmaske glänzte im roten Schein des Kohlebeckens. Zwischen den scharfen Zähnen in seinem weit aufgerissenen Maul hing eine lange Zunge heraus. Er sprang mit beiden Füßen auf und ab, dann ging er auf Chris los. Der wich jedoch keinen Zentimeter zurück. Der Krampus fuchtelte mit der Rute vor seinem Gesicht herum und gab ein unartikuliertes Brüllen von sich. Chris zog die Brauen hoch und steckte die Hände in die Jackentaschen.

Der Teufel verharrte in der Bewegung, er war offenbar überrascht und unsicher zugleich. Er wandte den Kopf ab und schien unschlüssig, wie er sich verhalten sollte. Doch dann breitete er die Arme aus, beugte das Knie und erwies ihnen eine spöttische Reverenz. Er wirbelte um die eigene Achse, machte ein paar federnde Schritte und rannte los. Gleich darauf war er in der Menge verschwunden. Das Läuten der Glocken und das Geschrei der Zuschauer wurden immer leiser.

»Na dann.« Chris hob die Hand zum Abschied. »Mach's gut. Wenn ich was von einem passenden Quartier höre, melde ich mich bei dir.«

»Danke«, sagte Ben.

Chris drehte sich um und entfernte sich in die entgegengesetzte Richtung, in die der Krampus gelaufen war.

»Beschissener Angeber«, ließ sich Julia hinter Ben vernehmen. »Noch einen Glühwein?«

Ben winkte ab. »Oh nein, ich bin schon betrunken.«

Und er musste wirklich betrunken sein, denn als Ben eine halbe Stunde später zum Bauernhaus zurückkam, bildete er sich ein, dass im Schnee auf dem Innenhof neue Fußspuren zu sehen waren. Am Nachmittag hatte er einfach nur seinen Mantel genommen und war, ohne einen Blick auf das Nebengebäude zu werfen, in dem sich seine Urgroßmutter erhängt hatte und das nun harmlos und verlassen neben dem Bauernhaus stand, in den Ort gegangen. Die neuen Spuren liefen in einem Bogen an der Bank unter dem Küchenfenster vorbei und dann weiter zu der mit einem schweren Eisenriegel verschlossenen Tür der Stallscheune. Aber es gab keine Abdrücke, die wieder von dort wegführten.

Ben nahm sich vor, ab jetzt mit dem Konsum von alkoholischen Heißgetränken zurückhaltender zu sein, und ging ins Haus. Auch in dieser Nacht schlief er wieder ausgezeichnet.

ACHT

»… mit einer kräftigen Nordwestströmung kommt feuchte Atlantikluft in den Alpenraum. In den nächsten Tagen ist mit heftigen Schneefällen und einem Neuschneezuwachs von teilweise bis zu einem halben Meter zu rechnen. Tagestemperaturen unter dem Gefrierpunkt und strenger Nachtfrost …«

Ben schaltete das Radio aus, ging zum Küchenfenster und spähte durch die vereisten Gitter. Über Nacht war das Wetter umgeschlagen. Schwere Wolken hingen über dem Tal, die Sonne würde sich sicher den ganzen Tag nicht zeigen. Die Schneeberge im Hof, die in den letzten Tagen unter der Wintersonne blau und golden geglitzert hatten, verschwammen im diffusen Licht zu einem grauen Felsmassiv. Bald würde sich eine frische weiße Schicht über sie legen und sie weiter wachsen lassen. Dabei war noch nicht einmal Mitte Dezember, und der Winter dauerte in Wildmoos bis in den Mai.

Ben drehte sich um und blickte zum Computer hinüber. Die Aussicht, bis zum nächsten Tag bei künstlichem Licht im Haus eingesperrt zu sein, bereitete ihm Unbehagen.

Vom Bord über dem Herd schaute die halbwüchsige Teresa Hartmann auf ihn herab. Er hatte lange über die Gespräche mit Susanne Hartmann und Chris nachgedacht. Das kleine Foto von Teresa und ihrer Schimmelstute stand jetzt vor der Kakaodose auf dem Bord über dem Herd, damit er sein etwas leichtfertig gegebenes Versprechen nicht vergaß. Sobald er Zeit hatte, würde er sich um Susanne Hartmanns Anliegen kümmern.

Das Bild war an einem Sommertag aufgenommen worden. Hinter dem Mädchen und dem Pferd spielte das Sonnenlicht im Laub hoher Bäume. Teresa trug ein kurzärmeliges Polohemd. Die Zügel hielt sie mit beiden Händen, die in Reithandschuhen steckten. Ihre dünnen Arme waren gebräunt. Eine goldene Armbanduhr schimmerte an ihrem rechten Handgelenk. Das Modell kam Ben bekannt vor. Die Uhr war ihm aufgefallen, weil … Nun, weil sie nicht zu dem billigen Verlobungsring passte, der an derselben Hand saß. Und auf einmal wusste er auch, wo er diese Uhr gesehen hatte.

Julia Bonaventura, die Verkäuferin am Glühweinstand, hatte genau die gleiche Uhr getragen. Was bedeutete, dass die Uhr entweder nicht so wertvoll war, wie sie aussah, oder Julias Uhr war die Kopie einer Edelmarke. Ben ging zum Herd und nahm den Silberrahmen mit dem Foto herunter. Teresa Hartmann, vielleicht achtzehn Jahre alt, lachte glücklich in die Kamera, unbeschwert wie ein Mädchen, das einen Tag in den Sommerferien mit Reiten verbringt.

Sein Handy, das neben dem Computer auf dem Küchentisch lag, begann zu läuten. Mit dem Foto in der Hand ging Ben hinüber und drückte auf den Annahmeknopf. Es war Sandra aus dem Papiergeschäft. Die bestellten Zeitungen waren geliefert worden.

»Das ist ja super«, sagte Ben, »ich komme gleich vorbei und hole sie ab.« Die Aussicht auf einen gemütlichen Abend mit frischer Lektüre hob seine Stimmung.

Er wollte gerade Teresa Hartmanns Bild wieder zu den Porzellandosen stellen, als ihm eine Idee kam. Im Ort gab es einen Juwelier. Es konnte sicher nicht schaden, wenn er sich ganz unverbindlich nach dem Uhrenmodell erkundigte. Er steckte den kleinen Silberrahmen in die Hosentasche.

Ben zog den Lammfellmantel an, wickelte einen dicken Wollschal um den Hals und zog die oberste Schublade der Kommode auf, um seine Handschuhe herauszunehmen. Dabei fragte er sich, ob er jemals das Haus würde verlassen können, ohne sich wie für einen Überlebenstrip in der Arktis auszurüsten.

Die Handschuhe waren nicht da.

Ben war sicher, dass er sie in die oberste Schublade der Kommode getan hatte. Rasch zog er die anderen Laden auf und wühlte darin herum. Die Handschuhe blieben wie vom Erdboden verschluckt. Pech, dann musste er eben frieren.

Aber als er die Haustür öffnete, war es draußen überraschend warm. Kein Windhauch regte sich, und in der Luft lag eine eigenartige Spannung. Ben stapfte an seinem Volvo vorbei, dessen Konturen unter dem Schnee nur noch zu erahnen waren. Er konnte sich nicht vorstellen, wie er die alte Karre jemals wieder in Gang kriegen sollte. Vielleicht musste er ja die Anschaffung eines Hundeschlittengespanns ins Auge fassen.

Die Hauptstraße lag wie ausgestorben da. Erst gegen Abend entließen Reisebusse ein Heer an Skifahrern, das die Geschäfte und Bars im Sturm eroberte. Schwere Geländewagen mit ausländischen Nummernschildern und Fahrern, die auf den Skihütten dem Alkohol zu sehr zugesprochen hatten, machten dann den Verkehr unsicher. Doch ohne das Gewühl der Touristen konnte Ben die Läden auf der anderen Straßenseite gefahrlos erreichen.

Neben dem Zeitungsladen war das Schaufenster des Antiquitätenladens hell erleuchtet. Bunte Krippen waren auf Tischchen übereinander dekoriert, sodass sie wie ein geschnitztes Alpendorf an einem Berghang aussahen. Zwischen ihnen stand ein Wald von roten Weihnachtssternen. Ben schob seine kalten Hände in die Manteltaschen, ging ein paar Meter weiter und betrat das Papiergeschäft.

Sandra saß hinter dem Tresen, hatte das Kinn in die Hände gestützt und war in die Lektüre eines dicken Taschenbuchs vertieft. Beim Klingeln der Türglocke hob sie den Kopf und zwinkerte irritiert. Anscheinend hatte sie nicht mit dem überfallsartigen Auftauchen eines Kunden zur Mittagszeit gerechnet.

»S' Gott?« Über ihrem weiß geschminkten Vampirgesicht schwebte wie eine dunkle Wolke eine schwarze Baskenmütze.

»Hallo, Sandra«, sagte Ben. »Ich komme wegen der Zeitungen.«

»Oh, der Herr Schriftsteller.« Sie legte das Buch mit dem Einband nach oben auf den Tresen. Ben konnte groß den Namen *Stephen King* lesen. Der Titel stand in kleineren Buchstaben darunter. »Ich hab Ihre Sachen schon hergerichtet.« Sandra bückte sich und zog unter dem Tresen einen Stapel Zeitungen hervor, der mit einem roten Gummiband umwickelt war. »Ich hätt's sonst schon auch dem Toni mitgegeben.«

»Ich weiß.« Ben nahm ihr den Stapel ab. »Was bin ich Ihnen schuldig?«

Sandra zuckte die Schultern. »Keine Ahnung.«

»Wie bitte?«

»Ich weiß es nicht«, sagte sie, wobei sie jedes Wort sorgfältig betonte. »Ich muss es erst ausrechnen.«

»Gut, ich warte.« Ben verlagerte sein Gewicht von einem Bein aufs andere. Hoffentlich schaffte sie es, die Rechnung zu erstellen, ehe die angekündigte Kaltfront Wildmoos erreichte und den Rückweg zu seinem Bauernhaus unpassierbar machte. »Kein Problem.«

»Worauf warten Sie denn?«

»Dass ich zahlen kann.«

Sie riss die schwarz umrandeten Augen auf. »Ja, wollen Sie keine Monatsrechnung? Sie sind doch aus Wildmoos.«

»Ach so – ja wenn das möglich ist.« Ben klemmte sich die Zeitungen unter den Arm und wollte sich schon zum Gehen wenden, als ihm noch etwas einfiel. »Ach, sagen Sie, ich hätte da noch eine Frage.«

Sandra hatte sich schon wieder auf den Stuhl hinter dem Tresen gesetzt und griff nach ihrem Buch. »Ja?«, fragte sie ungehalten. Der Stephen-King-Band schwebte in der Luft.

Ben deutet mit dem Kinn in die Richtung, in der das Schaufenster mit den zahlreichen Krippen und den Weihnachtssternen lag. »Gehört der Laden nebenan einem gewissen Lukas? Der mit den Holzschnitzereien?«

Sandra starrte ihn an. »Klar, dem Kofler Lukas.«

»Und das ist der Freund von Julia Bonaventura?«

Sie verzog den Mund. »Wenn das der neueste Stand bei der Julia ist, dann ja.«

»Ich dachte, die beiden sind verlobt?«

»Fragt sich, wie lange noch.« Sie musterte ihn. Wahrscheinlich nahm sie an, dass Ben Interesse an Julia hatte und nun wissen wollte, ob sich ein gewisses Engagement bei ihr lohnte. Ihre nächsten Worte bestätigten seinen Verdacht. »Aber machen Sie sich mal keine Hoffnungen. Die Julia hat schon einen Anwärter.« In ihrer Stimme schwang Mitleid mit so viel männlicher Dummheit.

»Ach ja? Wen denn?«

»Na, das müssten doch gerade Sie wissen«, sagte sie und legte tatsächlich ihre Horrorbibel aus der Hand. »Ihr Neffe – der Stadler

Chris.« Sie kniff die Augen zusammen. »Jetzt, wo der wieder frei ist, können die zwei es ja endlich ganz offiziell machen.«

Ben dachte an das Gespräch mit Julia. Sie war verlobt. Und das Zusammentreffen mit Chris auf dem Adventmarkt war alles andere als harmonisch verlaufen. »Das glaube ich nicht.«

Sandra seufzte und beugte sich über den Tresen, als wolle sie Ben ein Geheimnis anvertrauen. »Ich hab die beiden zusammen gesehen«, raunte sie. »Ich bin doch beim Alpenverein, und wie wir im Herbst mal eine Bergtour gemacht haben, da haben die beiden auf der Drachenkopf-Hütte gesessen, allein.« Sie richtete sich wieder auf. »Dass die Teresa unter die Lawine geraten ist, war ein Glücksfall für den Chris. Jetzt kriegt er das ganze Geld und dazu die Julia.« Sie grinste. »Obwohl das kein Glücksfall ist.«

Ben konnte sie nur anstarren. Die Gerüchte über seine Familie machten im Dorf also schon die Runde. Und das betraf ihn auch. Auf einmal sah er Susanne Hartmanns Gesicht wieder vor sich. *Es war kein Unfall.* Was machte sie so sicher? *Ich möchte nur, dass Sie über den Tod nachdenken.* Das hatte er ihr versprochen, wenn damit alle Spekulationen und Verdächtigungen beendet wurden. Es war Zeit, sein Versprechen einzulösen.

»Fragen S' halt den Lukas«, sagte Sandra mit einem spöttischen Unterton.

»Ja«, sagte Ben, »das mache ich.« Er wandte sich endgültig zum Gehen. »Und danke, dass Sie mir die Zeitungen bestellt haben.«

»Immer wieder gern.«

Als Ben die Ladentür öffnete, war Sandra schon wieder in Stephen Kings Horrorgeschichten versunken. Nicht einmal das Klingeln der Glocke ließ sie aufschauen.

Das Geschäft von Lukas Kofler lag nur ein paar Schritte neben dem Zeitungsladen. Drei Stufen führten hinauf zur Ladentür. Auch hinter dieser läutete eine Glocke, und auch hier waren um diese Uhrzeit keine Kunden. Auf Tischen und Regalen standen geschnitzte Heiligenfiguren, Madonnen und Engel. Es roch nach Nelken und Zitronenpolitur.

Ein schwarzhaariger junger Mann in weißem Hemd und lederner Kniebundhose war damit beschäftigt, mit einem karierten

Tuch eine Krippe zu säubern. Bei Bens Eintreten wandte er sich um.

»Grüß Gott«, sagte Ben.

»Ja, bitte?« In der einen Hand hielt der junge Mann das Staubtuch, in der anderen einen Harfe spielenden Engel.

»Herr Kofler?«

»Ja?« Er stellte den Engel auf einen Tisch und kam auf Ben zu, wobei er sich mit dem Tuch seine muskulösen Hände abwischte. Er war so dunkel, wie Chris Stadler blond war. Sein Gesicht war kräftig, und sein Kinn wurde durch ein Grübchen geteilt. Von seinem linken Ohrläppchen hing ein goldener Ohrring. Julia Bonaventura musste ein weit gefasstes Beuteschema haben.

»Mein Name ist Ingram.« Ben streckte die Hand aus. »Ich bin gerade auf den Einödhof gezogen.«

»*Ben Ingram?*« Koflers Augen fingen an zu strahlen. »Hab ich schon gehört«, sagte er mit Begeisterung in der Stimme, ergriff Bens Hand und drückte sie so fest, dass der einen Schmerzenslaut unterdrücken musste. »Sie sind der berühmte Schriftsteller, was? Der Neffe von der Stadler Agnes.«

Ben befreite sich aus dem Schraubstockgriff. »Genau der.« Er nahm seine Hände auf den Rücken und überprüfte diskret, ob noch alle Knochen unversehrt und an Ort und Stelle waren.

»Ja, dann – ich bin der Lukas. Herzlich willkommen in Wildmoos.« Lukas lächelte. »Was kann ich für dich tun?«

Ben ließ seinen Blick durch den Laden wandern. »Mein alter Hof ist ziemlich heruntergekommen«, meinte er. »Leitungen und Heizung und so. Außerdem kann ich erst im Frühjahr umbauen.«

Lukas nickte. »Klar.«

»Aber wenigstens das Innere des Hauses möchte ich schon mal verschönern.«

»Brauchst einen guten Handwerker?« Lukas kratzte sich am Kopf. »Ich hätt da einen Spezi, der ist total geschickt. Der kann alles und wär auch nicht so teuer.«

Netter Bursche, dachte Ben. Hoffentlich hatte Lukas sich die Verlobung mit dieser Julia gut überlegt. »Eigentlich wollte ich mir erst mal eine Heiligenfigur kaufen«, sagte er. »So einen Schutzheiligen oder so.«

»Einen *Schutzheiligen*?«

»Heißt das nicht so?«

»Doch.« Lukas schob die Hände in die Taschen seiner Lederhose. »Brauchst 'leicht einen?« Sein Blick war lauernd und erinnerte Ben an den der alten Josefa.

»Warum sollte ich einen *brauchen*?«, gab er zurück.

Lukas zuckte die Schultern. »Man hört so dies und das.«

»Ach ja? Was hört man denn?«

Ein Lächeln huschte über das Gesicht des Bildhauers. »Also von den Spukgerüchten wirst wohl wissen«, meinte er. »Und wie du da jetzt hereingekommen bist und einen Schutzheiligen wolltest, da dachte ich halt, ist vielleicht doch was dran an dem Gerede.« Er grinste. »Obwohl ich ja eigentlich nicht dran glaube.«

»Dieser ganze Esoterikkram ist Quatsch«, pflichtete Ben ihm bei und dachte dabei an Silke. »Mir gefallen einfach die Sachen, die Sie – die *du* machst.« Es war seltsam, einen völlig Fremden zu duzen. Aber es vermittelte Ben ein ganz neues Gefühl der Zugehörigkeit.

Lukas strahlte. »Was hast dir denn vorgestellt? Einen heiligen Florian vielleicht? Der kann nie schaden. Gerade in einem alten Holzhaus.« Er zeigte auf eine Holzfigur mit Goldhelm, die aus einem Eimer Wasser auf ein kleines Haus schüttete, aus dessen Dachfirst Flammen schlugen. »Da brennt's leicht einmal.«

»Ich weiß nicht recht.« Ben hatte nie einen Religionsunterricht besucht und kannte sich mit Heiligen nicht aus. Irgendwie wirkten sie alle durchgeistigt und hatten Bärte und machten gequälte Gesichter. Er sah sich nach einer Figur um, die nicht gar so gemartert aussah. Das matte Tageslicht, das durch die Scheibe der Ladentür fiel, schimmerte auf einem von Pfeilen durchbohrten Heiligen. Blut lief aus zahllosen Wunden über seinen hageren Körper. Mit Schaudern dachte Ben daran, wie die Figur auf der Kommode im halbdunklen Flur wirken würde.

Lukas war seinem Blick gefolgt. »Den heiligen Sebastian da drüben?« Er strich sich über das Kinn. »Wär auch eine Möglichkeit.«

»Nein, lieber was Positives«, sagte Ben schnell. »Was ist denn damit?« Er zeigte auf eine Madonnenfigur, die auf einem Holzstamm saß, als hielte sie eine kurze Rast mit ihrem Kind. Mit dem blauen Mantel und den rosa Bäckchen erinnerte sie an das Bild, das in dem verschlossenen Schlafzimmer über dem Bett hing. Aber diese Muttergottes hier hatte ein sanftes Lächeln. Und ihre großen dunklen Augen waren intakt. »Die gefällt mir.« Auf einmal hatte Ben das Gefühl, als könnte er etwas gutmachen, wenn er die verstümmelte Madonna durch eine unversehrte ersetzte. Als würde dadurch etwas, das auf dem Einödhof aus dem Gleichgewicht geraten war, wieder geradegerückt. Das grässliche Bild aus dem Schlafzimmer des alten Alois würde er im Küchenherd verbrennen. »Die nehme ich.«

Lukas nickte. »Gute Wahl, die hab ich gemacht.«

Er ging zu der Figur, hob sie behutsam hoch und hielt sie ins Licht, sodass die Sonnenstrahlen daraufﬁelen. Die Madonna hatte hochgewölbte Brauen und eine dunkle Lockenmähne. Nur die goldenen Ohrringe fehlten.

»Erinnert mich ein wenig an Julia Bonaventura«, sagte Ben. »Vom Weihnachtsmarkt.«

»An die Julia?« Lukas musterte die Figur in seinen Händen. »Stimmt – ist mir noch gar nicht aufgefallen. Na ja, vielleicht hatte ich mein Herzblatt bei der Arbeit vor Augen.« Er lachte.

»Ihr seid verlobt, nicht wahr?«

»Und wie.« Lukas grinste. »Im Juni wird geheiratet.«

»Gratuliere.«

Lukas trug die Madonna zum Tresen und stellte sie neben eine altertümliche Kasse. »Woher kennst du denn meine Julia?« Sein Lächeln reichte nicht bis zu seinen Augen, und sein Ton hatte etwas an Schärfe gewonnen.

Ben zuckte die Schultern. »Ich kenne sie gar nicht«, sagte er. »Sie hat mir auf dem Adventmarkt einen Glühwein verkauft. Sie ist sehr hübsch.« Das war das Netteste, was er über sie sagen konnte.

Lukas stützte sich mit den Händen auf die Theke und musterte Ben. »Du bist ja mit den Stadlers von der Alpenrose verwandt.« Es klang angriffslustig und so, als hätte er lieber gleich nach Bens Beziehung zu Chris gefragt.

»Ja«, sagte Ben. »Ich dachte, das weiß ganz Wildmoos.«

Lukas zog eine Lade auf und nahm ein Staubtuch heraus. Fast zärtlich fuhr er damit die Konturen der Holzfigur nach. »Julia und ich sind seit über einem Jahr zusammen«, sagte er. »Wir wären schon längst verheiratet.«

»Ach ja?«

»Ja, aber dann ist dein feiner Neffe aufgetaucht«, Lukas warf ihm einen bösen Blick zu, »dieser Chris. Der verdammte Schürzenjäger. Mit seinen teuren Klamotten und seinem Porsche. Hat meiner Julia schöne Augen gemacht und ihr das Blaue vom Himmel versprochen.« Er knüllte das Staubtuch zusammen und warf es neben die Kasse. »Dass er sie heiraten wird und was weiß ich. Hat ihr 'ne teure Uhr geschenkt und so Sachen.«

»Eine Uhr?« Ben sah wieder die Brillanten vor sich, die am Handgelenk von Julia Bonaventura gefunkelt hatten. Er spürte den kleinen Silberrahmen in seiner Hosentasche. »So eine vielleicht?« Er zog Teresa Hartmanns Foto hervor und hielt es Lukas hin.

Der griff nach dem Bild und betrachtete es eingehend. Dann nickte er. »Genau die gleiche«, sagte er grimmig. »Scheint der Chris im Dutzend billiger zu kriegen. Die Julia hätt sich sonst nie mit dem eingelassen, die ist ein anständiges Mädel.«

Wie viel Anstand eine junge Frau besaß, die sich wegen einer Uhr mit einem Mann einließ, wollte Ben lieber nicht diskutieren. »Und was hast du dazu gesagt?«

Lukas warf einen Blick auf die Madonna, deren Züge an die seiner Verlobten erinnerten. »Na, stinkwütend war ich. Aber nicht auf die Julia. Frauen sind so, die können nix dafür. Aber den Chris, den Arsch, den hätt ich umbringen können.«

»Und dann hat dieser Arsch die Julia sitzen lassen, und sie ist zu dir zurück.« Wie blöd konnte ein Mann sein.

Lukas lachte. »Nein, die Julia hat Schluss gemacht – meinetwegen.« Er drehte den Silberrahmen in den Händen. »War sowieso nur eine Frage der Zeit.«

So viel zu Sandras böswilligem Dorfklatsch. »Jedenfalls scheint sie sich über meinen Neffen so richtig geärgert zu haben. Hat ihm noch einen Abschiedsbesuch gemacht.« Ben musste lachen. »So was wird ihm auch noch nicht oft passiert sein.«

Lukas kniff die Augen zusammen. »Was?« Er hielt den Silberrahmen still. »Was soll das heißen?«

»Na ja«, sagte Ben, »als Chris' Frau verunglückt ist, war Julia doch noch mal bei ihm und hat ihm ihr Beileid ausgedrückt. Ich nehme an, sie wollte ihm auch klarmachen, dass sie für ihn verloren ist.«

»So eine Frechheit.« Lukas' Gesicht war von Röte überzogen. »Erzählt das etwa der Chris?«

Ben verfluchte seine unbedachten Worte. Offensichtlich hielt es diese Julia nicht für nötig, ihren Verlobten über alle ihre Schritte zu informieren. »Nein, keineswegs. Wahrscheinlich dachte ich nur, sie hätte es getan.« Er streckte die Hand nach Teresa Hartmanns Bild aus.

Lukas zog die Brauen zusammen und warf noch einen letzten Blick auf das Foto, so als müsste er sich Tess' Gesicht einprägen, ehe er es zurückgab. Dann deutete er auf die Madonna und fragte: »Nimmst du die Figur jetzt?«

»Natürlich.« Die Vorstellung, ein Abbild von Julia Bonaventura im Haus zu haben, fand Ben zwar nicht verlockend, aber nach seinem Fauxpas hatte er das Gefühl, dass er die Madonna kaufen musste.

»Gut.« Lukas zog einen Rechnungsblock heran und fing an zu schreiben. »Ich mach dir einen guten Preis.« Ein Lächeln huschte über sein Gesicht. »Dafür krieg ich ein signiertes Bild von dir für die Wand.« Er deutet mit dem Stift hinter sich, wo eine Reihe gerahmter Fotos von mehr oder weniger berühmten Persönlichkeiten hingen.

Ben kannte nur die wenigsten. »Gern.«

Lukas warf schnell ein paar Zahlen auf seinen Block und rechnete herum. »Schreibst schon an einem neuen Buch?«

»Ja, die Ruhe im Haus tut meiner Arbeit gut.« Inzwischen war Ben sicher, dass er den Abgabetermin für sein Manuskript einhalten konnte. »Ich frage mich allerdings, warum meine alte Tante dort so ganz allein gelebt hat. Aber sie war wohl auch nicht mehr ganz richtig im Kopf.«

Lukas schaute von seinem Rechnungsblock hoch. »Wer? Die Stadler Agnes?«

»Ja, sie war meine Großtante.«

»Nein, ich meine, wieso soll die nicht richtig im Kopf gewesen sein?«

So gut funktionierte die soziale Kontrolle in Wildmoos anscheinend doch nicht. »Meine Cousine Elisabeth hat es mir erzählt. Meine Tante sollte eigentlich ins Altersheim ziehen, hat auch schon einen Platz gehabt. Aber dann hat sie wohl eine andere Lösung – vorgezogen.«

Lukas ließ seinen Blick über Ben wandern. »Blödsinn.«

»Wie bitte?«

»Das ist ein ausgemachter Blödsinn.« Lukas richtete sich auf. »Erstens war die Stadler Agnes so klar im Kopf wie du und ich hier. Und zweitens, wenn sie im Altersheim angemeldet gewesen wäre, hätt ich das gewusst. Meine Ma ist nämlich die Pflegedienstleiterin von St. Agatha.« Das war wohl der Name des hiesigen Heimes. »Außerdem hab ich die Agnes bis zum Schluss jeden Tag beim Einkaufen gesehen.« Er deutete mit seinem Stift über die Köpfe der Heiligen im Schaufenster hinweg zum Supermarkt auf der anderen Straßenseite. »Die hat mir noch zwei Tage vor ihrem Tod selbst gemachte Krapfen vorbeigebracht.« Er lehnte sich zurück und verschränkte die Arme vor der Brust, als wäre seine Einschätzung damit bewiesen.

Warum hatte Elisabeth von Selbstmord gesprochen? »Seltsam.«

Lukas lachte. »Das kannst laut sagen. Wie die Agnes so plötzlich gestorben ist, haben sich alle gewundert.«

Ben zögerte, aber dann sagte er doch: »Ihre Mutter hat sich schon umgebracht, habe ich gehört.« Selbstmord lag offenbar in der Familie. Dieser Gedanke war ihm gekommen, als Chris vom Tod der alten Bäuerin erzählt hatte. Was für Geräusche hörte er ständig auf seinem Hof? Waren die Laute echt und rührten von den alten Holzwänden her? Oder bildete er sie sich nur ein? *Wo waren der Zinnteller und jetzt auch seine Handschuhe?* Vielleicht lebte er einfach zu sehr in der Welt seiner Romanfiguren. Sicher war es angebracht, dem realen Leben in Zukunft mehr Aufmerksamkeit zu schenken. Ehe er etwas wirklich Wichtiges verlegte oder verlor.

Lukas nickte. »Meine Ma sagt, die hat ihr elender Alter umgebracht. Auch wenn sie am Ende selbst gesprungen ist.«

»Ihr Mann? Der Vater von der Tante Agnes?«

»Der alte Alois war ein Teufel.«

Ben holte tief Luft. »Sagt wer?«

»Kannst hier jeden fragen.« Lukas verzog den Mund. »So wie die Leute reden, würd's mich nicht wundern, wenn der alte Alois vorm Jüngsten Gericht mit einem Pfahl im Herzen auftaucht.« Er musste Bens Gesichtsausdruck bemerkt haben, denn er setzte hinzu: »Tut mir leid, war ja dein Opa.«

»Uropa«, verbesserte ihn Ben, als wenn dieser Verwandtschaftsgrad mehr Abstand zwischen ihn und seine viel geschmähten Vorfahren bringen könnte.

Lukas machte den Mund auf, als wollte er protestieren, klappte ihn dann aber wieder zu. Stattdessen bückte er sich und riss von einer dicken Packpapierrolle, die unter dem Tresen hing, eine Bahn ab. Er legte das Packpapier wie einen zweiten Mantel um die Madonna und wickelte die Figur sorgfältig ein. Dann zog er ein hellblaues Seidenband aus einem Knäuel und verschnürte das Paket damit.

»So«, sagte er, »das müsste halten.« Er riss die fertige Rechnung vom Block, drehte das Blatt um, sodass Ben es lesen konnte, und schob es über den Tresen. »Ich nehme auch Kreditkarten.«

Als Ben mit seiner Last über den Hof stapfte, hatte es zu schneien begonnen. Fedrige Flocken schwebten vom bleifarbenen Himmel, und ein leichter Wind wehte von Westen her. Obwohl es erst früher Nachmittag war, verblasste das Tageslicht bereits.

Gerade als er den Schlüssel ins Schloss steckte und dabei über den Hof schaute, bemerkte er, dass die Tür der Stallscheune sacht hin- und herschwang. Ben hatte sich vor ein paar Tagen auf der Suche nach einer Schneeschaufel überwunden, einen Blick in das geschichtsträchtige Nebengebäude zu werfen. Er hatte eine Weile gesucht, aber feststellen müssen, dass Tante Agnes offenbar ohne ein derartiges Gerät ausgekommen war. Im dämmrigen Licht war er an einem alten Rechen hängen geblieben und hatte sich den Ärmel seines Hemdes aufgeschlitzt. Wenn er sich nun an den rostigen Zinken verletzt und eine Blutvergiftung zugezogen hätte? Für einen Augenblick war es ihm so vorgekommen, als wollte die alte Scheune ihn zurückweisen. Und ihn daran hindern, ihren Geheimnissen nachzuspüren.

Die Tür hatte er – jedenfalls soweit er sich erinnern konnte – wieder geschlossen. Aber vielleicht irrte er sich auch. Oder das Schloss war defekt.

»Verdammt.« Er fror und war nicht in der Stimmung nachzusehen, was mit der Scheunentür los war, nur um festzustellen, dass noch eine weitere Reparatur fällig war.

Er schloss die Haustür auf und trat in den Flur. Mollige Wärme umfing ihn. Der Heizkörper neben der Tür zischte leise, und das Pendel der Standuhr schwang hin und her. Rein aus Gewohnheit hob Ben die Nase und schnupperte. Der Gedanke, dass er sich wie ein Wildtier bei der Einschätzung einer Gefahr verhielt, zuckte durch seinen Kopf. Aber er konnte keinen Modergeruch wahrnehmen. Es roch nach Staub und den Bratäpfeln vom Vortag. Alles war in Ordnung. Er drückte die Tür ins Schloss und drehte den Schlüssel zweimal herum.

Ben stellte das Paket auf die Kommode und wickelte es aus. Die zahlreichen Packpapierschichten warf er hinter sich auf den Boden, wo sie in einem raschelnden Haufen liegen blieben. Dann schob er die Figur auf die leere Stelle, an der der verschwundene Zinnteller gestanden hatte. Hatte er ihn am Ende doch weggestellt und konnte sich nur nicht mehr daran erinnern? Und hatte er die Tür der Stallscheune offen gelassen und sich eingebildet, er hätte sie geschlossen? Am Ende lag es nicht an diesem unschuldigen alten Haus, sondern an ihm. Vielleicht widmete er nicht seinen Romanfiguren zu viele Gedanken, sondern war dabei, seinen Realitätssinn zu verlieren. Er wäre nicht der erste Kreative, dem das passierte. Noch dazu schien er ja genetisch vorbelastet zu sein.

Ben verbannte die dunklen Gedanken aus seinem Kopf und betrachtete die Madonna. Die Ähnlichkeit mit Julia Bonaventura war frappierend. Aber Madonna war Madonna.

»Jetzt bist du eine Schutzheilige«, erklärte er. Unter hochgewölbten Brauen starrte Julia Bonaventura geziert zurück. »Ich hätte lieber einen heiligen Florian nehmen sollen, dann brennt's wenigstens nicht.«

Hinter ihm setzte die Standuhr an, die volle Stunde zu schlagen. Das nun schon vertraute Surren erklang. Dann schlug die Uhr zwölf Mal. Ben erstarrte. Es konnte höchstens drei Uhr am Nachmittag sein. Er drehte sich um und blickte auf das Emaille-Zifferblatt mit den römischen Zahlen.

Die gezackten Zeiger lagen exakt übereinander. Ihre Spitzen standen senkrecht nach oben. Sie zeigten eindeutig auf die Zwölf. Auf der alten Standuhr war es bereits Mitternacht.

NEUN

Nur die Zinnen des neugotischen Turmes ragten aus dem Morgennebel, als Inspektor Applegate die lange Allee entlang auf Lachlan Hall zufuhr. Der Kies auf dem Vorplatz knirschte unter den Reifen des Polizeiwagens. Ein paar Meter abseits von der breiten Schlosstreppe parkte der alte Vauxhall der Haushälterin. Jane Higgins hatte ihren Dienst also bereits angetreten. Erleichterung machte sich in Applegate breit. Es war alles in Ordnung. Wahrscheinlich hatte sie seinen Anruf einfach überhört. Trotzdem war es seine Pflicht, nach dem Rechten zu sehen. Eine Tasse Earl Grey in Janes mollig warmer Küche konnte an einem Novembermorgen wie diesem auch nicht schaden.

Applegate ließ das Auto direkt vor der Schlosstreppe ausrollen. In früheren Zeiten wäre jetzt ein Rudel Spaniels um die Ecke gestürmt und hätte ihn lautstark begrüßt. Aber Sir Angus ging schon lange nicht mehr auf die Moorhuhnjagd, und sein Sohn Alastair lebte in New York. In St. Mary-in-the-Moor hatte ihn seit Jahren niemand mehr gesehen.

Der Inspektor stieg die Schlosstreppe hinauf und betätigte den eisernen Türklopfer, der als Rose geformt war. Aber nichts geschah, niemand kam, um ihm zu öffnen. Hinter den hohen Bleiglasfenstern der Halle brannte Licht. Durch das Ochsenauge über der Tür konnte er den Kronleuchter erkennen.

Applegate klopfte noch einmal. »Guten Morgen, hier ist Inspektor Applegate, Polizeidienststelle St. Mary-in-the-Moor!«

Nichts rührte sich.

»Jane? Ich bin's – John.«

Alles blieb still. Die englische Rechtslage beschränkte das unerlaubte Eindringen in fremde Häuser auf äußerst restriktive Weise. Aber nach dem, was er von der alten Annie gehört hatte, fand Applegate, war Zurückhaltung hier nicht mehr angebracht. Er fasste den schweren Messingknauf, stieß die Tür auf und trat über die Schwelle.

Jane Higgins lag am Fuß der großen Treppe, die auf die Galerie hinaufführte. Mit aufgerissenen Augen starrte sie zu den bunten Kriegsbannern hinauf, die an den Dachsparren hingen. Ihre Lider flatterten, und ein dunkler Fleck breitete sich unter ihrem Kopf aus. Quer über ihrer Brust lag eine blutbesudelte Hellebarde.

Im Ofenrohr gab es eine kleine Explosion. Ben schnupperte. Der Duft nach Bratäpfeln, gerösteten Nüssen und Schokolade zog durch die warme Küche. Er ging zum Herd hinüber, nahm eines der geflickten Küchentücher und öffnete die Herdklappe. Heißer Dampf entwich dem schwarzen Ofenloch, ließ seine Brillengläser beschlagen und verstopfte ihm die Nase. Ben wich zurück und hustete. Dann zog er die angeschlagene Kasserolle aus Emaille heraus und stellte sie auf die eisernen Herdringe. Die Haut der mit Nüssen gefüllten Äpfel war an manchen Stellen aufgeplatzt und weißes Fruchtfleisch quoll aus den Rissen. Sie brutzelten in ihrem eigenen Saft weiter. Der Duft war unwiderstehlich. Ben rieb sich die Hände. Nach den Worten von Chris hatte er beschlossen, den Tatsachen ins Auge zu sehen und das Beste aus seiner Lage zu machen. Auf keinen Fall konnte er es sich leisten, den Einödhof zu verlassen. Und eigentlich wollte er das auch nicht.

Schließlich gehörte ihm ein Bauernhaus im Zentrum eines angesagten Skiortes. Natürlich war es in die Jahre gekommen und in seinem derzeitigen Zustand nur bedingt bewohnbar. Aber nach einer Renovierung würde es einen anständigen Kaufpreis erzielen. Wahrscheinlich konnte man sogar ein paar Baugründe aus dem großen Grundstück herauslösen und getrennt verkaufen. So oder so hatte ihm Tante Agnes ein ansehnliches Erbe hinterlassen. Oder er blieb noch ein paar Jahre und schrieb seine nächsten Bücher in Wildmoos.

Ben holte einen Teller aus dem Geschirrschrank, legte einen Bratapfel darauf und übergoss ihn mit zerlaufener Butter. Aus der Schublade im Küchentisch suchte er eine Gabel. Er stellte sich ans Fenster und blinzelte in die Nachmittagssonne, während er den ersten süßen Bissen kostete.

Seine Missstimmung rührte nicht von diesem harmlosen alten Kasten her. Sie war die Folge der langen Monate, die seiner blutigen Scheidung vorausgegangen waren. Fast war ihm, als hörte er Silkes befehlsgewohnte Stimme im Flur. Voller Schadenfreude dachte er daran, wie sie dieses alte Bauernhaus geliebt hätte. Mit ihrer Töpferscheibe und den muffig riechenden Tonklumpen hätte sie sofort die Küche in Beschlag genommen. Und natürlich hätte sie für ihr Esoterik-Buch, an dem sie seit Jahren schrieb und das sie niemals beenden würde, nach Kraftplätzen und altem Kräuterwissen geforscht. Geister auf dem Dachboden oder in einer alten Stallscheune waren Silkes Lebenselixier.

Ben spürte, wie sich ein Lächeln der Erleichterung auf seinem Gesicht ausbreitete, und er schob sich noch ein Stück Bratapfel in den Mund. So mussten sich Schiffbrüchige nach der Entdeckung ihrer Rettungsinsel fühlen.

»Pech gehabt, Frau Lehrerin«, nuschelte er.

Im Hof lag ein halber Meter verharschter Schnee, und sein Auto sah wie ein Iglu aus. Im Sonnenschein tropfte Schmelzwasser in glitzernden Perlen von den Holzschindeln. Die Eiszapfen an der Dachrinne leuchteten orangerot, und ihre Spitzen schienen zu glühen.

Ben beschloss, sein Auto auszugraben. Die alte Batterie würde das sonst nicht mehr lange mitmachen. Und ein wenig Arbeit an der herrlichen frischen Luft würde ihm guttun, ehe er wieder den ganzen Abend vor dem Bildschirm saß. Irgendwo musste es in diesem Haus ja eine Schneeschaufel geben. Ben stellte den leeren Teller in die Spüle und holte seinen Norwegerpullover.

Der Schnee im Hof war schwer und klumpte unter den groben Sohlen seiner Stiefel. Kleine Schmelzwasserbäche liefen über die von Hand behauenen Pflastersteine, die die Sonne in den letzten Stunden freigelegt hatte. Wenn er den Vorplatz, wie Chris gemeint hatte, neu verlegen lassen musste, würden ihn allein die Arbeiten ein Vermögen kosten. Aber das Ergebnis würde prachtvoll zu dem alten Bauernhaus aussehen.

Die Tür der Stallscheune war aus alten Holzbalken grob zusammengezimmert und befand sich in der Mitte der hofseitigen Front. In Augenhöhe war mit geschmiedeten Eisennägeln ein schwerer Eisenriegel verschraubt. Er war offen und die Tür nur angelehnt. Ben hätte schwören können, dass er den Riegel nach seiner Schneeschaufelexpedition wieder vorgeschoben hatte. Er meinte, sich sogar daran zu erinnern, wie schwer das rostige Stück Eisen zu bewegen gewesen war.

Er klappte die Tür auf und trat in den schummerigen Raum, in dem es nach Staub und noch ein wenig nach Stall roch. Es war eiskalt. Die Fugen und Risse der alten Holztür ließen die trockene Winterluft ungehindert eindringen. Gedankenlos tastete Ben an der Wand entlang, bis er sich entsann, dass es kein elektrisches Licht gab. Also ließ er die Tür offen stehen und die Sonnenstrahlen in das Innere der Scheune fallen.

Im Erdgeschoss waren noch zwei Schweinekoben und die Holzwände zu sehen, die die Stände der Kühe voneinander getrennt hatten. Der Boden war mit abgetretenen Dielen belegt, in deren Ritzen verkrustete Dungreste klebten. An den unverputzten Wänden hingen Eisenringe. Bestimmt war Tante Agnes nach dem Tod der Mutter und dem Verschwinden des Vaters nichts anderes übrig geblieben, als sich von ihren Tieren zu trennen. Ben konnte sie fast vor sich sehen. Eine schmächtige Vierzehnjährige, allein verantwortlich für den elterlichen Hof und die kleine Schwester.

An den Wänden standen aufgereiht alte Gummistiefel und ausgetretene Halbschuhe. In einer Ecke lehnten verschiedene Gerätschaften, darunter auch der Rechen mit den rostigen Zinken, an denen sich Ben den Hemdsärmel aufgerissen hatte.

Auf einem alten Tisch lag ein zusammengerolltes Seil. Oder war das ein Kälberstrick? Unter dem Tisch stand eine Kiste, aus der vergilbtes Altpapier quoll. Staub lag darauf, und ein riesiges Spinnennetz spannte sich von ihrem Rand bis hinauf zur Tischkante.

Auf einmal meinte Ben, das Knarren von Holzbohlen zu hören. Es kam von irgendwo über ihm. Etwas scharrte, als schliche jemand auf dem Heuboden herum. Bens Herzschlag beschleunigte sich.

»Hallo? Ist da wer?« Er hob den Kopf und lauschte, aber er erhielt keine Antwort.

Von der Mitte des Raumes führte eine Holzleiter zu einem Loch in der Decke hinauf. Staubkörnchen tanzten in den einfallenden Sonnenstrahlen um ihre Sprossen und verloren sich im Dunkel des Dachgebälks. Das musste die Heuluke sein, durch die Agnes' Mutter in den Tod gesprungen war. Wo hatte sie wohl den Kälberstrick befestigt? Und was hatte sie in den Selbstmord getrieben?

Da flatterte es über seinem Kopf, und ein schwarzer Vogel schoss aus der Luke herab, segelte über Bens Kopf hinweg und entkam durch die offene Stalltür ins Freie.

Ben schloss kurz die Augen, um sich von dem Schreck zu erholen. Dann blickte er sich noch einmal in der Scheune um. Hier gab es nichts, was er gebrauchen konnte. Außer vielleicht das Altpapier. Es war mühsam, den Küchenherd nur mit Holzspänen anzuheizen, und die Wildmooser Nachrichten allein zum Feueranzünden zu abonnieren, kam auch nicht in Frage.

Ben vermied den Blick auf das Seil. Er ging zu dem Tisch hinüber, bückte sich und zog die Kiste darunter hervor. Sie klebte ein wenig am Boden fest, sodass es einen kräftigen Ruck brauchte, um sie zu bewegen. Das Spinnennetz zerriss, graue Fäden schwebten durch die Luft und legten sich wie ein Mulltuch über Bens Nase. Er musste niesen. Angewidert wischte er sich über das Gesicht und zog die Kiste zu sich heran. Trotz der Überfülle an Papier war sie ziemlich leicht. Ihr Inhalt musste schon sehr lange dort lagern und im Laufe der Zeit völlig ausgetrocknet sein.

Ben hob einen Packen Zeitungen heraus. Sie waren altersgelb, und ihre Seiten waren mürbe. So was brannte wie Zunder. Zufrieden steckte er den Stapel unter den Arm und wollte gerade zur Tür gehen, als etwas aus den Packen glitt und zu Boden fiel. Es war ein altes Schulheft, schwarz und mit einem achteckigen Etikett, wie es früher in Gebrauch gewesen war. Ben beugte sich hinunter. Auf dem Etikett stand mit kindlichen Großbuchstaben mit Bleistift geschrieben ein Name. STADLER AGNES. Der Jahrgang darunter war verwischt und nicht mehr leserlich.

Gerührt hob Ben das Heft auf und steckte es wieder zu dem Stapel unter seinem Arm. Natürlich würde er es nicht verbrennen, sondern als Andenken an seine Großtante aufbewahren. Bestimmt hatte sie nichts mehr von der Existenz des Heftes gewusst. Da sah er noch einen Zettel auf dem Boden liegen. Er musste aus dem Heft gefallen sein. Zunächst wollte er ihn liegen lassen, aber dann nahm er ihn doch an sich.

Es war ein Brief. Adressiert an Stadler Agnes und Mitte der

fünfziger Jahre des letzten Jahrhunderts in Salzburg datiert. Das Papier war abgegriffen, leicht verschmutzt und fiel an den Faltstellen fast auseinander. Tante Agnes musste den Brief in ihrem Schulheft verwahrt haben, um ihn immer und immer wieder zu lesen. Hatte sie etwa in ihrer Jugend Liebesbriefe bekommen?

Das schlechte Gewissen, eine Botschaft an einen fremden Menschen zu lesen, auch wenn der schon tot und die Nachricht bedeutungslos geworden war, hielt Ben nur kurz von der Lektüre ab. Dann siegte wie immer seine Neugier. Er klemmte sich das Altpapier fester unter den Arm, stellte die Kiste ab und faltete den Zettel auseinander. Er war in ordentlicher, fast kindlicher Schönschrift mit Füllfeder beschrieben. Die Tinte war im Laufe der Jahre etwas verblasst und Wassertropfen hatten sie zudem an manchen Stellen verwischt, so als hätte jemand beim Schreiben oder beim Lesen geweint. Ben wanderte mit dem Brief in die Mitte des Raumes, wo der Strahl Tageslicht die Leiter beleuchtete. Dann hielt er sich das Blatt vor die Augen.

Liebste Agnes, las er, *ich hoffe, dir geht es besser und du bist wieder ganz gesund. Uns geht es gut. Mach dir daher keine Sorgen. Gestern war Markttag und ich fürchte, J. hat uns in der Hofstallgasse gesehen. Hoffentlich hast du ihr nichts erzählt, du kleine Tratschn! Ich fahre besser morgen schon weiter. Bleib dem Teufel gegenüber stark. Umarme dich ganz, ganz fest, E.*

Ben lehnte den Kopf an die Leiter und ließ den Brief sinken. Was war das für eine seltsame Nachricht? Offenbar war seine Tante Agnes sehr religiös gewesen. *Bleib dem Teufel gegenüber stark?* Welchen furchtbaren Versuchungen war ein Mädchen in den fünfziger Jahren auf dem Dorf denn ausgesetzt gewesen?

Ben schüttelte den Kopf und schlug das schwarze Heft auf, um den Brief wieder hineinzulegen. Dann stutzte er. Vielleicht war es einmal für Schulübungen gedacht gewesen. Aber die ersten Seiten waren herausgerissen worden. Irgendwann hatte seine Eigentümerin es für eigene Notizen genutzt. Auf der Seite, die Ben willkürlich geöffnet hatte, stand mit verwischter Bleistiftschrift:

Der Teufel geht wieder um. Ich höre ihn jede Nacht. Ich … zur Muttergottes beten, aber … ja blind. Ich bin aus Eis und Stein. Ich weiß, er will Maria ein Leid antun. Deshalb

Die restlichen Buchstaben waren grau verschmiert und unleserlich geworden, genau wie die folgenden beiden Seiten. Dann folgte ein kurzer Eintrag:

Der Teufel hat Maria geholt. ES IST ZU SPÄT

Die letzten vier Worte waren mit so viel Kraft ins Papier gepresst worden, dass die Bleistiftmine schwarze Rillen hinterlassen hatte. Mehr noch als der Inhalt des Tagebuchs, denn das war es ja wohl, erschreckte Ben die Sorgfalt, mit der die Schreiberin ihre schrecklichen Aufzeichnungen in kindlicher Schönschrift zu Papier gebracht hatte. Es zeugte von einer geradezu unglaublichen Selbstbeherrschung, Klarheit und Perfektion. Glaubte so ein Kind an den Teufel?

Draußen knirschte der Schnee.

Ben schlug das Heft zu und schob es zwischen die alten Zeitungen unter seinem Arm. Er würde sich am Abend in Ruhe damit befassen, aber irgendwie hatte er kein gutes Gefühl. Was war damals auf dem Einödhof geschehen? Was hatte die kleine Agnes so außer sich gebracht, ja geradezu in Verzweiflung gestürzt? Eines musste Ben zugeben – der alte Hof bot ein gutes Umfeld für Aberglauben und Exorzismus.

Ein Windstoß strich durch die offene Scheunentür herein, fuhr raschelnd in die restlichen Zeitungen in der Kiste und verlief sich auf dem Dachboden. Kam da wieder ein Geräusch aus der Heuluke?

Ben legte den Kopf in den Nacken und trat einen Schritt zurück, um besser zu sehen. Die lange Leiter schwankte vor und zurück, dann kippte sie plötzlich auf ihn zu. Ben machte einen Satz beiseite, und die schweren Eichenstreben schlugen knapp neben ihm auf dem Stallboden auf. Er verharrte wie gelähmt. Sein Herz raste, doch er sagte sich, dass es auch für die umgestürzte Leiter eine natürliche Erklärung gab. Der Wind hatte die Leiter umgeweht. Zum Glück hatte Ben es noch rechtzeitig gesehen.

Ein Schatten fiel über das Lichtviereck auf dem Boden. Ben fuhr herum.

»Benni?« Josefa hatte eine Hand auf ihren Stock gestützt und hielt sich mit der anderen im Türrahmen fest. »Bist du da drin?«

Ben konnte keine Antwort geben. Er öffnete den Mund, doch er brachte keinen Ton heraus. Seine Knie waren weich.

»Benni?« Sie blinzelte. Dann entdeckte sie ihn. »Was tust denn da?« Sie starrte auf die Leiter am Boden. »Wolltest etwa da hochkraxeln?«

»Nein.« Ben schluckte. »Der Wind hat die Leiter umgestoßen. Zum Glück hat sie mich nicht erwischt. Es ist nichts passiert.« Hätte das schwere Holz ihn unter sich begraben und wäre Josefa dann nicht vorbeigekommen, was dann? Ohne Bewusstsein wäre er mit Sicherheit in der eisigen Stallscheune erfroren.

»Wie – umgefallen?«, fragte Josefa misstrauisch.

Er zwang sich zu einem Scherz. »Vielleicht spukt da oben auch jemand herum.« Der Teufel der kleinen Agnes? Er wollte die Worte schon hinzufügen, fand sie dann aber doch nicht mehr witzig.

Josefa runzelte die Stirn unter ihrem Kopftuch. »Auf dem Heuboden ist seit fünfzig Jahren niemand mehr gewesen.«

»Gut zu wissen.« Welche Geräusche hatte er sich da nur wieder eingebildet? Anscheinend wurde er wirklich verrückt. Auf einmal war Ben die ganze Angelegenheit peinlich. Er deutete auf den Papierwust zu seinen Füßen. »Ich habe was zum Anzünden gefunden. Für den Küchenherd.«

»Ah.« Josefas Blick war sorgenvoll, und sie wirkte angeschlagen. So als hätte sie längere Zeit nicht geschlafen.

»Kann ich etwas für dich tun, Josefa?« Es passte ihm nicht, dass die Alte zu jeder Tageszeit unangemeldet bei ihm auftauchte. Es gab ihm ein Gefühl, als wäre er unter ständiger Beobachtung. Er deutete auf ihren Stock. »Ist das nicht gefährlich, wenn du immer draußen im Schnee herumspazierst?«

»Der Burli is weg.« Sie ließ die Schultern hängen und umklammerte den Griff des Stockes. »Dem hat einer was angetan.«

»Katzen streunen doch immer herum.« Ben versuchte, sie zu beruhigen, obwohl ihm immer noch die Knie zitterten. »Der kommt schon wieder.« Natürlich hatte er keine Ahnung von kätzischem Lebenswandel.

Sie schüttelte den Kopf. »Den hat wer mitgenommen.«

Ben konnte sich beim besten Willen nicht vorstellen, wer

ein schwarzes Ungeheuer wie diesen Burli stehlen würde. Aber Josefas Stimme klang so schicksalsergeben, dass er Mitleid mit ihr bekam. Bestimmt waren ihre Katzen die einzigen Freunde, die der alten Frau Gesellschaft leisteten. Und dafür, dass sie sich um Burli sorgte, für dessen Wohlergehen eigentlich er verantwortlich war, musste er ihr dankbar sein. Ben wandte sich zur Tür, wobei er die Leiter keines Blickes mehr würdigte.

»Hier bin ich fertig«, sagte er. »Auf dem ganzen Hof scheint es keine Schneeschaufel zu geben. Ich denke, ich kaufe morgen eine im Ort.« Der Papierstapel unter seinem Arm wurde schwerer. Er warf den Stapel zu dem anderen Altpapier und hob die Holzkiste wieder auf. »Sag mal, Josefa, hatte die Tante Agnes eigentlich eine glückliche Kindheit?«

In der gängigen Vorstellung liefen Kinder auf dem Bauernhof den lieben langen Tag barfuß herum und erfreuten sich ihrer Freiheit und der netten Tiere, wenn sie nicht den Erwachsenen bei kleinen Dienstleistungen zur Hand gingen. Dass das Leben auf dem Land früher anders ausgesehen hatte, wusste Ben natürlich. Aber die Tagebucheintragungen der kleinen Agnes, voller Leid und quälender Angst, warfen einen besonders tiefen Schatten auf ihre Kinderjahre.

Josefa, die gerade einen Schritt zur Seite machen wollte, erstarrte. »Wie kommst jetzt darauf?«

Ben überlegte, ob er ihr von dem schwarzen Heft erzählen sollte. Vielleicht hatte er ja seine Kreativität von Tante Agnes geerbt, und ihre Texte waren so eine Art Gruselgeschichte in Fortsetzungen gewesen. Aber etwas hielt ihn zurück. Instinktiv spürte er, dass es sich beim Inhalt der Briefe nicht um ein Spiel gehandelt hatte, sondern um bitteren Ernst. »Ich weiß so wenig von früher«, sagte er deshalb nur.

Sie ließ ihren Blick über ihn wandern. »Da hast wohl recht.«

»Na ja, ist auch nicht so wichtig.« Er ging zur Tür.

Sie gab den Weg frei, hielt den Türrahmen aber weiter fest. Als er sich an ihr vorbeischob, musterte sie wieder sein Gesicht mit diesem suchenden, fast hungrigen Blick, der ihm schon an seinem ersten Abend auf dem Einödhof aufgefallen war.

»Benni?«, fragte sie.

»Ja?« Er schaute auf sie herab.

»Hast du – die Agnes mögen?« Josefa machte einen schwerfälligen Schritt ins Freie.

»Ich hab sie kaum gekannt«, antwortete er und schob den Riegel vor. Er ging so schwer, wie Ben es in Erinnerung hatte.

»So, der wäre zu. Hundertprozentig.«

Josefa nickte langsam und wie in Gedanken. »Dachte ich mir.« Sie nahm die Hand von der Tür und wandte sich halb um. »Ich geh dann mal wieder.«

Ben sah ihr nach, wie sie ein paar Schritte über den gefrierenden Schnee machte. Mit dem Stock stocherte sie vor sich hin wie eine Blinde, und mit dem gesunden Fuß suchte sie bei jedem Schritt erst festen Stand, ehe sie vorsichtig ihren Klumpfuß nachzog. *Alt werden ist nichts für Weicheier.* Der Spruch tauchte ungefragt in Bens Gedanken auf. Aber Josefa hatte sich auch als junges Mädchen nicht anders bewegen können. Auch nicht, als sie vierzehn war und vielleicht die einzige Freundin und Stütze der kleinen Agnes.

»Josefa?«

Sie drehte sich um und blickte über die Schulter zurück.

»Wenn du noch ein wenig Zeit hast – könnten wir ja einen Tee zusammen trinken«, sagte Ben schnell. »Ich habe Bratäpfel gemacht.«

Josefa gab keine Antwort.

»Ich würde mich freuen«, sagte er und meinte es in diesem Augenblick auch so. »Wir sollten überlegen, was wir wegen Burli unternehmen können.«

Jetzt drehte sie sich ganz um. Eine Spur des alten Glanzes war in ihre Augen zurückgekehrt.

Da fing das Handy in Bens Hosentasche an zu klingeln. Er zog es heraus. Josefa schaute ihn erwartungsvoll an. Ben drückte auf den Annahmeknopf. Es war *Müller, Flo.*

»Hallo – Flo?«

»Ben, alter Spezi, schön, dass ich dich erwische«, tönte es fröhlich aus dem Apparat. »Gute Neuigkeiten.«

»Ach ja?«

»Ja, du, ich komme nächste Woche mit meinem Team und den

Mädels, und dann machen wir die Modestrecke bei dir. Einen Tag Arbeit, schätze ich. Was sagst du?«

Das hatte Ben ganz vergessen. »Also, ich weiß nicht recht.«

»Mann, mein Kunde ist schon ganz heiß drauf – ist ein Shooting für die Silvesterausgabe. Berge sind total in.« Flo lachte. »Weißt du überhaupt, was der zahlt?«

Offenbar hatte dieser Flo schon eine Abmachung getroffen, ohne ihn vorher zu fragen. Ben verfluchte sich selbst, dass er nicht rechtzeitig abgelehnt hatte. »Nein?«

»Ich hoffe, du sitzt.« Flo nannte ihm einen Betrag, den Ben nie für möglich gehalten hätte.

»Echt?« Vielleicht sollte er in Zukunft keine Bücher mehr schreiben, sondern einfach sein altes Bauernhaus vermieten. »So viel?«

»Bar und ohne Rechnung, wenn du willst.« Flos Grinsen war über Hunderte Kilometer hinweg zu hören. »Na?«

Ben schluckte. Er dachte an die Elektroinstallationen und die Wasserleitung. Und an das handgeschlagene Kopfsteinpflaster auf dem Vorplatz. »Gut«, meinte er schließlich. »Gib mir einfach Bescheid, wann ihr kommt.«

»Cool, Mann.«

»Ja, cool.« Ben drückte auf die Austaste. Erst dann fiel ihm auf, dass Josefa ihn noch immer beobachtete.

»Ich kann das Haus vermieten«, sagte er mehr zu sich selbst als zu ihr. »Für einen Tag.«

Josefas Blick wurde wachsam. »Kannst es diesem Floh nicht überhaupt vermieten?« Sie hatte genau zugehört. »Und woanders hinziehen?«

Ben musste lachen. »Glaub ich nicht«, sagte er. »Will ich auch nicht.« *Nicht?* »Warum sollte ich?«

»Na ja …« Josefa ließ sich seine Worte offenbar durch den Kopf gehen. Aber schließlich fragte sie nur: »Was ist jetzt mit diesen Bratäpfeln?«

»Die Einladung steht.«

Sie gingen zum Bauernhaus hinüber. Inzwischen war die Sonne hinter dem Drachenkopf untergegangen. Die Fußspuren, die Ben und Josefa noch vor kurzer Zeit im Schnee hinterlassen hatten, waren mit einem zarten Eispanzer überzogen. Die Stallscheune warf ihren langen blauen Schatten über den Hof, und die Fenster des Bauernhauses reflektierten den orangefarbenen Himmel, sodass es aussah, als brenne im Inneren des Hauses ein Feuer. Der Volvo hockte immer noch wie ein formloses Ungetüm unter seinem Schneemantel. Die Luft war frostig geworden, und Ben freute sich auf sein warmes Zuhause.

»Bitte sehr.« Ben sperrte die Tür auf und ließ Josefa den Vortritt. Er legte den Zeitungsstapel auf einer Ecke der Kommode ab, als ihm auffiel, wie eisig es im Flur war. »Was ist denn das?« Ben fasste an den Heizkörper. »*Au – verdammt!*«

Er riss die Hand hoch und steckte sie unter die Achsel. Das Gusseisen glühte, die Heizung lief auf Hochtouren. Doch in der Luft hing dieser feuchte Geruch nach Salz und Moder.

»Was tust denn?«, fragte Josefa erschrocken.

»Ich dachte, ich hätte die Heizung vielleicht nicht angemacht«, sagte er irritiert. »Ich werde etwas vergesslich.« *Wo war der Zinnteller?* In scherzhaftem Ton setzte er hinzu: »Scheint das Alter zu sein.«

Aber Josefa lachte nicht. »Gut schaust nicht aus.«

»Das hört man doch immer wieder gern.«

»Vielleicht solltest mal zum Arzt gehen.«

Auf einmal hatte er den Drang, mit ihr zu reden, ihr alles zu erzählen, gleich hier im Flur. Aber würde er sich damit nicht lächerlich machen? Am Ende hielt sie ihn auch noch für verrückt. *Vielleicht wirst du das ja.*

»Josefa?«

Aber Josefa bückte sich nach einem Gegenstand, der vor der Kommode lag. »Da hast was verloren«, sagte sie.

Als sie sich wieder aufrichtete, hielt sie etwas in der Hand, das auf den ersten Blick wie ein Tennisball aussah. Aber als sie ihn ihm entgegenstreckte, erkannte Ben, dass es ein geschnitzter Kopf war. Dunkles Haar, große Augen unter hochgewölbten Brauen – Julia Bonaventura starrte ihn seelenlos an.

»Der gehört zu der Madonna«, flüsterte er und schaute schnell auf die Kommode.

Die Madonnenfigur stand noch immer auf dem Platz, an den

er sie gestellt hatte. Aber ihr Hals reckte sich leer aus dem blauen Mantel. Jemand hatte der Muttergottes den Kopf abgeschlagen. Ben wurde übel. Wer tat so etwas? Und vor allem – wer konnte sich Zutritt zu seinem Haus verschafft haben? Niemand. Die Tür war wie immer zweimal verschlossen gewesen. Nur er selbst konnte das gewesen sein. Ben hatte das Gefühl, als legte sich ein eiserner Ring um seine Schläfen. Ihm fehlte jede Erinnerung. *Was hatte er wieder getan?*

Josefa drehte das bemalte Stück Holz hin und her. »Das ist ja die Julia«, sagte sie erstaunt. »Die kleine Hex.«

Ben gab sich einen Ruck und nahm ihr den Kopf aus der Hand. »Ach«, sagte er in bemüht normalem Ton, »der gehört zu der Madonna da drüben. Sie ist mir umgefallen. Dabei muss der Kopf unter die Kommode gerollt sein. Hab ihn schon gesucht.«

Ein Fauchen in seinem Rücken ließ Ben zusammenzucken. Er fuhr herum. Mitten im Flur hockte der schwarze Kater und fixierte ihn mit weit aufgerissenen Augen.

Eine Welle der Erleichterung erfasste Ben. Natürlich, es war die Katze gewesen. Katzen sprangen überall hinauf, das wusste jeder. Bestimmt hatte sie die Figur umgeworfen. Er hätte das Tier an die Brust drücken können.

»Na, du alter Ausreißer«, sagte er fröhlich. »Wir haben uns schon Sorgen um dich gemacht.«

Josefa umklammerte ihren Stock so fest, dass die Knöchel an ihrer Hand weiß hervortraten. Ihr Atem ging schwer. Mit dem ausgestreckten Zeigefinger deutete sie auf die Katze.

»Der Teufel soll ihn holen«, zischte sie. »Der ... der ... der das getan hat, wenn ich den erwisch, den bring ich um.«

Und da bemerkte Ben, was sie meinte. Etwas stimmte mit der Katze nicht. Ihre Ohren lagen eng am Kopf an, und die Schulterblätter ragten spitz hervor. Sie zitterte und schien nur noch aus Haut und Knochen zu bestehen. Aus dem zerzausten Fell tropfte Wasser auf den Fleckerlteppich und sickerte zwischen die gewebten Rippen.

Warum war der Kater so nass, wenn es seit Wochen nicht mehr geregnet hatte? *Magst ein Katzerl, Benni?* Auf wundersame Weise hatte Tante Agnes' Katze immer genau zwei Junge geworfen.

Und auch die waren irgendwann verschwunden. *Weißt, Benni, die spielen schon mit den anderen Katzerln.* Mit den Kätzchen vom Jahr davor und davor und davor, hieß das. Auf einmal stieg eine lange verdrängte Erinnerung in ihm auf – an einen verbeulten Blecheimer. Mit einem zerkratzten Holzbrett darauf. Sein Vater hatte ihm streng verboten, jemals hineinzuschauen. Später hatte die Tante Agnes den Eimer dann immer zum Misthaufen getragen. Danach war der Eimer leer gewesen. Und die Kätzchen verschwunden.

Burli mauzte kläglich, dann krümmte er sich und erbrach einen Schwall Wasser auf den bunten Teppich. Die Erkenntnis traf Ben wie ein Schlag: Der Kater sah aus, als hätte jemand versucht, ihn zu ertränken.

ZEHN

Im Innenhof stand ein Wald aus Tannen in Töpfen. Eine Frau im bodenlangen Mantel umrundete einen Baum nach dem anderen und sprühte Kunstschnee auf die Zweige. An einer langen Stange auf Rollen hingen mit Zetteln versehene Kleider. Koffer, Klappstühle und Stative mit Silberfolie verwandelten den Vorplatz in ein Filmstudio. Eine blonde und eine schwarzhaarige junge Frau hatten sich in dicke Daunenjacken vergraben und trippelten von einem dünnen Bein auf das andere. Die Blonde legte immer wieder den Kopf in den Nacken und blies Zigarettenrauch in die kalte Dezemberluft.

»Hoffentlich verkühlen sich die Mädels da draußen nicht«, sagte Josefa und lugte neben Bens Schulter aus dem Küchenfenster. »Die schauen recht verfroren drein. Dabei sind's heute nur minus acht Grad.«

Neben der Stallscheune parkten Flos Geländewagen und der rote Mini mit dem weißen Dach, mit dem die Mädchen gekommen waren. Daneben stand ein schwarzer Lieferwagen. Ein Weihnachtsmann mit Zipfelmütze und weißem Rauschebart nippte an einer Dose mit einem Energy-Drink. Er bewegte sich wie in Trance zu der Musik aus seinen Kopfhörern. Der Mann, der Ben als der Fotograf vorgestellt worden war, trug eine Pudelmütze und starrte gebannt auf den Belichtungsmesser in seiner Hand.

»Models sind wahrscheinlich empfindlich«, meinte Ben.

»Weil's gar so dürr sind.« Josefa schüttelte den Kopf und wischte sich die Hände an ihrer blütenweißen Schürze ab, die sie zur Feier des Tages umgebunden hatte. »Am Ende mögen die mein gutes Essen auch nicht«, fügte sie bekümmert hinzu. Die Aussicht, bei Modeaufnahmen auf dem Einödhof mitwirken zu können, hatte sie geradezu in Begeisterung versetzt. Ihr Angebot, für das leibliche Wohl des Teams zu sorgen, hatte Ben gern angenommen.

Er tätschelte ihre Schulter. »Dann esse ich alles.«

Josefa lachte. »Du warst halt schon als Kind verfressen.« Sie humpelte zum Küchentisch, wo auf einem Holzbrett bereits an die zwanzig Semmelknödel in der Größe von Kanonenkugeln auf den Kochtopf warteten. »Ich mein, das reicht dann, oder? Weil – den Schweinsbraten und den Krautsalat haben wir ja auch noch.«

Die Küchentür schwang auf, und ein Schwall kalter Luft kam herein. Sofort kam ein leises Knurren vom Küchenherd. Auf dem dicksten Kissen, das Ben in der Stube gefunden hatte, ruhte Burli und verarbeitete mental sein nasses Abenteuer. Mit Mephistoblick verfolgte er jede Bewegung in der Küche.

»Höre ich da was von Schweinsbraten?« Flo stand im Türrahmen und rieb sich die Hände. »Cool. Aber zuerst brauch ich was zu trinken für meine Girls.«

»Josefa hat selbst gemachten Hollerblütensirup mitgebracht, und wir haben jede Menge stilles Mineralwasser«, sagte Ben. »Und Grünen Veltliner.«

Flo strahlte Josefa an und streckte die Hand aus. »Hey, Josie-Mädel, dann bist du hier der Caterer, was? *Nice to meet you.*«

Josefa stopfte die Hände in die Schürzentaschen und kniff den Mund zusammen.

Flo schien von ihrem abweisenden Verhalten in keiner Weise gekränkt und schüttelte den Kopf. »Die Girls trinken nur Wasser. Ich hoffe, ihr habt *carotte rapée* im Haus?«

»Was haben wir?« Josefa reckte den Kopf vor. Ihre großen Brillengläser blitzten kriegerisch.

»Karottenrohkost – ach, wurscht, die Tiffany ist sowieso so fett geworden. Ich wette, die hat bald fünfzig Kilo.« Flo nahm ungeniert zwei große Gläser aus dem Geschirrschrank und ging zum Wasserhahn. Ehe Ben ihn warnen konnte, hatte er bereits ein Glas zur Hälfte volllaufen lassen und einen großen Schluck genommen. Überrascht starrte er in das Glas. »Schmeckt ja – interessant.« Er setzte es wieder an die Lippen.

»Das Wasser kann man nicht trinken«, sagte Ben rasch.

Flo hielt das Glas direkt vor seinem Mund. »Und warum nicht?«

Josefa warf Ben einen scharfen Blick zu und drehte sich um. Sie tauchte ihre Hände in eine Schüssel mit milchiger Brühe und fing an, die fertigen Knödel zwischen den Handflächen zu noch perfekterer Form zu schleifen.

»Ich muss erst die Leitungen nachsehen lassen«, erklärte Ben. »Sicher ist sicher.«

»Verstehe ich nicht.« Flo schwenkte das Glas mit dem Rest Wasser und nahm noch einen Schluck. »Schmeckt wie Mineralwasser.«

»Das ist der Rost.«

Flos Brauen schossen in die Höhe. »Igitt – echt?« Sein Blick fiel durch das Küchenfenster. »Hey, was machen die Trottel denn jetzt schon wieder? Ich habe doch gesagt, die Bank soll vor den Schuppen.« Er knallte das Glas so heftig auf den Tisch, dass die Knödel auf dem Holzbrett hüpften, und stürmte aus der Küche.

»Karotrapeh«, brummte Josefa verächtlich. »Möchte wissen, was das für ein neumodisches Zeugs sein soll.«

Von draußen war eine lautstarke Auseinandersetzung zu hören. Dann ratterten Holzbeine über den gefrorenen Schnee. Ben beschloss, lieber nachzusehen, ehe Flos Mannschaft Schaden anrichten konnte.

Auf dem Vorplatz brannten die Scheinwerfer, und die Hausbank stand nun vor der Stallscheune. Ein Schaffell war über die Lehne drapiert und bildete einen reizvollen Kontrast zu dem verwitterten Holz. Davor standen die Mädchen, lachten und prosteten sich mit Champagnergläsern zu, in denen eine künstlichgelbe Flüssigkeit glitzerte. Sie trugen dünne Abendkleider und versuchten, mit ihren hochhackigen Sandalen nicht im Schnee zu versinken. Der Weihnachtsmann hielt seinen roten Mantel auf wie ein Exhibitionist. Darunter trug er Smoking und Fliege.

Ben warf einen Blick zum Küchenfenster hinüber. Aber Josefa schien sich für das Treiben auf dem Vorplatz nicht zu interessieren. Dafür bemerkte er eine Bewegung im ersten Stock. Die Vorhänge an der Balkontür bewegten sich sacht. Dann erschien ein Gesicht hinter der Glasscheibe der Balkontür. Das war so ungewöhnlich, dass er einen Moment brauchte, bis ihm klar wurde, dass jemand das unbenutzte Schlafzimmer betreten hatte. Es konnte nur Josefa sein. Was hatte sie dort oben zu suchen?

»Josefa«, schrie Ben zum Balkon hinauf.

Das Gesicht schien zu verblassen.

»*Josefa!* Was machst du da oben?«

Ben wartete auf die Antwort und wollte schon ins Haus gehen, als sich das Küchenfenster endlich öffnete und mit einem Schwall Wasserdampf Josefas weißhaariger Kopf auftauchte.

»Hast mich gerufen, Benni?«

»Wo warst du denn?«

»Ich hab dich nicht gehört – das Wasser kocht.«

»Was machst du im ersten Stock?«

»Gar nix, ich war die ganze Zeit hier. Wieso?«

Irritiert schaute Ben noch einmal zu dem verschlossenen Fenster hinauf. Das Gesicht hinter der Scheibe war verschwunden. Nur die Vorhänge bewegten sich noch ein wenig hin und her. Ben spürte ein Kribbeln im Nacken. Jemand oder etwas stand dort oben und beobachtete das Treiben auf dem Hof.

»Wer ist denn dann im Haus unterwegs?«, rief Ben.

»Woher soll ich das wissen? Ich mach die Knödel«, gab sie in beleidigtem Ton zurück.

»*Knödel.*« Der exhibitionistische Weihnachtsmann lachte schrill und machte mit den Händen Jonglierbewegungen, als würde er unsichtbare Bälle in die Luft werfen.

»Verdammt«, zischte Ben.

Er lief zum Haus, stieß die Eingangstür auf und stürmte in den Flur. Es roch nach Braten und feuchter Erde. Der Fleckerlteppich war ein wenig verrutscht. Ben wandte sich zur Treppe und rannte in den ersten Stock hinauf, wobei er immer zwei Stufen auf einmal nahm. Seit Tagen hatte er das Gefühl, als wäre er nicht allein in seinem Haus. Sollte es einen ungebetenen Untermieter geben, dann würde er ihn jetzt erwischen.

Ben ging direkt zu dem unbenutzten Schlafzimmer. Seit er den Schlüssel im Schloss abgebrochen hatte, konnte er die Tür nicht mehr verschließen. Aber bisher hatte er auch keine Notwendigkeit dafür gesehen. Er drückte die Klinke herab.

Alles war wie in jener Nacht, als er das Zimmer zum ersten und letzten Mal betreten hatte. Das Bett sah aus wie frisch verlassen, die Decke war zurückgeschlagen und der Rosenkranz lag noch immer wie hingeworfen auf dem Kopfkissen. Hinter den durchstochenen Augen der Madonna konnte er im Tageslicht die rau verputzte Wand sehen.

Aber etwas hatte sich verändert.

Der Stuhl, der bei seinem letzten Besuch neben dem Bett gestanden hatte, war vor das Fenster gerückt worden. So, als hätte sich jemand dort gemütlich eingerichtet, um das ungewöhnliche Treiben auf dem Hof zu verfolgen.

Also doch Josefa.

Ben schwankte zwischen Ärger und Lachen. Da hatte sie sich heimlich nach oben geschlichen und wollte nun nicht zugeben, dass sie unbefugt seine Privaträume betreten hatte. Alte Leute wurden anscheinend wirklich wieder wie Kinder. Er beschloss, Josefas Gesicht zu wahren und nicht mehr auf das Thema zurückzukommen. Leise zog er die Tür zu und stieg ins Erdgeschoss hinunter. Im Flur rückte er noch den Fleckerlteppich gerade, dann ging er in die Küche.

Josefa war dabei, auf einem Brett den fertigen Schweinsbraten aufzuschneiden. Während sie das Fleisch mit einer Gabel festhielt, schnitt sie geschickt mit einem langen Messer gleichmäßige Scheiben herunter. Eine Strähne hatte sich aus ihrem aufgesteckten Haar gelöst und hing ihr in die Stirn. Schweißperlen bedeckten ihre Schläfen.

»Jetzt weiß ich, dass es hier spukt«, versuchte Ben sie zu necken und ging zu ihr hinüber. Er stibitzte ein Stück von der knusprigen Schwarte, die inzwischen wie Glas glänzte, und schob es in den Mund. Kauend fügte er hinzu: »Das Gespenst war gerade im ersten Stock.«

Josefa hörte auf zu schneiden und hob den Kopf. »Damit macht man keine Scherze, Benni.«

»Wer macht Scherze?« Ben nahm sich noch ein Stück Kruste. »Das ist bestimmt der Geist eines Ermordeten«, fuhr er fort. Die Sache fing an, ihm Spaß zu machen. Vielleicht ergab sich da gerade die Idee zu einem neuen Buch. »Die unerlöste Seele findet keine Ruhe und muss für immer …«

»*Nein.*« Josefa hob das Messer und hieb seine Spitze so fest in das Brett, dass es zitternd darin stecken blieb. »Mit so was macht man keine Scherze – lass es jetzt!«

Ben, der gerade die Kruste in den Mund schieben wollte, hielt überrascht inne. »Aber ich habe wirklich manchmal das Gefühl einer«, er suchte nach dem rechten Wort, »einer *Gegenwart*.« Den Begriff kannte er aus der Zeit, als Silke sich mit Wiedergeburt beschäftigt und ständig irgendwelche Rebirthing-Seminare besucht hatte. Zu ihrer grenzenlosen Enttäuschung hatte sich ihre Vermutung, dass sie einst Kleopatra gewesen war, nicht mit hundertprozentiger Sicherheit bestätigen lassen.

Auf dem Hof erschallte Trommelwirbel. Frauenstimmen kreischten, ein paar Leute lachten und klatschten.

Ben schaute zum Fenster. »Was ist denn jetzt los?«

»Das ist wieder die Wilde Gjoad«, knurrte Josefa. »Das hast nun von deinen Scherzen.« Sie zog das Messer aus dem Brett und warf es auf den Küchentisch. »Jetzt ist das Unheil da!«

»Welches Unheil?«, fragte Ben.

»Wirst es schon sehen.«

»Quatsch.« Er ging zum Fenster und spähte hinaus.

Der Weihnachtsmann und die Mädchen, die Maskenbildnerin und die Frau mit den Kostümen standen vor der Stallscheune, während Flo aufgeregt den Geisterzug umkreiste und dem wie im Fieber knipsenden Fotografen Anweisungen erteilte. Ben wollte mit dem Handy ebenfalls Fotos machen und fasste schon nach dem Fenstergriff, um es zu öffnen, da krallte Josefa ihre Hand in seinen Oberarm.

»Nicht«, zischte sie an seinem Ohr.

Ben ließ den Fenstergriff los und beobachtete das Maskentreiben auf dem Vorplatz. Bei Tageslicht konnte er den von Kopf bis Fuß schwarz vermummten Mann besser erkennen, der schon beim ersten Besuch auf dem Einödhof den Zug angeführt hatte. Auf die Vorderseite seines Kostüms war ein weißes Skelett gemalt, und in der rechten Hand hielt er einen Knochen. Geschickt schlug er einen Wirbel nach dem anderen auf der Trommel, die unter seinem linken Arm steckte. Hinter ihm tanzte der Teufel mit riesigen Hörnern und fletschenden Zähnen. Die Hexe kehrte wie beim letzten Besuch mit einem Reisigbesen den Schnee im Hof zusammen, und ein zotteliger Bär schlug mit den Vordertatzen in die Luft, während er auf den Hinterbeinen hin- und herwankte. Eine Gestalt in einem Kostüm, das aus lauter Blättern zu bestehen schien, zerrte an der Kette, die an einem Ring in seiner Nase befestigt war. Ein menschengroßer Hahn schlug mit den Flügeln und krähte disharmonisch. Insgesamt zählte Ben zehn oder zwölf Sagengestalten.

»Das ist wirklich wunderschön«, sagte er. »Wer steckt denn unter den Kostümen? Sollten wir ihnen nicht etwas anbieten?«

Josefa bekreuzigte sich. »Das sind die Seelen, die vor ihrer Zeit gestorben sind.«

Ben wandte sich um. »Geh, Josefa, das ist doch Unsinn.«

»Der Tod sucht das Heim seiner Nachfahren auf«, flüsterte Josefa mit gottergebener Stimme. »Erblickt man den Geisterzug in den Raunächten, dann ist man verdammt.«

Jetzt wurde heftig ans Fenster geklopft. Ben fuhr herum. Aber es war nur Flo, der mit geröteten Wangen und weit aufgerissenen Augen hinter der Scheibe stand und wie wild gestikulierte. Sein Mund bewegte sich lautlos wie ein Fischmaul im Aquarium. Im Hintergrund tanzte der Maskenzug mit Geschrei und Trommelwirbeln zur Einfahrt hinaus.

Ben öffnete den Fensterflügel. »Na, wie war das?«

»Oh, Mann.« Flo legte die Hand aufs Herz. »Wir haben Wahnsinnsfotos gemacht. Das war so cool!« Er stellte sich auf die Zehenspitzen und spähte in die Küche. »Josie-Mädel, wie wär's jetzt mit dem Futter? Die Girls brauchen nix, die wollen gleich los. Après-Ski oder so.« Er verstummte. Dann fragte er in ernsterem Ton: »Was hat sie denn?«

Ben sah sich nach Josefa um. Sie saß zusammengesunken auf dem Stuhl neben dem Küchentisch, und Tränen liefen ihre Wangen hinab.

Der Abend war schon hereingebrochen und ein voller silberner Mond aufgegangen, als der Braten gegessen und die Filmmannschaft ihre Geräte abgebaut und in den Autos verstaut hatte. Josefa lehnte es ab, von Flo nach Hause gefahren zu werden, packte den widerstrebenden Burli und humpelte ohne eine Erklärung, dafür sichtlich schlecht gelaunt, davon. Ben blickte ihr besorgt nach, bis das Winterdunkel sie verschluckt hatte. Er versuchte sich mit dem Gedanken zu beruhigen, dass sie es bis zu ihrem Haus nicht weit hatte.

Er kochte sich seinen Tee, und als er ihn trank, fühlte er die wohltuende Stille des alten Hauses fast körperlich. Nach den Aufregungen des Tages war er zu müde, um noch zu arbeiten, und überflog nur noch das zuletzt geschriebene Kapitel.

»Dann kauf doch selbst ein.« Anabel stach mit dem Löffel in ihre aufgeschnittene Papaya, die sie jeden Morgen als Frühstück zu sich nahm. »Ich weiß gar nicht, was du hast.«

»Ich hab doch nur gesagt, dass es auch noch andere Läden als Harrods gibt.« George faltete den Telegraph zusammen und legte die Zeitung neben seinen Teller. »Es muss doch nicht jeder Frühstücksschinken ...«

»Aha! Jetzt passt dir der Frühstücksschinken also auch schon nicht mehr.« Anabel warf ihre brünette Mähne über die Schulter ihres Seidenmorgenmantels. Da wohnten sie in East Finchley in der Bishops Avenue – der Billionaires' Row – Tür an Tür mit amerikanischen Schlagerstars und russischen Oligarchen, und dann wurde ihr ständig Geldverschwendung vorgeworfen. »Bei deinem Geiz hättest du eben kein Topmodel heiraten sollen.« Warum hatte sie bloß einen Banker geheiratet?

George seufzte und trank seinen Earl Grey aus. »Nicht schon wieder«, murmelte er und stand auf. »Denk bitte daran, dass wir heute Abend bei den McPhearsons sind. Und ich wäre sehr dankbar, wenn du einmal pünktlich sein könntest.«

Anabel blickte ihm finster nach, als er das Esszimmer verließ. Kurz darauf hörte sie, wie die Wohnungstür ins Schloss gezogen wurde. George würde niemals so weit gehen, sie einfach zuzuschlagen.

»Denk bitte daran«, äffte sie ihn nach. »Und sei einmal pünktlich.« Den Teufel würde sie tun. Oder noch besser – sie würde gar nicht hingehen. Dann musste sich der liebe George eben eine Ausrede für sie einfallen lassen. Schade nur, dass er so wenig kreativ war.

Aber was sollte sie stattdessen machen? Im Grunde langweilte sie London. Sie nahm ihr Handy, das immer griffbereit lag, und tippte Isobels Kurzwahl ein. Isobel war die Ältere, wenn auch nur drei Minuten, und wusste bestimmt einen Rat. Am anderen Ende der Leitung läutete es, aber niemand hob ab.

»Isobel, wo bist du?«

Da fiel ihr ein, dass ihre Zwillingsschwester in Lachlan war, um ihren tatterigen Onkel Angus zu besuchen. Anabel wählte erneut. Aber auch auf Lachlan Hall meldete sich niemand. Da hatte sie die Idee: Sie würde nach Schottland fliegen und Isobel überraschen. Ein paar Tage auf dem Land würden ihrem Teint und ihrer Laune guttun. George musste es eben irgendwie mal ohne sie schaffen. Sofort versuchte sie, einen Flug nach Edinburgh zu bekommen, aber es war nur noch ein Platz in der Spätmaschine frei. Sie buchte trotzdem. Und auch gleich noch einen Mietwagen dazu. Es waren zwar gut hundert Meilen vom Flughafen nach Lachlan Hall, noch dazu über das Hochmoor, aber sie fürchtete sich nicht.

Irgendwo heulten Sirenen. Ben hob den Kopf und lauschte. Draußen war es so hell, dass er die Silhouette der Stallscheune im Licht des Vollmondes wie einen schwarz-weißen Schattenriss erkennen konnte. Bei dem klaren Himmel musste es eiskalt sein. Das vielstimmige Sirenengeheul schwoll an und entfernte sich rasch wieder. Es waren mehrere Fahrzeuge. Die Standuhr im Flur surrte und schlug zehnmal. Ben war froh, an einem Winterabend wie diesem nicht auf der Straße zu sein. Mit diesem Gedanken wandte er sich wieder seiner Arbeit zu.

Anabels Flugzeug landete später als geplant in Edinburgh. Eine Sturmfront, die vom Meer auf das Festland zog, hatte alle Starts und Landungen für Stunden verhindert. Der Wind peitschte den Regen um die Burg und durch die mittelalterlichen Gassen, als sie mit dem gemieteten Mini Cooper aus der Stadt hinausfuhr. Die Frau von der Autovermietung hatte sie noch gefragt, ob sie die Nacht nicht lieber im Hotel verbringen und erst am Morgen weiterfahren wollte.

»Meine Familie stammt aus den Highlands«, hatte sie geantwortet und dabei gelacht.

Inzwischen war ihr das Lachen vergangen. Das letzte Dorf, durch das sie gekommen war, lag fast eine Stunde Fahrtzeit zurück, und sie hatte schon länger kein Straßenschild mehr gesehen. Die schottischen Schafhirten kannten anscheinend ihren Weg. Zu beiden Seiten der Straße waberte Nebel, und der schwarze Asphalt schien im Licht der Scheinwerfer zu glimmen. Anabel setzte sich auf und fasste das Lenkrad fester. Sie versuchte, keine Panik aufkommen zu lassen und sich stattdessen auf die Fahrt zu konzentrieren. Warum hatte sie George keine Nachricht hinterlassen, wo er sie finden konnte?

Endlich tauchte aus den grauen Schwaden ein Ortsschild auf – St. Mary-in-the-Moor.

»Oh, mein Gott«, entfuhr es ihr. »Endlich.« Nun waren es noch etwa dreißig Meilen. In einer halben Stunde konnte sie in Lachlan sein. Isobel würde Augen machen. Und ließ ihr hoffentlich eine anständige Tasse Tee servieren.

Nach etwa zwanzig Minuten beschrieb die Straße die Rechtskurve, an die Anabel sich erinnern konnte. Sie nahm etwas Gas weg und rollte auf die lange Allee, die zum Schloss führte. Auf einmal bemerkte sie vor sich eine Bewegung. Ein Schatten tauchte am rechten Rand ihres Blickfelds auf.

Anabel trat die Bremse durch.

Ein Bär kroch aus dem Straßengraben, richtete sich zu voller Größe auf und kam schwankend auf den Mini Cooper zu. In der rechten Pranke hielt er einen langen Gegenstand. Als der Bär in den Lichtkegel der Scheinwerfer trat, erkannte Anabel, dass der Bär ein Mensch und das Ding in seiner Hand ein schwerer Ast war.

ELF

»Aufsetzen, nicht werfen!«

»Was?« Ben musste zwinkern. Schneeflocken verklebten seine Wimpern, und das künstliche Licht auf der Eisbahn blendete ihn.

»Wohin?« Irgendwo am Ende der Bahn musste Chris stehen.

»Du sollst den Eisstock aufs Eis *setzen*, Onkel Ben, und nicht wegschleudern«, kam eine Stimme voll gespielter Verzweiflung aus dem Schneegestöber. »Gib ihm einfach einen Schubs.«

Ben versuchte sich zu orientieren. Rechts von ihm lag ein Schuppen. Links der Gasthof *Zum Gamsjaga*, zu dem die Eisbahn gehörte. Ein Wald von Eisstöcken, langen und kurzen, bunten und einfarbigen, mit großen und mit kleinen Tellern, säumte die grauweiße Fläche. Ben wusste nicht einmal, welches davon seiner war. Seit einer Stunde bemühte er sich erfolglos, seinen Stock ans andere Ende des Eises zu befördern. Die anderen neun Männer ließen ihre Stöcke nicht nur mühelos übers Eis gleiten, sie hatten auch noch Zeit, Witzchen zu machen und dabei Glühwein zu trinken, der laufend zum Aufwärmen aus dem Gasthof gebracht wurde. Und ihn dabei aufmerksam zu beobachten. Sogar den beiden Frauen war noch nach Scherzen zumute.

»Onkel Benedikt?«

»Ja doch!«

Chris hatte ihn wie versprochen zu dieser abendlichen Lustbarkeit mitgenommen. Anscheinend gehörte es zu den örtlichen Winterfreuden wie Pferdeschlittenfahrten und Skitouren. Aber Bens Lammfellmantel war für sportliche Aktivitäten zu eng und seine Schuhsohlen für stundenlanges Stehen auf dem Eis zu dünn. Außerdem war der Eisstock schwerer als erwartet. Ben hatte das Gefühl, als hinge sein rechter Arm nur noch an ein paar Sehnen.

Mitten auf der Bahn standen zwei alte Männer mit bunten Bändern an den Hüten und Besen in den Händen. Einer der beiden schaute Ben hoffnungsvoll an und wischte mit seinem Besen auf einer Stelle vor den Spitzen seiner dicken Stiefel herum. Das war der Moar, sein Mannschaftsführer, der erwartete, dass

Ben genau diese Stelle traf. So viel hatte Ben immerhin schon gelernt. Und dass ein Durchgang eine Kehre hieß.

»Ich glaube, ich setze mal eine Kehre aus«, rief er.

Hinter den weißen Schneeschleiern ertönte Gelächter. Es klang wie eine Mischung aus Spott und Nachsicht.

Ben trat zurück und ließ den Hintermann an seinen Platz. Seine Füße schienen vom langen Stehen auf dem Eis gefroren, seine Beinmuskeln waren vom ständigen Beugen hart wie Stein, und sein Rücken schmerzte von den ungewohnten Bewegungen. Ohne sich noch einmal nach der Stätte seines Scheiterns umzusehen, stakste er auf steifen Beinen zu den drei Männern hinüber, die neben der Eingangstür des Gasthofes standen und sich von einer dick vermummten Kellnerin Glühwein von einem Tablett servieren ließen.

»So hatte ich mir das nicht vorgestellt.« Ben nahm einen grauen Keramikbecher vom Tablett. Hinter ihm krachten die Holzteller aneinander, Jubel brandete auf. Er unterdrückte einen Seufzer und hob seinen Becher. »Zum Wohl.«

»Ist noch kein Meister vom Himmel gefallen«, sagte einer der beiden Männer in grauen Trachtenjoppen und grinste breit. »Musst halt ein wenig üben.«

Der zweite nickte und trank von seinem Glühwein.

Der dritte, ein schnauzbärtiger Mann um die fünfzig in einem blauen Parka mit Fellkapuze, griff in die Tasche. Er zog einen tennisballgroßen Klumpen heraus. »Hier.« Er hielt ihn Ben hin. »Probieren Sie's mal damit. Sie sollten die Lauffläche des Tellers wachsen. Dann gleitet der Stock ganz von allein.« Seine dunklen Augen glitzerten im Schein der Lampen, die links und rechts des Eingangs hingen.

Einer der Männer in Tracht boxte den anderen in die Seite. »Ich glaub, wir sind gleich dran.« Er drehte sich um und machte sich auf den Weg zur Eisbahn.

Der andere nickte zum Abschied und folgte seinem Freund.

»Machen Sie sich nichts draus«, sagte der Mann im blauen Anorak. »Aller Anfang ist schwer.«

Ben hatte das Gefühl, als wäre damit nicht nur das Eisstockschießen, sondern auch der Neubeginn in einem kleinen Dorf gemeint. »Danke«, sagte er und streckte die Hand aus. »Ben Ingram.«

»Ich weiß.« Der Mann lächelte und schüttelte Bens Hand.

»Sie wissen, wer ich bin?«

»Hier kennt Sie jeder. Franz Gruber.«

»Franz Gruber?« Der Name kam Ben bekannt vor. Und dann fiel es ihm ein. Der Wildmooser Anwalt hatte ihm eine Kopie vom Totenschein seiner Tante Agnes geschickt. Und den hatte ein Dr. Franz Gruber unterschrieben. »Sind Sie Arzt?«

Gruber nickte. »Der Dorfdoktor.« Er grinste. »Sieht man mir das an?«

Ben lachte. »Nein.« Er nahm einen Schluck von seinem Glühwein. Dann machte er eine Kopfbewegung zur Eisbahn hinüber. »Ich hoffe, Sie sind nicht in meiner Mannschaft. Heute bin ich nicht in meiner gewöhnlichen Hochform, Herr Doktor.«

»Ich bin der Franz.« Gruber lächelte müde. »Und ich bin heute auch nicht so gut drauf – letzte Nacht Bereitschaft.« Er zog die Brauen zusammen und warf einen Blick in seinen halb leeren Becher. »Ein Autounfall.«

Ben erinnerte sich an die Sirenen, die er am Vorabend gehört hatte. »So gegen zehn?«

Gruber nickte. »Zwei junge Mädchen in einem Mini Cooper.« Er ließ den Becher sinken und fuhr sich mit der Hand über die Augen. »War aber nichts mehr zu machen.«

Bens Knie wurden weich. »Ein Mini Cooper?«

»Ja.«

»Etwa ein roter? Mit einem weißen Dach?«

Gruber musterte ihn aufmerksam. »Hast du die beiden Insassen etwa gekannt?«

Die Mädchen waren bereits am späten Nachmittag vom Hof gefahren. Ihr Mini konnte also gar nicht das Unglücksauto sein. »Gestern waren zwei Mädchen für Fotoaufnahmen auf meinem Hof«, sagte Ben. »Und weil die beiden auch einen roten Mini gefahren sind, dachte ich im ersten Augenblick …«

»Das sind sie.« Mitleid spiegelte sich in der Miene des Arztes. »Die beiden haben in der Schneebar der Alpenrose noch Après-Ski gefeiert.« Er deutete mit seinem Becher zur Eisbahn hinüber.

»Chris Stadler hat's mir gerade vorhin erzählt. Er hat die Mädels noch gesehen.«

»Das ist ja furchtbar.« Zwei junge Frauen hatten nach der Arbeit gut gelaunt ein paar Drinks getrunken. Auf der Heimfahrt war es passiert. »Dann waren sie also betrunken.« Ben dachte an die *Wilde Gjoad* und ihren teuflischen, wenn auch faszinierenden Tanz im Hof, er erinnerte sich an den Mann im schwarzen Anzug mit dem aufgemalten Skelett, der den Tod darstellen sollte. Was hatte Josefa prophezeit? *Jetzt ist das Unheil da.* Das Unheil war gekommen, aber es hatte natürlich nichts mit dem Teufel zu tun. Es gab eine ganz banale Erklärung – Trunkenheit am Steuer.

»Keine Spur.« Franz schüttelte den Kopf. »Zumindest die Fahrerin hatte null Promille. Außerdem war Vollmond, das heißt, es war taghell und die Fahrbahn war trocken.« Er runzelte die Stirn und hob die Schultern. »Die Feuerwehr hat ein verendetes Reh im Straßengraben gefunden. Wahrscheinlich ist es vors Auto gelaufen, und die Fahrerin konnte nicht mehr ausweichen. Bei Vollmond herrscht an der Stelle ein reger Wildwechsel.«

Ben wurde schlecht. »Die Feuerwehr?«

»Das Fahrzeug ist komplett ausgebrannt. Die Mädchen waren eingeklemmt und sind nicht mehr rechtzeitig rausgekommen. Kein schöner Anblick.« Gruber nahm einen Schluck von seinem Glühwein, der inzwischen sicher kalt geworden war. »Tut mir leid für deine Bekannten.«

Ben schaute zur Eisbahn hinüber. Der Schneefall hatte nachgelassen, war nur noch ein leichter Schleier, und die Schützen waren jetzt klarer zu sehen. Chris stand am Start. Er hielt seinen Stock in der einen Hand und winkte ihm zu. Ben reagierte nicht.

»Gehört dir jetzt eigentlich der Einödhof?«, erkundigte sich Gruber.

Es gab keine Erklärung für den Tod der beiden Mädchen. Auf einmal reihte sich der Unfall in die Kette unerklärlicher Ereignisse ein, die Ben zu verfolgen schienen. *Wen hatte er in dem verschlossenen Schlafzimmer an der Balkontür gesehen?* Josefa. Natürlich, wen denn sonst? Oder war jemand auf den Hof gekommen und hatte den Wagen der Mädchen manipuliert? Ben verbot sich jeden weiteren Gedanken. Wenn er so weitermachte, wurde er noch paranoid.

»Ja, ich habe den Hof geerbt«, sagte er. »Ist ein schönes Haus, nur ein wenig baufällig.«

Und es spukt darin. Und wenn er sich den Spuk nur einbildete? Vielleicht sah er ja einfach Gespenster. Oder er verlor doch den Verstand. So wie Tante Agnes. Und ihre Mutter, die sich in der Stallscheune erhängt hatte. Und was war mit ihrem Vater, der sich nach dem Begräbnis seiner Frau einfach nach Panama aufgemacht und den Hof, den seine Familie seit Jahrhunderten bewohnte und bewirtschaftete, zwei kleinen Mädchen überlassen hatte? Konnte man das normal nennen? Warum hatte Josefa beim letzten Besuch der Wilden Gjoad auf seinem Hof geweint? Hatte sie den Tod der Mädchen vorausgesehen? Was verschwieg sie ihm?

»Die Stadler Agnes war eine patente Frau – wie die mit ihrem Schicksal fertig geworden ist.« Gruber schaute wieder in seinen Becher und schwenkte ihn ein wenig im Kreis. »Sehr traurig. Aber damals war so was gang und gäbe.«

Ben, der noch immer seinen düsteren Gedanken nachhing, hatte nicht richtig zugehört. »Was denn?«

»Na, die Dorfdeppen.« Gruber tippte Ben mit dem Zeigefinger auf die Brust. »Aber wenn mir so ein Fall heute unterkommt, dann bring ich den zur Anzeige. Da kannst du Gift drauf nehmen.«

Die Dorfdeppen. Seine Familie war also wirklich verrückt gewesen. Und er selbst? Er sah Gespenster. Ab jetzt musste Ben aufpassen, was er sagte. »Vollkommen richtig«, stimmte er zu, ohne zu wissen, worum es ging.

»Aber der Chris war ja in letzter Zeit auch nicht vom Glück verfolgt«, fuhr Gruber fort und schüttelte den Kopf. »So eine junge Frau und so ein sinnloser Tod.«

»Ja, er scheint sie sehr geliebt zu haben.«

»Kann man wohl sagen – konnte ja jeder sehen, wie glücklich die beiden waren. Auch wenn keiner geglaubt hat, dass die Teresa diesen Hallodri bändigt.«

Ben schaute zur Eisbahn hinüber, wo sein Neffe gerade an den Start gegangen war. Chris machte einen Ausfallschritt nach vorn, beugte sich vor und visierte sein Ziel an. Dann schwenkte er den Stock vor und zurück und setzte ihn behutsam aufs Eis. Wie von Zauberhand glitt der Teller dahin und blieb genau vor dem Besen des Moars stehen. Auf der Eisbahn brandete Jubel auf. Arme wurden in die Höhe gerissen, und eine der Frauen schmiss sich Chris an den Hals. Aber der umfasste ihre Handgelenke und befreite sich aus ihrer Umklammerung, als wollte er den Angriff einer Würgeschlange abwehren. Dann trat er ein paar Schritte zurück, und sein Blick wanderte zu Ben und Gruber. Die Frau warf ihr Haar zurück und schob sich zwischen die anderen Schützen.

Gruber fing an zu summen. *Du hast Glück bei den Frauen, Bel Ami.* Es klang spöttisch und herablassend.

»Warst du bei Teresas Bergung dabei?«, fragte Ben.

Gruber nickte. »Ja, klar, ich bin der Sprengelarzt.«

Chris klopfte dem Nächststehenden auf die Schulter und sagte etwas, dann drehte er sich um und stapfte durch den aufstäubenden Schnee auf sie zu. Er schien noch ganz erhitzt von der körperlichen Anstrengung, denn sein Atem stand in kleinen Dampfwolken vor seinem Mund.

Ben sagte schnell: »Das heißt, du hast auch die Todesursache festgestellt?«

»Das war nicht so schwer«, sagte Gruber. »Wir haben die Teresa unter zwei Metern Schnee und Geröll ausgegraben. Die war von oben bis unten voller Schnee. Augen, Nase, Mund – das kann man nicht überleben.«

»Dann ist sie also erstickt?«

Gruber sah Chris entgegen, der immer näher kam. Der Schnee knirschte unter seinen Stiefeln, und die schwarze Daunenjacke glänzte bläulich im kalten Licht der Bahnbeleuchtung. »Ich denke schon, ja.«

Ben war das Zögern in Grubers Stimme nicht entgangen. »Aber die Leiche ist nicht obduziert worden?« Jetzt klang er schon wie Inspektor Applegate. »Wird das nicht bei jedem Todesfall gemacht?«

Gruber schüttelte den Kopf. »Das war nicht nötig. Es war ein normaler Unfalltod. Nur wenn sie im Krankenhaus verstorben wäre – aber wie gesagt, es war schon zu spät.« Er grinste. »Du bist Krimiautor, nicht?«

Autoren unterstellten die Leute schon von Berufs wegen ungezügelte Neugier, deshalb brauchte es keine weitere Erklärung für sein Interesse. Ben ersparte sich eine Antwort. Aber das kurze Zögern des Arztes hatte sein Misstrauen geweckt.

»Also, dann kann ich dich beruhigen«, fuhr Gruber fort. »Es gab überhaupt keinen Hinweis auf Fremdeinwirkung. Keine Einschussöffnung im Kopf, keine Strangulationsmerkmale am Hals und kein Messer im Rücken.« Er fuhr sich mit der Hand übers Kinn.

»Aber?«

»Was aber?«

»Es klang so, als wäre das noch nicht alles.«

»Na ja …« Gruber zögerte, fuhr dann aber doch fort: »Mir ist aufgefallen, dass das Genick zu viel Spiel hatte.«

»Zu viel Spiel?«

»Es war gebrochen«, erklärte Gruber. »So eine Lawine hat eine enorme Gewalt. Da kann das schon mal vorkommen, denke ich. Die Leiche ist jedenfalls zur Beerdigung freigegeben.« Er überlegte. »Allerdings habe ich gehört, dass sie nach Frankfurt überführt wird.«

Chris war nur noch wenige Meter von ihnen entfernt. »Hallo, zusammen«, rief er gut gelaunt. »Na, keine Lust mehr auf die nächste Kehre?«

Gruber kippte den verbliebenen Glühwein hinunter. »Ich muss dann mal«, sagte er. »Hab letzte Nacht nicht viel Schlaf abgekriegt.« Er hob die Hand zum Abschiedsgruß, drehte sich um und stapfte zum Parkplatz neben dem Gasthaus.

»Was ist denn mit dem Franz los?« Chris hatte Ben erreicht und legte ihm den linken Arm um die Schultern. Auf seiner Hand klebte ein großes Pflaster. Er roch nach Alkohol und einem teuren Herrenduft.

»Er hatte letzte Nacht Bereitschaft«, sagte Ben. »Und musste zu einem Autounfall.« Das Bild der fröhlichen Mädchen auf seinem Hof stand ihm vor Augen. Und die schwarzen Umrisse in einem verbrannten Kleinwagen. »Ich gehe auch nach Hause.«

Inzwischen schneite es nicht mehr, und der fast volle Mond

war am schwarzen Himmel aufgegangen. Nur ein schmaler Rand fehlte. Aber Vollmond war ja eine Nacht zuvor gewesen. Als zwei Mädchen in ihrem Auto verbrannt waren.

Chris starrte Ben an. »Aber nachher gibt's noch Bier und Schweinsbraten. Ich will schließlich mit meinem berühmten Onkel angeben.« Er drückte Bens Schulter fester, als dieser ihm zugetraut hätte. »Onkel Benedikt, du bist doch mein Lieblingsonkel.« Seine Stimme klang nicht mehr ganz sicher.

Auf dem Parkplatz leuchteten große Rücklichter auf. Gleich darauf wurde ein Dieselmotor gestartet, und ein schwerer Geländewagen fuhr davon. Ben bereute, Gruber nicht um eine Mitfahrgelegenheit gebeten zu haben. Bestimmt hätte er ihn nach Hause gebracht und ihm so einen eiskalten Heimweg zu Fuß erspart. Chris' Arm lastete schwer auf seinen Schultern. Er befreite sich davon.

»Ich geh nach Hause«, sagte er bestimmt.

»In die alte Spukbude?« Chris lachte. »Mach Witze.«

»Und ich wäre dir dankbar, wenn du mein Haus nicht so nennen würdest«, sagte Ben.

Er hatte beschlossen, den alten Hof in den nächsten Tagen vom Erdgeschoss bis zum Dachboden auf den Kopf zu stellen. Jedes ächzende Brett und jedes noch so kleine Loch, durch das kalte Luft ins Innere des Hauses strömen konnte, würde er finden. Dann würde er das Angebot von Lukas dem Herrgottschnitzer annehmen. Und mit dessen Spezi schon mal die wichtigsten Reparaturen angehen, bevor im Frühjahr die nötige Generalsanierung folgte. Und später würde Ben mit allen, denen er in humoristischer Weise von den Anfangsschwierigkeiten eines Großstädters in einem fünfhundert Jahre alten Bauernhaus berichtete, über die Geister von Wildmoos lachen.

Chris legte seine verbundene Hand wieder auf Bens Schulter. »Onkel Ben, du kannst in dem Haus nicht bleiben. Ab jetzt wohnst du bei uns, keine Widerrede.«

»Hast du dich verletzt?«, erkundigte sich Ben mit einem Blick auf den dicken Verband.

»Arbeitsunfall.« Chris zog seine Hand zurück. »Die Tür vom Kühlraum war schneller als ich.«

»Verstehe.« Ben wollte nur noch nach Hause. »Ich brauche jedenfalls kein Hotelzimmer, aber danke für das Angebot.« Seine verspannten Muskeln schrien geradezu nach einem heißen Bad in der gemütlichen Wanne mit den Klauenfüßen.

»Wer redet denn von Hotelzimmer?«, fragte Chris. »Du gehörst doch zur Familie. Natürlich wohnst du bei Tess und mir. Ich rede mit ihr, ich ...« Er brach ab. Auf einmal verzog er das Gesicht wie ein kleines Kind und fing an zu weinen. »Meine Tess, wo bist du, meine Tess?« Er schluchzte hemmungslos.

Ben überlegte, ob er seinen Neffen nach Hause bringen sollte. Aber er fühlte sich zu müde und zu deprimiert, um sich auch noch um einen Betrunkenen zu kümmern. Der Mann in der grauen Trachtenjoppe, der noch vor wenigen Minuten vor dem Gasthaus seinen Glühwein getrunken hatte, stapfte über den Schnee zu ihnen herüber.

»Chris?«, rief er.

»Mach's gut«, sagte Ben und wandte sich zum Gehen. In einer halben Stunde konnte er zu Hause sein. Vielleicht verschwand in der inzwischen vertrauten Umgebung auch das verstörende Bild des ausgebrannten roten Mini mit dem weißen Dach.

Als Ben auf der Hauptstraße war, zogen nur noch ein paar hell gesäumte Wolken über den Himmel, sonst war die Nacht sternenklar. Der Mond hing leuchtend wie eine Kinderlaterne über dem Drachenkopf. Die Mondkrater waren deutlich zu sehen und zeichneten ein Gesicht, das sich neugierig und drohend zugleich über Wildmoos zu beugen schien. Nur eine schmale Spalte fehlte an seiner Wange, als hätte eine Maus ihn angeknabbert. Die Temperatur war noch einmal gefallen, und die Kälte stach wie mit Nadeln in Bens Haut. Er zog den Schal über Mund und Nase, aber trotzdem hatte er bald das Gefühl, als trüge er eine Maske aus Eis.

Er schritt schneller aus, damit ihm warm wurde. Das Knirschen des Schnees unter seinen Schuhen war das einzige Geräusch an diesem Winterabend. Die Autos, die am Straßenrand parkten, trugen dicke weiße Hauben. Als er an den hell erleuchteten Auslagen der Luxusboutiquen vorbeiging, dachte er an seine

Tante Agnes und an Josefa und ihr bescheidenes Leben. Es kam ihm vor, als lebten die reichen Gäste und die Einheimischen von Wildmoos auf zwei verschiedenen Planeten, deren Laufbahnen sich in der Saison kurz annäherten, aber niemals überschnitten.

In der Alpenrose brannten in allen Fenstern kleine Stehlampen mit roten Schirmchen. Im mit Zirbenholz getäfelten Restaurant im Erdgeschoss saßen elegant gekleidete Menschen beim Abendessen. Kellner in grünen Trachtenwesten eilten zwischen den mit Kerzen und glänzendem Silber geschmückten Tischen hin und her. Vor dem Eingang standen ein paar Leute in dicken Mänteln und lachten miteinander. Zigarettenrauch kräuselte sich über ihren Köpfen und wob einen zarten Schleier um die mit Schleifen und Goldkugeln geschmückten Weihnachtsbäume. Die Raucher schauten Ben an, aber als er ihnen zunickte, erwiderten sie seinen Gruß nicht, sondern wandten sich wieder ihren Gesprächen zu.

Hinter der Alpenrose bog er in die Einfahrt zum Bauernhaus ein. Er freute sich auf die Wärme und die Ruhe seines Heimes und war dankbar, dass er nicht gezwungen war, in irgendeinem Hotel mit wildfremden Menschen Höflichkeiten auszutauschen. Er stapfte über die unberührte Schneedecke im Hof, die im Mondschein wie mit Diamantstaub überzogen glitzerte, und genoss das Glücksgefühl eines Polarforschers, der die ersten menschlichen Spuren zum Pol zieht. Wie hatte er nur die nasskalten Winter in München ausgehalten, den mit Abgasen gesättigten Nebel und den künstlich erhellten Nachthimmel, an dem man keinen einzigen Stern sehen konnte?

Als Ben die Tür aufschloss, setzte sich das Werk der Standuhr surrend in Bewegung, gerade so, als hätte das alte Möbelstück auf seine Heimkehr gewartet und wollte ihn nun begrüßen. Das Pendel schwang hin und her und begleitete neun hallende Schläge.

Aus Gewohnheit drehte Ben den Schlüssel hinter sich zweimal im Schloss herum und schnupperte. Aber es lag nur der rauchig-scharfe Duft der Tannenzapfen, die er am Nachmittag verheizt hatte, in der Luft. Ihre Reste verglühten leise knisternd im Küchenherd. Es war warm und heimelig. Das durchgehende Heizen hatte endlich die letzte Feuchtigkeit aus den alten Wänden gezogen.

Zufrieden hängte Ben seinen Lammfellmantel auf, rieb sich die Hände und zog die Schultern hoch. Seine Glieder waren wie gefroren, aber der Marsch durch die Kälte hatte ihn erfrischt und seinen Kopf durchgelüftet. Er konnte noch ein paar Korrekturen an seinem Roman machen. Und das heiße Bad nehmen.

Ben ging in die Küche und holte den Ausdruck des letzten Kapitels, an dem er am Nachmittag gearbeitet hatte. Dann stieg er, die Papiere unter dem Arm, in den ersten Stock hinauf. Im Badezimmer schob er einen Hocker neben die Wanne und legte den Ausdruck, seine Brille und eines seiner flauschigen weißen Handtücher darauf. Er drehte den Heißwasserhahn auf und schaute zu, wie sich das Badezimmer mit Dampfschwaden füllte.

Es dauerte eine Weile, bis die tiefe Badewanne vollgelaufen war, aber als Ben sich bis zum Kinn in das heiße Wasser gleiten ließ, beschloss er, die Wanne bei der Sanierung der Leitungen und dem Umbau des Badezimmers auf alle Fälle zu retten. Was war dieser Luxus gegen die schmalen Dinger in den Neubauten, in denen man sich eingezwängt fühlte wie in einem kalten Sarg?

Er angelte nach dem Handtuch und der Brille und wischte die beschlagenen Gläser frei. Dann schnappte er sich den Text und fing an zu lesen.

»Erschlagen, Sir.« Detective Murray schüttelte bekümmert den Kopf. Vor seinen Füßen lag die Leiche einer jungen Frau. Er deutete mit dem Kinn auf den Gerichtsmediziner, der neben ihnen am Boden kniete. »Irgendwann heute Nacht, sagt der Coroner, sie ist schon ganz kalt.«

Der Coroner beugte sich über den Kopf der Toten und schob die prachtvolle brünette Mähne auseinander. Dann schaute er zu Applegate hoch. »Mehrere Schläge, John. Einer auf die Schläfe und die anderen auf den Kopf.« Er richtete sich auf und zog die Gummihandschuhe aus. »Ist das nicht die Nichte von Sir Angus? Anabel? Ich dachte, die lebt in London.«

Applegate schaute die Allee hinauf zum Schloss, das sich an diesem frühen Morgen hinter dem dichten Herbstnebel verbarg. Die blattlosen Bäume links und rechts der Auffahrt ragten wie Skelette aus einem Meer von weißen Schwaden. Michael Boone, der Postbote, stand neben seinem

Auto und erklärte einer Polizistin zum wiederholten Male wortreich und mit ausholenden Armbewegungen, wie er vor einer guten halben Stunde die Tote gefunden hatte.

»Ich frage mich, was sie hier wollte«, sagte Applegate zu seinem Untergebenen.

»Sie wird zur Beerdigung von Sir Angus gekommen sein, Sir«, antwortete Murray. »Nächste Woche in St. Mary. Die Leiche ist freigegeben – es war eindeutig ein Herzinfarkt.«

»Hat sich Alastair MacLachlan schon bei uns gemeldet?«, erkundigte sich Applegate. Soviel er wusste, waren bisher alle Versuche, den Sohn von Sir Angus zu erreichen, ergebnislos verlaufen.

Irgendwo hinter ihnen ratterten Räder über den Asphalt.

Murray schüttelte den Kopf. »Nein, Sir, Reverend Sykes hat die Beerdigung allein organisiert.«

Das Rattern der Räder kam näher. Applegate drehte sich um. Aus dem Nebel tauchte die Gestalt ...

Das Badewasser wurde langsam kalt. Ohne die Augen vom Text zu nehmen, griff Ben nach dem Hahn und ließ heißes Wasser nachlaufen.

... tauchte die Gestalt der alten Annie auf, die wie immer um diese Zeit ihren Handwagen hinter sich herzog. Die vollen Milchflaschen klirrten auf der holperigen Ladefläche aneinander. Murray ging ihr schnell entgegen und machte mit beiden Händen Zeichen, um sie zum Anhalten zu bewegen, aber Annie ging unbeirrt an ihm vorbei und blieb erst neben Applegate stehen. Sie ließ die Deichsel ihres Handwagens zu Boden fallen und deutete mit ihrer Hand, die in einem schwarzen Halbfingerhandschuh steckte, auf die Tote.

»Hab ich's nicht gesagt, John, hab ich's nicht gesagt?« Sie schüttelte grimmig den Kopf, sodass ihr Topfhut in Bewegung geriet. »Erst Miss Isobel, jetzt die Schwester und dann wir. Der wird uns alle umbringen, John, wart's ab und schau's dir an.«

Draußen im Moor schrie ein Vogel.

»Wir wissen doch gar nicht, was mit Miss Isobel passiert ist«, sagte Applegate ärgerlich.

»Ist sie nun verschwunden oder nicht?«, fragte Annie lauernd und warf ihm unter dem Hutrand einen listigen Blick zu.

»Doch, das ist sie.« Und Jane Higgins lag immer noch im Koma.

Niemand konnte sagen, ob sie wieder aufwachen, geschweige denn, ob sie jemals vernehmungsfähig sein würde.

»Dann isser zurück«, sagte sie triumphierend. »Nach dreißig Jahren.« Sie schüttelte wieder den Kopf. »Ich hab's ja gewusst.«

»Oh, Annie, ich bitte dich — diese arme Frau hier ist erschlagen worden«, sagte Applegate und wusste sofort, dass er ihr damit den Stoff für den Dorfklatsch des Tages geliefert hatte. »Der Mörder vor dreißig Jahren hat seinen Opfern die Kehle durchgeschnitten. Wahrscheinlich mit einem indischen Kris. Und zwar ausnahmslos allen.«

Irgendwie war es kälter geworden. Ben fröstelte, und auf seinen Unterarmen breitete sich Gänsehaut aus. Er drehte den Hahn wieder auf und ließ, den Blick weiter auf seinen Text gerichtet, das Wasser eine Weile laufen, aber ihm wurde trotzdem nicht wärmer. Als er eine Hand unter den Wasserstrahl hielt, wusste er warum. Es gab kein heißes Wasser mehr. Das hieß wohl, dass auch der Boiler ausgetauscht werden musste, ehe er ganz den Geist aufgab.

Ben seufzte, legte die Manuskriptseiten auf die abgestoßenen Bodenfliesen und fischte das Handtuch vom Hocker. Dabei fiel sein Blick auf das Badewasser, das ihn wie ein erkaltender Geysir umgab. Es war fast schwarz. Der unerwartete Anblick erschreckte ihn derart, dass er das Handtuch losließ. Sofort verschwand es zur Hälfte zwischen seinen Knien im Wasser. Schnell zog Ben es wieder heraus. Dann wurde ihm schlecht. Der weiche Frotteestoff hatte sich mit der seltsamen Flüssigkeit vollgesogen, die in kleinen Wellen um ihn herumschwappte. Das Handtuch war nicht mehr weiß. Es war hellrot, rot wie frisches Blut.

ZWÖLF

Die Halle der Alpenrose erzitterte unter den Tritten zahlloser Skistiefel, die über die kostbaren Teppiche polterten. Ein strahlender Wintertag ging seinem Ende zu, und ein Heer erschöpfter, aber glücklicher Gäste in Daunenjacken und Skihosen fiel ins Hotel ein. Eine junge Frau hatte Pech gehabt und war auf der Piste gestürzt. Tapfer lächelnd ließ sie sich von ihrem Mann zu einem Sofa am Kamin führen. Der rechte Ärmel ihres Fleecepullovers war hochgeschoben, darunter strahlte ein blütenweißer Gipsarm. Ein paar Gäste musterten sie so verstohlen, als würde allein ihr Anblick als böses Omen für den nächsten Skitag ausreichen.

Susanne Hartmann stand neben dem raumhohen Weihnachtsbaum am Rande des Trubels und zog ihren Nerzmantel aus. Der Spaziergang an der frischen Luft hatte ihr gutgetan. Langsam fing sie an, zu einer neuen Normalität zu finden. Nichts konnte Tess' Tod ungeschehen machen. Aber es wurde Zeit, in die Zukunft zu blicken. Wenn sie wieder in Frankfurt war, würde sie sich nach einem karitativen Projekt umsehen. Sie hatte stets davon geträumt, eines Tages Enkelkinder verwöhnen zu dürfen. Nun würden es eben andere Kinder sein, denen sie ihre Energie schenkte.

Ein Mann im Lammfellmantel betrat das Hotel. Es war Ben Ingram, der Schriftsteller, der ihr so freundlich zugehört hatte. Eigentlich hatte sie nicht mehr mit seiner Hilfe gerechnet. Aber da war er. Direkt hinter der Eingangstür blieb er stehen, sodass ein junges Paar, das ihm folgte, gegen die Glasscheibe stieß und ärgerlich dagegen klopfte, damit er den Weg freigab. Er beachtete den Protest nicht, sondern schaute sich hektisch in der Halle um. In der Hand hielt er eine Einkaufstüte. Dann wandte er sich abrupt nach links und lief mit schnellen Schritten zur Rezeption.

Susanne hob die Hand und winkte. »Herr Ingram, suchen Sie mich? Hier bin ich.« Indignierte Blicke trafen sie. Ein Mann im Norwegerpullover schüttelte den Kopf. Aber das war ihr egal.

Ben Ingram sprach mit Steffi, der blonden Rezeptionistin. Sie nickte und wies in den Gang, der zu den Tagungsräumen und den Aufzügen führte. Jetzt schickte ihn diese dumme Gans in ihre Suite hinauf. Susanne warf sich den Mantel über die Schultern und eilte ihm nach. »Herr Ingram!«

Als sie den Gang erreicht hatte, war Ingram bereits ein gutes Stück vor ihr. Er blieb jedoch nicht bei den Aufzügen stehen, sondern hastete an dem Seminarraum *Luis Trenker* vorbei. Susanne beschleunigte ihre Schritte, aber mit ihren hohen Stiefelabsätzen blieb sie immer wieder in dem dicken grauen Teppichboden stecken. Vor *Mont Blanc* hatte sie ihn aus den Augen verloren.

»Mist, verdammter.«

Da hörte sie seine Stimme. Sie kam aus der Raucherlounge. Anscheinend sprach er mit jemandem. Susanne beschloss, diskret zu warten, bis er fertig war. Dann konnte sie ihn immer noch zum Stand seiner Ermittlungen befragen. Ihr Mantel war zu warm, und sie ließ ihn von den Schultern gleiten und schlenderte den Gang entlang.

Die Glastüren der Raucherlounge waren geöffnet. Die Tischlämpchen brannten bereits, und im Kamin prasselte ein Feuer. Elisabeth, einen Messing-Aschenbecher in der Hand, stand neben einem der Chesterfield-Sofas und starrte Ben Ingram an, der auf sie einredete und dabei wild gestikulierte. Offenbar hatte sie sich gerade der Dekoration gewidmet, als Ingram sie entdeckt hatte.

Susanne trat ein paar Schritte zurück, um das Gespräch der beiden nicht zu stören. Aber dann schnappte sie wider Willen doch ein paar Worte auf.

»Und was kann ich dafür?« Elisabeths Stimme klang gereizt. »Sie ist eben einfach gestorben. Ihre Zeit war abgelaufen und basta.«

Susanne blieb wie angewurzelt stehen. *Sie reden über Tess.* Der dicke Teppichboden schluckte die Tritte ihrer Stiefel, als sie sich an die Raucherlounge heranschlich und im Schatten des Türstocks stehen blieb. Durch die großen Glasscheiben konnte sie die beiden gut beobachten. Ben Ingram machte seine Einkaufstüte auf und hielt sie Elisabeth hin.

Die warf nur einen Blick hinein und fuhr zurück. »Spinnst du? Das ist ja ekelhaft!«, rief sie.

»Na, ist das kein Beweis?«, fragte Ingram.

»Was? Dass sie ermordet worden ist?« Elisabeth lachte.

Ermordet. Susannes Herzschlag beschleunigte sich.

»Das ist Blut«, sagte Ingram.

Susanne schlug die Hand vor den Mund, um nicht aufzuschreien. Aber dann wurde ihr klar, dass es bei dem Gespräch nicht um Tess gehen konnte. War *noch* jemand ermordet worden? Sie neigte ihr Ohr näher zur Tür. Wenn sie jetzt etwas Verdächtiges über diese vermaledeite Familie erfuhr – leider gehörte ihr Lieblingsschriftsteller auch dazu –, konnte sie die Polizei vielleicht dazu bringen, Tess' Tod noch einmal zu untersuchen.

»Ben«, sagte Elisabeth gerade in begütigendem Tonfall. »Du hast doch selbst gesagt, dass die Leitungen verrostet sind und das Wasser irgendwie metallisch schmeckt. Mit dem Hof ist alles in Ordnung. Ich weiß wirklich nicht, was dich so beunruhigt.«

»Rost ist nicht hellrot.«

»Wie du meinst.« So sprach man mit widerspenstigen Kindern oder alten Leuten, die nicht mehr alle Tassen im Schrank hatten, um sie nicht unnötig zu reizen. »Aber Tante Agnes hat nie etwas von unerklärlichen Vorfällen erzählt. Ihr Tod war ein Unfall. Diese ganzen Spukgeschichten – das ist einfach Dorffolklore.« Sie beugte sich hinunter und platzierte ein Sofakissen neu. »Ben, das ist krank.«

Wer war Tante Agnes? Und deren Tod war auch ein Unfall? Etwa wie der von Tess? Susanne atmete so flach wie möglich, um ja auch alles mitzubekommen.

Ingram fasste den Griff der Einkaufstüte fester. »Ich lass es jedenfalls untersuchen.«

»Ben – mach dich nicht lächerlich«, sagte Elisabeth mit sanfter Stimme. »Ruf einfach einen Installateur.«

»Ich hab schon mit Dr. Gruber telefoniert«, knurrte Ingram. »Franz hat ein eigenes Labor in seiner Arztpraxis.«

Elisabeth seufzte. »Tu, was du nicht lassen kannst.«

»Mache ich sowieso, aber du hättest mich schon bei der Testamentseröffnung warnen müssen.«

»Was – vor einem Spuk?«, fragte sie.

»Vor dieser Bruchbude. Aber das sieht dir ähnlich, dass du mich in diese Falle tappen lässt. Hat dir Spaß gemacht, was? Du hast dich überhaupt nicht verändert.« Ben Ingram drehte sich um und ließ Elisabeth einfach stehen.

Susanne konnte gerade noch zurückweichen, als er an ihr vorbeistürmte, sonst wäre sie mit ihm zusammengestoßen. Ohne sie zu bemerken, eilte er den Gang entlang und verschwand in Richtung der Hotelhalle.

»Susanne? Wolltest du in die Lounge?« Elisabeth stand neben ihr.

Susanne zuckte zusammen. Auch Elisabeths Schritte hatte der Teppich verschluckt.

»Seit wann rauchst du denn?«

Susanne fühlte sich wie ein ertapptes Schulmädchen. »Ich hole mir ein wenig Bettlektüre«, sagte sie hastig und deutete auf das Bücherregal hinter Elisabeth, das zur Vollendung der Clubatmosphäre zwischen den Terrassentüren stand, und in dem nie ein Band fehlte. »Apropos Buch – war das nicht eben Ben Ingram? Der berühmte englische Autor?«, fragte sie. Besser, sie gab nicht zu, dass sie Ingram persönlich kannte.

»Ja.« Elisabeth blickte den Gang hinunter, wo Ingram verschwunden war. Dabei drehte sie den Messing-Aschenbecher, den sie aus dem Raucherzimmer mitgenommen hatte, in den Händen. »Allerdings, er ist mein Cousin.«

»Er wirkte irgendwie aufgeregt«, sagte Susanne.

»Das ist noch eine Untertreibung«, meinte Elisabeth. »Nur zu dir gesagt – ich mache mir Sorgen um ihn.«

»Wirklich?« Konnte sie Ingram am Ende auch nicht trauen?

Elisabeth nickte. »Er hört Geräusche und jetzt behauptet er, dass Blut aus Wasserhähnen kommt.« Sie klang aufrichtig besorgt und schlug nervös mit der Handfläche gegen den Aschenbecher. Wenn einer ihrer Ringe auf das Messing traf, gab es ein unangenehmes Metallgeräusch. »Also, langsam zweifle ich an seinem Verstand.«

Susanne musste zugeben, dass das nicht gerade vertrauenerweckend klang. Und so einem Spinner hatte sie ihre Sorgen anvertraut. Auf einmal sehnte sie sich nach Horst und seiner starken Schulter. Warum war sie überhaupt in Wildmoos geblieben? Es wurde Zeit, nach Hause zu fahren.

»Ich werde dann mal zum Nachmittagstee gehen«, sagte sie.

Elisabeth, die in Gedanken anscheinend weit weg war, gab keine Antwort. Susanne war sicher, dass sie die Stirn gerunzelt hätte, wenn es ihr trotz Botox möglich gewesen wäre.

So ließ sie sie einfach stehen und ging in die Hotelhalle hinüber, wo die Zahl der heimkehrenden Skifahrer noch einmal zugenommen hatte. Sie drängte sich durch die Menschenmenge zum Empfang hindurch. Ohne die Umstehenden, die den Tresen bereits belagerten, zu beachten, winkte sie die blonde Rezeptionistin heran. »Stefanie?«

Sofort wandte sich die junge Frau ihr zu und schenkte ihr ein strahlendes Lächeln. »Frau Hartmann, ich hoffe, Sie hatten einen schönen Tag!« Susanne war offenbar ihr absoluter Lieblingsgast. »Was darf ich für Sie tun?«

Susanne störte diese auffällige Beflissenheit, aber natürlich war sie die Schwiegermutter des Juniorchefs. Seit ihrer Ankunft wurden ihr ihre Wünsche vom Hotelpersonal geradezu von den Augen abgelesen. Was mehr über Elisabeth als über ihre Angestellten aussagte, fand sie. Aber nichts Schlechtes, das nicht auch etwas Gutes hatte.

»Ich reise ab, Stefanie«, erklärte sie. »Bitte buchen Sie mir für morgen einen Flug von Salzburg nach Frankfurt. Gegen Mittag, wenn es geht. Und stellen Sie sicher, dass mich das Hoteltaxi rechtzeitig zum Flughafen bringt.« Seit fast einer Woche saß sie schon in der Alpenrose herum, sinnlos verschwendete Zeit. Sie hätte gleich auf Horst hören und mit ihm nach Hause fahren sollen.

»Wollen Sie uns denn schon verlassen?« Stefanie schlug die Hände zusammen. »Warum denn das?«

»Ich habe hier alles erledigt.« Vielleicht war sie ja die ganze Zeit einem Hirngespinst nachgejagt. Weil sie einfach nicht glauben wollte, dass ihr einziges Kind einem banalen Unfall zum Opfer gefallen und es eben einfach Schicksal war. Die erste Phase der Trauer, so hatte sie gelesen, war das Nicht-wahrhaben-Wollen. Dann kam die Erkenntnis. Und dann die Akzeptanz. Sie war dabei, die erste Phase abzuschließen und zur zweiten überzugehen. »Also, auf der Mittagsmaschine, wenn es geht, Businessclass.«

»Sehr gern, Frau Hartmann«, sagte Stefanie. »Ach, übrigens«, rasch bückte sie sich und zog ein in Packpapier eingeschlagenes Päckchen hervor, das mit einem hellblauen Seidenband umwickelt war, »das ist heute für Sie abgegeben worden.« Sie schob es über den Tresen zu Susanne. »Hier – bitte.«

»Ein Geschenk?« Susanne musterte das Päckchen, das etwa so groß wie ihre Faust war. »Für mich?«

»Ja, meine Kollegin hat mir extra aufgetragen, es Ihnen persönlich auszuhändigen.«

»Wirklich? Wer hat es denn abgegeben?« Sie nahm ihr Geschenk zögernd entgegen. Es war ziemlich leicht. »Das ist aber nett.« Irgendetwas klapperte im Inneren.

Stefanie zuckte die Schultern. »Ich war nicht im Dienst, aber Caroline hat gesagt, dass es plötzlich auf der Telefonanlage lag. Mit einem Zettel, auf dem Ihr Name stand.« Ihre Mundwinkel zuckten. »Vielleicht ein heimlicher Verehrer?« Sie warf Susanne einen schelmischen Blick zu.

»Wohl kaum«, sagte Susanne. Irgendwie hatte sie kein gutes Gefühl. »Haben Sie diesen Zettel noch?«

Stefanie zog die Brauen hoch. »Leider nicht, aber es ist ganz bestimmt für Sie. Caroline war sich ganz sicher.«

»Ja, dann – danke.« Susanne wandte sich, das Päckchen fest in beiden Händen, zum Gehen. Sie würde sich einen Platz in der Bar suchen und das Geschenk beim Tee in Ruhe auspacken.

Die junge Frau mit dem Gips war inzwischen von mehreren Leuten umringt, denen sie offenbar den Hergang ihres Unfalls schilderte, denn alle nickten mehr oder weniger mitfühlend. Dabei kippte sie mit einer schnellen Drehung ein großes Schnapsglas mit Rum in eine Teetasse. Es sah so routiniert aus, dass Susanne sich fragte, ob sie nicht schon auf der Hütte dem Alkohol zu sehr zugesprochen und ihren Sturz selbst verschuldet hatte. Der Gedanke, dass man dem Schicksal nicht ausgeliefert sein musste, war irgendwie tröstlich.

Die Bar war voll besetzt. Auf allen Tischen brannten Kerzen, deren Flammen sich in Gläsern und silbernem Teegeschirr spiegelten. Am Flügel saß ein älterer Mann im Trachtenjanker und spielte Weihnachtsmelodien, gerade so laut, dass sie einen schützenden Mantel um die Gespräche legten, und dabei so leise, dass sie nicht störten.

Susanne entdeckte den letzten freien Tisch neben den Terrassentüren und ließ sich in einen der beiden karierten Ohrensessel fallen. Sofort machte sie sich daran, das blaue Seidenband zu lösen, und faltete das Packpapier auseinander. Darunter kam eine rote Schachtel zum Vorschein, wie man sie zum Verschenken von Schmuck verwendete. Einen Augenblick dachte sie, Horst hätte ihr eine Überraschung machen wollen, und ihr wurde ganz warm vor Freude. Doch das war unmöglich. Ihr ganzer Schmuck stammte von einem Juwelier in Frankfurt, der im selben Golfclub wie sie war. Dessen Verpackung kannte sie.

Etwas widerstrebend klappte Susanne den Deckel der Schachtel auf – und hätte fast aufgeschrien. Auf einem roten Samtbett lag eine Damenarmbanduhr. Aber nicht irgendeine Uhr. Es war die gleiche mit Brillanten besetzte Chopard wie die, die Tess zu ihrem achtzehnten Geburtstag bekommen hatte. Aber es konnte nicht dieselbe sein, oder?

Mit zitternden Fingern nahm sie die Uhr heraus und drehte sie im flackernden Licht der Kerze hin und her. War dieser Kratzer unter der Krone nicht entstanden, als Tess beim ersten Ausritt von ihrer neuen Stute gefallen war? Geradezu gebetsmühlenartig hatte sie ihre Tochter beschworen, beim Reiten keinen Schmuck zu tragen. Jeder kannte die Geschichten von abgetrennten Fingern oder zertrümmerten Handgelenken, wenn der Reiter bei einem Sturz am Pferd hängen blieb.

Susanne ließ die Uhr in ihren Schoß sinken. Wo war Tess' Uhr eigentlich? Sie hatte sie doch immer getragen. Auch beim Skifahren. War sie ihr von den Schneemassen vom Handgelenk gerissen worden? Dann hätte sie jemand gefunden und ihr nun geschickt. Doch was wollte der Finder ihr damit sagen? Das konnte doch nur ein Zeichen sein, dass sie nicht aufgeben sollte.

Obwohl sie sicher in dem Ohrensessel saß, spürte Susanne, wie ihre Knie weich wurden. Im offenen Kamin der Bar loderte das Feuer, trotzdem war ihr eiskalt, und sie fühlte sich sterbenskrank. Aber vielleicht lag das auch daran, dass sie nur eine dünne Glasscheibe von den hohen Schneewechten auf der

Terrasse trennte und das Glas die Kälte des hereinbrechenden Winterabends geradezu auszustrahlen schien.

Susanne umklammerte die Uhr und schaute nach draußen, hinüber zu dem verhängnisvollen Drachenkopf. Eben ging die Sonne hinter den Bergen unter. Ihre Grate waren goldüberglänzt, und darüber leuchtete ein roter Schein, der letzte Rest des vergangenen Tages. Aber der Himmel begann bereits, sich grau zu färben. Spätestens in einer halben Stunde würde es Nacht sein.

»Darf ich Ihnen schon etwas bringen, Frau Hartmann?« Eine Kellnerin im Dirndl stand neben ihr. Sie hieß Traudi, und Susanne kannte sie schon von ihren letzten Urlauben in Wildmoos. Sie zog ein Feuerzeug aus der Tasche und zündete die weihnachtlich rote Kerze auf dem Tisch an. »Oder warten Sie noch auf jemanden?«

Die harmlose Frage machte Susanne bewusst, wie einsam sie war. Elisabeth hatte sie am Nachmittag nur zufällig getroffen. Sonst ging die ihr ostentativ aus dem Weg. Und dieser Christopher war wie vom Erdboden verschluckt. Hätte es sich nicht gehört, gemeinsam zu trauern und Erinnerungen an den geliebten Menschen auszutauschen? Alle taten so, als hätte es Tess nie gegeben. Susanne war ohnehin sicher, dass ihr schöner Schwiegersohn nicht lange allein bleiben würde. Und dann war ihre Tochter nur noch eine Erinnerung auf ein paar alten Fotos. Oder, wenn Horst recht hatte, nicht einmal das. Sie fühlte einen Anflug der Wut zurückkehren, die sie bei ihrer Ankunft in Wildmoos verspürt hatte.

Sie schob die Uhr in die Tasche ihrer Strickjacke und schaute zu der Kellnerin hoch, die, ein Tablett in den Händen, geduldig neben ihr ausharrte.

Susanne rang sich ein Lächeln ab. »Ich warte auf niemanden, Traudi. Einen Tee mit Rum, bitte.«

»Vielleicht einen warmen Milchrahmstrudel dazu?«

Susanne hatte schon die ganzen letzten Tage kaum etwas essen können. »Nein danke, nichts.«

Traudi entfernte sich. Der Klavierspieler spielte »Have yourself a merry little Christmas«. Am Nachbartisch knallte ein Sektkorken. Ein älteres und ein jüngeres Ehepaar hielten dem Kellner ihre Gläser hin. Drei Kinder im Schulalter, mit roten Backen und zerzausten Haaren, schaufelten Milchrahmstrudel in sich hinein, als hätten sie seit Tagen nichts gegessen. Susanne spürte, wie sich ein wehmütiges Lächeln über ihr Gesicht legte. Offenbar war es eine aus drei Generationen bestehende Familie, die gemeinsam Skiurlaub machte. Sie wandte den Blick ab.

»Ist hier noch frei?« Eine Mittfünfzigerin mit kurzen dunklen Locken stand an ihrem Tisch. Sie trug noch ihre Skihose und hielt ein paar Ansichtskarten in der Hand. »Ich müsste nur schnell die Karten schreiben.«

Susanne war nicht nach Gesellschaft zumute, aber die Frau hatte eine charmante Bestimmtheit, die es ihr schwer machte, abzulehnen. »Bitte, gern.«

Die Frau ließ sich in den Sessel gegenüber fallen, drehte sich um und machte der Kellnerin über alle Köpfe hinweg ein Zeichen. »Traudi, einen Espresso.« Dann wandte sie sich an Susanne und strahlte sie an. »Heideswinth Kurz.«

Der Name sagte Susanne nichts, aber die Frau kam ihr bekannt vor. Sie sah sie jeden Morgen das Hotel zum Skifahren verlassen. »Susanne Hartmann.«

Frau Kurz machte keine Anstalten, wie angekündigt ihre Karten zu beschriften, sondern warf einen Blick auf das Bergmassiv, dessen Konturen sich aufzulösen begannen. Draußen hatte sich das Licht verändert. Es war jetzt von einer durchsichtigen Bläue, als wölbte sich eine gläserne Kuppel über das Tal.

»Ein Traumwetter wieder«, verkündete Heideswinth Kurz. Ihre dunklen Augen funkelten in Vorfreude. »Wo fahren Sie denn morgen?«

»Ich bin nicht zum Urlaub hier.«

»Wirklich?« Sie schüttelte den Kopf. »Ich bin schon seit einer Woche da und bis auf einen Tag waren die Verhältnisse zum Skifahren herrlich. Aber da ging einfach gar nichts.« Sie beugte sich vor und raunte: »Haben Sie von der Lawine gehört?«

Susanne vermied ihren Blick und schaute zum Fenster hinaus. »Ja«, sagte sie schließlich.

Inzwischen war das letzte Tageslicht verschwunden und ein abnehmender Mond aufgegangen. Pistenraupen krochen wie schwarze Skarabäus-Käfer über die beleuchteten Hänge des

Drachenkopfes. Susanne dachte, dass sie nie wieder über diese Hänge wedeln würde.

»Die Frau vom Juniorchef ist darunter gestorben, einfach schrecklich«, fuhr Heideswinth Kurz fort. Dann schüttelte sie den Kopf. »Das war aber auch ein Leichtsinn.«

Susanne wandte sich vom Fenster ab. »Leichtsinn? Kann eine Lawine denn nicht jeden treffen?«

Traudi kam und stellte ein Teetablett vor Susanne und eine kleine Espressotasse vor Heideswinth Kurz ab, dazu einen Teller mit Weihnachtskeksen. Susanne griff nach der kleinen Glaskaraffe, in der der Rum im Schein des Kaminfeuers bernsteinfarben glühte, und gab einen guten Schuss davon in ihren Tee. Sie wollte, dass sich ihre Gedanken in einer angenehmen Wolke auflösten. Und sei es auch nur eine aus Alkohol. Entschlossen leerte sie auch noch den Rest Rum in ihre Tasse.

»... hält nichts vom Skifahren ab«, meinte Heideswinth Kurz gerade. »Mich nicht! Aber an dem Tag?« Sie schüttelte den Kopf, dass ihre Locken flogen. »Die jungen Leute müssen verrückt gewesen sein.«

Susanne nahm einen Schluck von ihrem Tee. Das heiße Getränk und der Alkohol brannten angenehm. Die Wärme breitete sich in ihrem Innersten aus, und sie begann sich zu entspannen. »Wieso verrückt?«, fragte sie.

Heideswinth Kurz schnappte sich einen herzförmigen Keks vom Teller und musterte die rosa Zuckerglasur mit den Silberperlen, ehe sie ihn wieder zurücklegte. »Fertigkekse«, bemerkte sie. »Ich muss mal mit Elisabeth reden.«

»Wieso verrückt?«, beharrte Susanne.

Heideswinth Kurz zuckte die Schultern. »Die Wetterverhältnisse waren zu gefährlich, ganz einfach.« Sie begann, ihre Argumente an den Fingern einer Hand abzuzählen. »Erst war dieses Weihnachtsauwetter. Da weicht die Piste auf. Dann hat es gefroren. Da wird die Piste zur Eisplatte. Und zum Schluss dann noch der tagelange Schneefall.« Sie hielt sich die eine Hand schräg vor die Augen und glitt mit der Handfläche der anderen wie mit einem Schlitten darüber hinweg. »Die frischen Schneemassen haben keinen Halt auf der eisigen Unterlage. Und da reicht schon ein wenig Belastung, und das Ganze donnert ins Tal. Die haben die Lawine ja selbst losgetreten.«

Susanne versuchte, die ganze Bedeutung dieser Worte zu erfassen. »An dem Tag hätte man also gar nicht Ski fahren dürfen?«

Wieder schaute Heideswinth Kurz durch die Terrassentüren zu den Pistenraupen hinaus, die die Abfahrten für den nächsten Tag präparierten. »Zumindest nicht im freien Gelände«, meinte sie. »Das war Wahnsinn. Und der Chris hätte das eigentlich wissen müssen.« Sie zuckte die Schultern. »Keine Ahnung, was den geritten hat.« Sie griff nach dem winzigen Löffel, der neben ihrer Espressotasse lag, und rührte in der stumpfgelben Crema auf ihrem Kaffee herum. »Sieht ihm gar nicht ähnlich. Der ist eigentlich immer so – unspontan.«

»Unspontan?«

»Ja.« Heideswinth Kurz zog den Löffel durch den Mund und legte ihn dann neben ihre Tasse. »Ich kenne den Chris, seitdem er auf der Welt ist. Der überlegt sich alles dreimal. Mühsam, sag ich Ihnen.«

Im Grunde hatte diese Heideswinth Kurz völlig recht. In all den Jahren war Susanne selbst nie auf die Idee gekommen, die gesicherten Pisten zu verlassen. Und in Kanada hatten sie und Horst sich immer auf erfahrene Skiguides verlassen. So wie Tess auf Chris.

»Tatsächlich«, sagte Susanne.

Chris kannte den gefährlichen Hang seit Kindesbeinen. Und er kannte sicher auch den Felssturz, unter dem man Schutz suchen und die Schneemassen über sich hinwegdonnern lassen konnte. Zumindest hatte er gesagt, dass so ein Überhang seine Rettung gewesen war. Warum hatte er Tess zu dieser Skitour überredet? Denn dass diese Unternehmung nicht Tess' Idee gewesen sein konnte, davon war sie inzwischen überzeugt.

Susanne griff nach ihrer Teetasse und leerte sie auf einen Zug. Brennend heiß ergoss sich der Rum in ihren Magen. Warum hatte Tess ein Testament machen wollen? Das hätte sie doch wohl nur gemacht, wenn sie die Erbverhältnisse ändern und Chris hatte enterben wollen. Vielleicht war so ein Lawinentod nicht einfach zu planen, aber es war eben auch nicht unmöglich. Und wenn

Tess ihn wirklich hatte enterben wollen, dann war es aus Sicht des lieben Chris einen Versuch wert.

Susanne zog die Uhr aus der Tasche und drehte sie hin und her, sodass die Brillanten im Kerzenschein ihr kaltes Feuer versprühten. Sie würde nicht nach Frankfurt fliegen.

»Schöne Uhr«, sagte Heideswinth Kurz, die inzwischen angefangen hatte, ihre Postkarten zu schreiben. »Chopard?«

Susanne hob den Kopf. »Ja.« Sie musste feststellen, ob das Tess' Uhr war und wer sie ins Hotel geschickt hatte. Vielleicht gab es ja einen Zeugen des Unglücks, der Tess die Uhr unbemerkt abgenommen hatte. Und der sie jetzt zurückgeben wollte. »Sie gehört wahrscheinlich meiner Tochter.« Wie konnte sie diesen Zeugen dazu bringen, sich persönlich bei ihr zu melden?

»Was heißt *wahrscheinlich*«, fragte Heideswinth Kurz, »bei so einer wertvollen Uhr? Wissen Sie es denn nicht?«

»Ich fürchte, dass es ihre ist.« Susanne fuhr mit dem Zeigefinger über den Kratzer neben der Krone. »Aber sicher bin ich nicht.«

»Verstehe.« Heideswinth Kurz nickte. »Das dürfte kein Problem sein«, fügte sie hinzu. »Ihre Tochter braucht doch nur die Referenznummer auf der Uhr mit der Rechnung des Juweliers zu vergleichen. Dann weiß sie genau, ob es ihre ist.«

Susanne starrte sie an. Natürlich – sie hatte die Uhr vor zehn Jahren bei ihrem Freund Rüdiger gekauft. Ihn brauchte sie nur anrufen und fragen, ob es im Geschäft noch Unterlagen über den Kauf gab. Aber vorher musste sie mit Horst sprechen. Sie stand abrupt auf und hätte sich fast wieder setzen müssen. Der Rum schien direkt in ihre Knie gegangen zu sein. Aber er hatte ihr neuen Kampfgeist verliehen.

»Ich muss dringend telefonieren«, sagte sie. »Man sieht sich.«

Während Susanne sich einen Weg zwischen den eng stehenden Tischen bahnte, war ihr, als schwebte das Gesicht ihrer Tochter vor ihren Augen. *Tess, mein Schatz, was immer dieser Mann dir angetan hat – er wird es büßen. Das verspreche ich dir.*

Der Mann am Klavier spielte jetzt *Little Drummerboy*, und das Lied, das Susanne eigentlich nicht mochte, weil es so nach Schlachtenlärm und Kriegstrommeln klang, beflügelte ihre Schritte.

DREIZEHN

Das Feuer brannte munter im Kamin der Schlossbibliothek. Alastair MacLachlan, die Hände in den Taschen seiner Cordhose, lehnte am Kaminsims und schaute auf Applegate und Murray herab, die in einem tiefen Tartan-Sofa fast versanken. Über ihm hing das lebensgroße Porträt seines berühmtesten Vorfahren, Sir Walter, der seinen Clan am 16. April 1746 auf dem Culloden-Moor in die Schlacht gegen die englischen Regierungstruppen und in einen glorreichen Tod geführt hatte. Sir Walter selbst war mit dem Schwert in der Hand gefallen. Sein Gesicht drückte die gleiche Gefühlskälte und Rücksichtslosigkeit aus, die auch die Züge seines Nachfahren auszeichneten.

»Das verstehe ich nicht«, sagte Alastair. »Was sollten meine Kusinen auf Lachlan Hall gewollt haben?« Seine etwas vorstehenden porzellanblauen Augen waren ausdruckslos. »Anabel ist tot – sehr bedauerlich –, aber was mit Isobel passiert sein soll, ist mir ein absolutes Rätsel.«

In Ermangelung einer anderen Tätigkeit und um die Ruhe zu bewahren, faltete Applegate seine Hände zwischen den Knien. Man hatte Murray und ihm keinen Tee angeboten, obwohl die Uhr auf dem Kamin längst fünf Uhr geschlagen hatte.

»Ich hatte gehofft, das könnten Sie mir sagen, Sir Alastair«, meinte Applegate.

»Nein, bedaure.« Der Schlossherr unterdrückte ein Gähnen. Wie er gleich zu Beginn des Gesprächs betont hatte, war er erst mit der Morgenmaschine aus Los Angeles gekommen und litt deshalb unter einem höchst unangenehmen Jetlag. »Ich bezweifle, dass Isobel überhaupt hier gewesen ist. Wozu auch? Mein armer Vater lag ohnehin im Sterben.« Er warf einen nicht eben diskreten Blick auf die Kaminuhr. »Wenn ich Ihnen sonst noch irgendwie behilflich sein kann, Gentlemen?«

»Jane Higgins hat ausgesagt, dass Miss Isobel am Tag ihres Verschwindens bereits seit drei Tagen hier gewesen ist.«

»Jane wer?«

»Higgins, Sir, die Haushälterin Ihres Vaters.«

»Ah, verstehe.« Er zog die Brauen zusammen. »Ist die denn nicht auch tot? Die Treppe hinuntergefallen oder so? Habe ich zumindest gehört.«

»Nein, Sir.« *Applegate warf dem Schlossherrn einen scharfen Blick zu.* »Jemand hat sie mit einer Hellebarde hinuntergestoßen. In der Nacht, in der Miss Isobel verschwand. Sie war nicht vernehmungsfähig. Inzwischen geht es ihr zum Glück besser.«

Nun wirkte Alastair MacLachlan doch interessiert. »Hat diese Jane – Higgins, glaube ich, sagten Sie – ihren Angreifer denn erkannt? Das wäre doch hilfreich, denke ich.«

»Wir wissen es nicht mit Sicherheit, Sir.«

Vor dem Schloss war das Geräusch von Automotoren zu hören. Kies knirschte unter den Reifen, dann hörte man Männerstimmen und Wagentüren wurden zugeschlagen. Gleich darauf dröhnte die große Eingangstür in der Halle.

»Guter Gott, wer kann das sein? Wir erwarten niemanden zum Tee.« *Alastair MacLachlan wirkte beunruhigt. Kein Wunder nach den Geschehnissen der letzten Tage.* »Als Erstes werde ich wieder Hunde anschaffen.«

»Werden Sie denn auf Lachlan Hall bleiben, Sir?«, *erkundigte sich Applegate.*

»Selbstverständlich, es ist der Stammsitz unseres Clans.« *In seiner Stimme lag die ganze Verachtung des geborenen Landbesitzers gegenüber der arbeitenden Klasse.* »Aber das können Sie vermutlich nicht verstehen.«

»Vermutlich nicht, Sir.«

Vor der Tür waren Männerstimmen zu hören und die befehlsgewohnte Stimme einer Frau. Aus den Augenwinkeln bemerkte Applegate, wie der Schlossherr seinen Körper straffte.

»Was hat das zu bedeuten, Appleby?«

»Gate.«

»Wie?«

»Applegate, Sir. Das wird wohl Jane Higgins sein, die Haushälterin. Wenn Sie sich erinnern – es war schon von ihr die Rede, Sir.«

Die Tür öffnete sich, und eine uniformierte Polizistin führte eine blasse Frau in einer hellblauen Strickjacke herein. Die Frau schien nicht ganz sicher auf den Beinen zu sein, denn sie machte nur kleine Schritte und stützte sich dabei auf den Arm der Polizistin. Sofort erhoben sich Applegate und Murray.

»Jane.« *Applegate ging ihr entgegen.* »Wie schön, Sie wieder auf den Beinen zu sehen, meine Liebe.«

Jane Higgins ließ ihren Blick durch den Raum wandern. »Gut, wieder daheim zu sein, John.« Da bemerkte sie den Mann am Kamin. »Oh mein Gott«, schrie sie. »Das ist er, das ist er.« Sie hob abwehrend ihre freie Hand, drehte sich einmal um sich selbst und stürzte zu Boden.

Die Polizistin ließ sich auf die Knie fallen, beugte sich über sie und klopfte ihr auf die Wange. Aber Jane Higgins hatte das Bewusstsein verloren.

Applegate und Murray liefen zu den Frauen hinüber.

»Murray, einen Arzt, schnell!« Applegate wandte sich an den Schlossherrn. »Wer kann uns Miss Higgins' Zimmer zeigen?«

Aber Alastair MacLachlan hatte gar nicht zugehört. Sein Gesicht hatte eine ungesunde rote Farbe angenommen, und seine Augen schienen aus den Höhlen zu quellen. Plötzlich stieß er sich vom Kaminsims ab und rannte durch das Zimmer. Er stürzte an der Polizistin und den überraschten Männern vorbei, hinaus aus der Tür und die Treppe hinab. Gleich darauf fiel die Eingangstür mit einem dumpfen Krachen ins Schloss.

»Tja, Sir«, sagte Murray und hakte die Daumen in seinen Gürtel. »Wette, wir haben unseren Täter gefunden.«

»Das dachte ich mir schon«, sagte Applegate grimmig. »Los, Murray, ihm nach. Wir brauchen die Hundestaffel. Wenn er ins Moor läuft, entkommt er uns sonst.«

Ben nahm die Brille ab und rieb sich die Augen. In letzter Zeit hatte er das Gefühl, als könnte er nach einem Tag am Computer nicht mehr klar sehen. Er konnte nur hoffen, dass das von den Augen kam und keine andere Ursache hatte. Er wurde eben älter.

Er schenkte sich noch etwas Tee ein. Das Wasser schmeckte immer noch eigenartig. Aber es war nicht mehr rot. Dr. Gruber hatte ihm den Laborbefund persönlich vorbeigebracht. Von den ganzen Inhaltsstoffen war ihm nur Magnesium und Kalzium in einer ungewöhnlich hohen Konzentration in Erinnerung geblieben. Außerdem rote Lebensmittelfarbe und Spuren von Bienenwachs. Da er die Probe in einer Mineralwasserflasche transportiert hatte, war die Erklärung für die ersten beiden Inhaltsstoffe schnell gefunden. Aber was bedeuteten Farbe und Wachs? Jemand hatte Lebensmittelfarbe in sein Trinkwasser befördert – um ihn zu erschrecken und um ihn vom Hof zu vertreiben. Am wahrscheinlichsten war eine mit roter Farbe gefüllte Wachskapsel, die in der Warmwasserleitung geschmolzen war, als Ben sein Bad eingelassen hatte. Aber wie hatte es dieser Jemand geschafft, die Kapsel zu platzieren? Wie war er durch eine doppelt verschlossene Eingangstür oder eiserne Fenstergitter ins Haus gekommen?

Draußen tobte der Wintersturm. Starke Böen warfen sich gegen die Scheiben, die in ihren alten Holzrahmen klirrten, als könnten sie jeden Augenblick zerbersten. Schnee lag als dicke Schicht auf dem Sims und umhüllte die Fenstergitter hinter dem schlierigen alten Glas.

Der Himmel war schon am Morgen mit gelben Wolken bedeckt gewesen, und eine eigenartige Spannung hatte in der Luft gelegen. Gegen Mittag hatte der Schneefall eingesetzt. Zuerst waren fedrige Flocken zu Boden geschwebt, hatten sich auf die Schneedecke gelegt und ihre Konturen wie mit einem Weichzeichner sanft verwischt. Dann war Wind aufgekommen. Er hatte sich zum Sturm gesteigert, der die wirbelnden Schneeflocken über den Hof jagte und sie vor den Türen und Fenstern zu weißen Wällen türmte.

Von Bens Auto war inzwischen nur noch ein weißer Berg zu sehen, und der Schneefall verbarg die Stallscheune hinter weißen Schleiern, als könnte er ihre Geheimnisse für immer den Blicken der Welt entziehen.

Ben stand auf und ging zu der Holzkiste, die vor dem Küchenherd stand. Sein Vorrat aus Altpapier, das er aus der Scheune mitgenommen hatte, war bis auf ein paar Zeitungsseiten und einen Prospekt für Viehkraftfutter zusammengeschmolzen. Er nahm die obersten Blätter, knüllte sie zusammen und öffnete die Ofentür. Im nächsten Moment fuhr ihm der heiße Atem des Feuers ins Gesicht und versengte ihm fast die Haut. Schnell schlug er die Klappe zu. Immer wenn er den Herd beheizte, kam er sich wie bei Hänsel und Gretel vor. Aber die hatten ja wohl die Hexe verbrannt. Ben fragte sich, wer Kindern solch grausame Märchen noch vorlas.

Bei diesen Gedanken fiel ihm das schwarze Schulheft wieder ein, das er mit den alten Zeitungen zusammen ins Haus gebracht und dann vergessen hatte, weil Julia Bonaventuras Kopf unter die Kommode gerollt war. Ben versuchte sich zu erinnern, wohin er das Heft gelegt haben könnte. In die Schublade der Kredenz? *Und wo ist der Zinnteller und wo sind meine Handschuhe?* Ohne große Hoffnung schaute er in der alten Anrichte nach, aber zu seiner Überraschung lag das Heft genau an der Stelle, an die er es offenbar wirklich gelegt hatte.

Mit der Tasse und dem Schulheft kehrte Ben an seinen Arbeitsplatz zurück. Er schob die Tastatur beiseite, legte das Heft so ordentlich vor sich hin, wie es die kleine Agnes sicher in der Schule immer getan hatte, und schlug es auf. Er überflog noch einmal die Aufzeichnungen, die er bereits gelesen hatte. Die anderen Eintragungen waren in demselben Ton verfasst. Sie zeichneten das Bild eines zutiefst traumatisierten Kindes, das keinen Ausweg aus seiner Hölle fand. Aber dann stieß er auf den letzten Absatz.

Ich habe es getan. Die Schuld trifft die anderen. Alle wussten um den Teufel, aber Hilfe war nicht zu erwarten. Gott allein hat mir die Kraft gegeben. Deswegen denke ich, er ist mit mir zufrieden. Nun sind wir frei.

Ben fuhr mit dem Zeigefinger über die kindliche Schrift. Diese Buchstaben waren als Einzige nicht verwischt, so als hätte die Schreiberin die Zeilen schnell aufs Papier geworfen, dann das Heft zugeschlagen und es nie wieder geöffnet. *Nun sind wir frei.* Es klang wie der letzte Satz in einem Buch.

Wie war die kleine Agnes mit dem Teufel fertig geworden, von dem sie so sicher war, dass er im Haus umging? An wen hatte sie sich in ihrer Not – oder ihrem Wahn – gewandt? An die Eltern oder die Nachbarn? Den Pfarrer? Wahrscheinlich war das Mädchen nicht ernst genommen worden. In den fünfziger Jahren des letzten Jahrhunderts hatte religiöser Wahn noch zum Alltag gehört.

Ben schloss das schwarze Schulheft, strich mit der Hand darüber hin und legte es an den Rand des Küchentischs. Dieses Geheimnis würde sich nicht mehr lüften lassen. Dann wandte er sich dem Computerbildschirm zu.

Er musste das letzte Kapitel seiner MacLachlan-Saga schreiben. Aber irgendwie ging ihm die kleine Agnes nicht aus dem Kopf.

Probehalber legte er die Hände auf die Tastatur. Und auf einmal wusste er, was er schreiben wollte. Seine Finger flogen wie von selbst dahin. Vor seinen Augen erschien ein Satz, den er nicht gedacht hatte, sondern der aus seinem Unterbewusstsein aufgetaucht war. Als hätte Agnes ihrem Eintrag noch einen letzten Satz hinzufügen wollen.

Der Teufel wohnt in Wildmoos. Er lauert in den Gedanken der Menschen, er verbirgt sich in ihren Worten und er lebt in ihren Taten. In den Raunächten geht der Teufel auf Seelenfang.

Nachdenklich überflog Ben die Zeilen. Dann nahm er das Schulheft noch einmal zur Hand und schrieb die Worte mit Kugelschreiber in seiner Erwachsenenhandschrift unter die kindlichen Bleistiftbuchstaben. Die Küchenlampe fing an zu flackern, und die Zeichen auf dem alten Papier begannen vor Bens Augen zu tanzen. Rasch schlug er das Heft zu und legte es beiseite.

Das Brausen des Sturms hüllte das Bauernhaus ein, als wäre es von der Welt vollständig abgeschnitten. Die Luft in der Küche war heiß und stickig. Heulend fuhr der Wind in das Ofenrohr. Wie ein Blasebalg schürte er das Herdfeuer, das fauchte, als wollte es die Brennkammer sprengen.

Aber sonst war es totenstill. Zu still. Ben lauschte angespannt. Auf einmal wusste er, welcher Laut fehlte. Die alte Standuhr im Flur, deren unablässiges Ticken er wie seinen Herzschlag nicht mehr bewusst wahrgenommen hatte, war stehen geblieben.

Etwas in der Atmosphäre hatte sich verändert.

Endlich hörte er das Geräusch, mit dem er nicht gerechnet, auf das er aber unbewusst seit Einbruch der Dämmerung gewartet hatte. Ein altes Scharnier quietschte. Dann knarrten die Holzdielen im Flur.

Ben umklammerte die Kante des Küchentischs.

Hinter seinem Rücken öffnete sich die Tür. Ein kalter Hauch streifte seinen Nacken. Der Luftzug trug den Geruch nach Erde und Moder in sich, der einen anderen wohlbekannten Duft überlagerte. Auf einmal hörte er ein vertrautes Rascheln.

Eine Stimme flüsterte an seinem Ohr: »Schreib – ENDE.«

VIERZEHN

Ben fuhr herum. »Wie bist du hier reingekommen?« Durch das Heulen des Windes hatte er den schweren Porsche Cayenne nicht vorfahren hören.

Chris richtete sich auf und lachte. »Armer alter Onkel Ben. Du hast wirklich lange gebraucht.«

Er fuhr sich mit der Hand durch sein blondes Haar, das so trocken war, als wäre er nicht eben erst durch das Schneegestöber gelaufen. Den Verband an seiner Hand hatte er entfernt. Auf ihrem Rücken zeichneten sich deutlich vier blutverkrustete Striemen ab. Hatte er sich einen Kampf mit einer Katze geliefert?

Ben ließ den Blick über die schwarze Daunenjacke wandern. »Ich mag keine Überraschungsbesuche. Und jetzt …« Er verstummte.

In der rechten Hand hielt Chris eine Pistole. Sie war direkt auf Ben gerichtet. Das Metall passte nicht zu dem süßlichen Duft des Männerparfüms, den Chris wie immer verströmte.

»Verschwinde«, sagte Ben.

»Tut mir leid, Onkel Ben«, sagte Chris, und in seiner Stimme schwang wirklich eine Spur des Bedauerns. »Wir hätten Freunde werden können. Aber leider kann ich mir das nicht leisten.«

Ben starrte in die Mündung des Pistolenlaufes wie in ein Auge, das ihn hypnotisieren wollte. »Bist du wahnsinnig?«

Das Heulen des Sturmes wurde lauter. Die Küchenlampe fing wieder an zu flackern. Schatten liefen über die Wände.

»Ich nicht.« Chris grinste. »Aber du, Onkel Ben.«

»Was?«

»Wahnsinn liegt in der Familie, das weiß in Wildmoos jeder. Und Selbstmord auch.« Chris deutete mit der Pistole in Richtung Tür. »Los komm, ich hab nicht so viel Zeit. Wenn ich zum Abendservice nicht zurück bin, fällt das auf.«

Ben ergriff ein Gefühl der Unwirklichkeit. Aber die Pistole vor seiner Nase war brutale Realität. Schwarz und kalt und glänzend. Er erhob sich langsam. Sein Verstand arbeitete auf Hochtouren.

Chris hatte den netten Neffen gespielt und währenddessen einen filmreifen Spuk im Einödhof inszeniert. Aber das ganze Theater hatte nicht die gewünschte Wirkung gezeigt. Ben hatte nicht die Flucht ergriffen. Chris war der Verrückte von ihnen beiden, daran gab es keinen Zweifel, und Ben war bestimmt nicht sein erstes Opfer. Susanne Hartmann hatte mit ihrem Verdacht recht gehabt. Aber mit einem Irren konnte Ben fertig werden. Er musste sich nur in seinen Feind hineinversetzen. Als Romanautor war er das vom Umgang mit seinen Figuren gewöhnt.

»Na gut«, sagte er und schob den Stuhl wie in Zeitlupe zurück. Nur jetzt keine unbedachte Bewegung. Noch fühlte Chris sich sicher und Herr der Lage. »Was willst du von mir?«

»Jetzt nichts mehr.« Chris winkte mit der Pistole. »Los, komm mit.«

Ben klammerte sich an die Lehne des Küchenstuhls. Wenn er mitging, war er verloren. Bestimmt hatte Chris eine genaue Vorstellung davon, wie er ihn spurlos beseitigen konnte. Am Fenster tauchte ein Gesicht auf und verschwand gleich wieder. Dann huschte ein Schatten vorbei. Eine Windböe trieb Schneeschleier vor sich her. Es sah aus, als tanzten Geister ums Haus.

»Ich denke gar nicht dran.« Er wunderte sich über seine eigene Ruhe. Es war, als wäre ein anderer Ben in ihm zum Leben erwacht. »Zum letzten Mal – verschwinde.«

»*Los.*« Chris hob die Pistole vor Bens Gesicht. »Oder ich erschieße dich gleich hier. Auf die Details kommt's mir nicht an.« Seine hellen Augen hatten einen stechenden Ausdruck bekommen, und sein Mund war nur noch ein Strich.

»Schon gut.« Ben ließ die Stuhllehne los und hob die Hände. Nur jetzt keine Panikreaktion provozieren. Chris sah aus, als wäre ihm ein Blutbad in der Küche tatsächlich egal. »Wohin gehen wir denn?«

Aber Chris schwenkte nur den Lauf der Waffe in Richtung Flur. Gehorsam drehte Ben sich um und tappte zur Tür. Erneut erhob der Sturm seine körperlose Stimme, das Herdfeuer fauchte und prasselte, und das Licht fing wieder an zu flackern. Die Glühbirne in der Küchenlampe knackte.

Im Flur war eine der Wandlampen ausgefallen, und die andere

erleuchtete die Szenerie nur notdürftig. Die Standuhr schwieg. Der Anblick des leblosen Pendels erschreckte Ben mehr als der seines potenziellen Mörders. Hatte Chris die Uhr angehalten, oder war sie einfach stehen geblieben? Bedeutete eine stehen gebliebene Uhr nicht abgelaufene Lebenszeit?

Ben machte einen Schritt auf den Flur und – blieb wie angewurzelt stehen. Der Fleckerlteppich war zu einem Haufen vor der Kommode zusammengeschoben. An seiner Stelle war eine von zwei Scharnieren gehaltene Holzklappe zu sehen und daneben klaffte im Boden ein Loch, gerade so groß, dass ein Mann hindurchklettern konnte. Ein kalter Hauch entwich der Öffnung und der Geruch nach feuchter Erde und Moder.

»Ich werd verrückt«, entfuhr es ihm und fast hätte er über seine eigenen Worte gelacht.

Das waren also die Scharniere, die er immer gehört hatte. Kein ruheloser Geist war aus seinem modrigen Grab gestiegen, um seinen vorzeitigen Tod zu rächen. Ein Mensch aus Fleisch und Blut kannte einen geheimen Eingang zu dem alten Bauernhof und nutzte ihn, um den naiven Eigentümer in den Wahnsinn und vom Hof zu jagen. Ben fühlte Wut in sich aufsteigen und eine nie gekannte Kälte. Er nahm die Hände herunter. Im nächsten Augenblick spürte er, wie sich der Pistolenlauf in seinen Rücken bohrte.

»Los, vorwärts«, befahl Chris. »Zum Einstieg.«

Ben stellte sich breitbeinig hin. »Warum? Was ist denn da unten?«

Für einen kurzen Moment ließ der Druck der Pistole nach, ehe er sich nur umso schmerzhafter zwischen Bens Rippen bemerkbar machte.

»Sag bloß, das weißt du nicht.« In Chris' Stimme schwangen Erstaunen und Misstrauen. »Du hast doch das Wasser hier getrunken?«

»Ungern.«

Draußen auf dem Hof krachte es ein paarmal, als träfe eine Axt auf einen Holzklotz. Der Sturm hatte wohl die Tür der Stallscheune losgerissen und nun schlug sie gegen den Rahmen. Das Geräusch zerrte an Bens Nerven.

»Ich weiß nicht, was du meinst«, sagte er. Er versuchte, Zeit zu gewinnen. Vielleicht gab es ja doch eine Chance auf Entkommen. Langsam wandte er sich um, und Chris ließ es geschehen. Die Pistole war nun direkt auf Bens Herz gerichtet. »Erklär's mir«, sagte er.

»Der Einödhof steht auf einer Thermalquelle, und du wusstest das nicht?«, sagte Chris. »Hat deine Großtante – oder soll ich besser sagen, *Großmutter* – ihrem Schatzerl keine Info hinterlassen?«

»Was hat meine Großmutter denn damit zu tun?«

Chris begann zu lachen. »Sag bloß, das weißt du auch nicht. Die Tant' Agnes war doch deine Großmutter.«

»Das ist doch Schwachsinn«, knurrte Ben.

»Schwachsinn ist gut.« Chris ließ seinen Blick über Ben gleiten. »Was glaubst du, warum dir die alte Hexe diese Goldgrube hier vermacht hat?«

Ben gab keine Antwort.

»Die Mama hätte das hier alles gekauft. Aber die Tant' Agnes hat ja nicht wollen.«

Ben schwieg noch immer.

»Weil der Simon ihr Sohn war, deswegen. Auch wenn die große Schwester ihn als ihren ausgegeben hat.«

In Chris' Augen lag ein kalter Glanz. Es machte ihm ganz offensichtlich Vergnügen, Ben vor seinem Tod noch zu demütigen. Warum war ihm dieser sadistische Zug an seinem Neffen nie aufgefallen? Aber es gab keinen Grund, an seinen Worten zu zweifeln. Chris brauchte nicht zu lügen. Die Wahrheit war grausam genug.

»Ich glaube dir kein Wort«, sagte Ben trotzdem.

»Kannst hier jeden im Ort fragen. Das heißt – kannst du ja nun nicht mehr. Du wirst mir schon vertrauen müssen.« Chris warf einen Blick auf die Bodenklappe. »Aber keine Angst, deinen Ruf ruiniert das nicht mehr. Auch nicht posthum. Inzest war hier früher an der Tagesordnung.«

»Inzest?«

Die letzte verbliebende Glühbirne in der Wandlampe knisterte. Unter dem Holzboden rauschte das Wasser.

»Ja, was denkst denn du? Dass eine Vierzehnjährige einen

Liebhaber hatte? Damals?« Chris wedelte mit seiner freien Hand vor Bens Augen herum. »Wie, glaubst du, sind denn die ganzen Dorfdeppen entstanden? In Wildmoos gibt's ganze Familien, in denen jeder sechs Finger hat. Hast du deine mal nachgezählt?«

Bens Wut wurde unbändig. Zum ersten Mal verspürte er so etwas wie Hass. Hass auf Chris, der ihn umbringen wollte. Hass auf seine Familie, die weder verhindert hatte, dass eine Vierzehnjährige von ihrem Vater vergewaltigt wurde, noch dass ihre ältere Schwester das Neugeborene als ihr eigenes ausgeben und ihr Dorf deshalb geächtet verlassen musste. Aber auch Hass auf alle ehrbaren Einwohner von Wildmoos, die einfach schwiegen und die Dinge geschehen ließen.

Inzest war hier früher an der Tagesordnung.

Wer hatte das Schlafzimmer im ersten Stock für immer verschlossen und nie mehr betreten? Was hatte die Muttergottes mit dem albernen Filmstargesicht mitansehen müssen und doch ihre Hilfe versagt? Das Blenden war bestimmt aus Rache geschehen. Aber so etwas tat kein Erwachsener, sondern nur ein Kind. Ben spürte, wie sich sein Magen hob.

»Hast es wirklich nicht gewusst, was?« In Chris Stimme schwang wirklich so etwas wie Mitleid. »Tja, die Leute werden verstehen, warum du Selbstmord begangen hast. Aber vielleicht hast du ja gar keine sechs Finger. Sondern sogar Schwimmhäute.«

Ben machte einen Schritt auf Chris zu, aber der hob nur die Pistole und brachte ihn zum Innehalten.

»Weißt du, Onkel Ben, da unten liegt ein Schatz«, fuhr er fort. »Da sprudelt feinstes Thermalwasser. Wer das hat, der hat die Lizenz zum Gelddrucken. Damit mach ich die Alpenrose zum Kurhotel. Und du wolltest es nicht einmal trinken.« Er lachte. »Aber dazu hast du jetzt gleich genügend Gelegenheit.« Er drückte Ben die Pistole gegen die Brust. »Los, ins Loch.«

Die Glühbirne in der Wandlampe knisterte erneut. Es knackte, dann erlosch im ganzen Haus das Licht. Ben warf sich nach vorn und stieß Chris so fest von sich, wie er konnte. Er spürte, wie sein Feind taumelte, und hörte ihn laut fluchen, aber da hatte er sich schon umgedreht und rannte zur Tür. Der Schlüssel steckte wie immer im Schloss. Und das Schloss war zweimal zugesperrt.

Auch wie immer. Aber Chris hatte das nicht abgehalten. Der war durch die Bodenluke ins Haus gekommen. Auch wie immer.

Ben drehte den Schlüssel um, einmal, zweimal, dann riss er die Tür auf.

Der Sturm trieb wahre Schneemassen über den Hof und nahm ihm den Atem. Eisige Flocken wirbelten in sein Gesicht. Die Stallscheune war hinter einer weißen Wand verschwunden. Ben überlegte blitzschnell. Sein Auto war unter einem Schneehaufen begraben und nicht zu gebrauchen. Den Weg über die Einfahrt zur Hauptstraße würde er nicht schaffen. Nicht mit einem Verfolger, der zwanzig Jahre jünger und sportliche Anstrengungen gewöhnt war. Das Handy lag auf dem Küchentisch und war für einen Notruf völlig nutzlos. Blieb nur ein gutes Versteck. Wenn Chris ihn nicht fand, wenn er die Nacht trotz der Kälte überstand, wenn er sich gegen Morgen vom Hof schleichen konnte und wenn ihm jemand diese irre Geschichte glaubte, dann, ja dann hatte er vielleicht eine Chance. Aber es waren sehr viele Wenns.

Im Haus stürzte etwas krachend zu Boden, Glas splitterte, dann erklang das vertraute Surren, und die Standuhr schlug zweimal. Chris war gegen die Uhr getaumelt. Ben warf rasch einen Blick über die Schulter. Im Flur flackerte jetzt ein schwaches Licht. Chris musste das Bündel Kerzen, das Ben zur Sicherheit gekauft hatte, in der Kommode gefunden und eine davon angezündet haben.

»Verdammt«, zischte er leise.

Die Tür der Stallscheune knallte immer noch im Sturm gegen den Rahmen. Ben wandte sich nach links und lief los. Wenn er Glück hatte, dann verwehte der Wind seine Fußabdrücke, ehe Chris sie entdeckte.

Mit weiten Sprüngen, um keine unnötigen Spuren zu hinterlassen, rannte Ben über den Hof. Der Schnee reichte ihm bis über die Knöchel. Er drang von oben in seine Halbschuhe, schmolz zu kleinen Bächen und sammelte sich unter seinen Sohlen. Als Ben die Stallscheune erreicht hatte, stand er mit den Füßen bereits knöcheltief im Eiswasser. Schnell schnappte er nach der auf- und zuschwingenden Tür, rettete sich mit einem letzten Satz in die schützende Finsternis und zog die Tür hinter sich ins Schloss.

Ben lehnte sich mit dem Rücken gegen das rissige Türblatt und versuchte, wieder zu Atem zu kommen. Nach und nach gewöhnten sich seine Augen an das Halbdunkel, und er konnte erkennen, dass der Wind bereits eine zarte Schneeschicht über die Holzdielen, den Tisch und die Geräte in der Ecke geweht hatte. Es sah aus, als hätte jemand ein weißes Leintuch über alles gebreitet, ehe er auf eine lange Reise oder für immer fortgegangen war.

Verzweifelt schaute sich Ben nach einem Versteck um, in dem er die kommenden Stunden verbringen und überleben konnte. Weil die Küche durch den Herd überhitzt war, trug er nur ein dünnes Baumwollhemd und seine alten Jeans. Beides war kein Schutz vor der schneidenden Kälte dieser Dezembernacht. Von seinen durchweichten Schuhen ganz zu schweigen.

Vor gut zwei Wochen hatte er noch in seiner zentralgeheizten Münchner Wohnung gelebt, und seine größte Sorge war der Weihnachtstrubel in der Innenstadt gewesen. Fast hätte Ben laut lachen müssen bei dem Gedanken. Und nun versteckte er sich in einer baufälligen Scheune am Ende der Welt und würde in den nächsten Stunden erfrieren, wenn ihn sein Mörder nicht vorher fand und ihm den Gnadenschuss gab. In München war er ein angesehener Autor gewesen. Jetzt hielt ihn ein ganzes Dorf für das schwachsinnige Produkt einer Inzestbeziehung. Er hätte die Geschichte für seinen neuen Roman nicht besser erfinden können.

»Tod in Wildmoos«, flüsterte er. »*Highland Murder in den Alpen.*« Den Titel musste er sich merken. »*Verzweifelt suchte Ben nach einem Ausweg, doch sein Feind kam unaufhaltsam näher.*« Trotz seiner fast aussichtslosen Lage musste er grinsen.

Wie zur Antwort auf seinen Galgenhumor erzitterten die alten Holzwände der Scheune unter neuen Sturmböen. Die Wände knarzten und ächzten, als wollten sie sagen, dass auf sie kein Verlass war. Inzwischen hatten sich Bens Augen an das Halbdunkel gewöhnt. Ein schwaches Licht fiel durch die Risse in den Wänden. Da bemerkte er etwas.

Die Leiter, die ihn bei seinem letzten Besuch fast erschlagen hatte und die er seither nicht mehr aufgestellt hatte, lehnte mit der Spitze in der Heuluke. Er schaute schnell auf den Boden, aber die Schneeschicht darauf war unberührt. Seit etwa einer Stunde hatte er das Schlagen der Tür gehört, und während dieser Zeit hatte der Sturm den Schnee hereingewirbelt. Entweder hatte niemand in dieser Zeit die Leiter benutzt, oder jemand saß bereits seit Stunden dort oben.

Ben spürte ein Kribbeln im Nacken, als stellten sich ihm die Haare auf.

»Hallo?«, rief er gerade noch so laut, wie er es sich traute, damit Chris, der vielleicht schon vor der Scheune stand, ihn nicht hören konnte. »Ist dort jemand?«

War da ein Rascheln? Ben lauschte angestrengt, aber er hörte nur das Rauschen seines eigenen Blutes in den Ohren. Er war allein, natürlich. Seine Nerven spielten ihm einen Streich. Aber was, wenn er selbst auf den Heuboden kletterte und die Leiter nachzog? Chris war sicher seit Jahren nicht mehr in dem alten Stall gewesen – wenn er überhaupt je einen Fuß ins Innere gesetzt hatte. Er würde das Fehlen der Leiter nicht bemerken. Ben atmete auf.

Doch da mischte sich in das Singen des Windes und das Ächzen der alten Holzbretter ein Schaben. Etwas kratzte an die Tür in seinem Rücken. Bens Mund wurde trocken. Chris war da. Er hatte ihn gefunden.

»Onkel Ben?« Jetzt trommelte Chris an die Tür. Ben stemmte sich mit seiner ganzen Kraft dagegen. »Ich weiß, dass du da drin bist.«

Ben maß den Abstand zwischen der Tür und der Leiter. Er verfluchte sich, dass er so lange gewartet hatte, zu lange. Jetzt raschelte wirklich etwas auf dem Dachboden. Bestimmt gab es hier Ratten. Wieder zuckte der Gedanke an seine gepflegte Altbauwohnung durch seinen Kopf. Und an sein vergangenes sorgloses Leben. Vielleicht lag er ja in seinem Münchner Bett und hatte nur einen Alptraum. In dem Fall war es höchste Zeit aufzuwachen.

Etwas krachte gegen das Türblatt.

Ben stieß sich von der Tür ab und sprintete über den schneeglatten Boden zur Leiter. Er umfasste die Seitenholme und kletterte los.

Bereits auf der zweiten Strebe wurde ihm klar, dass ihm Kondition und Übung fehlten. Die Leiter zitterte und wankte unter dem Ansturm seiner gut neunzig Kilo, und die Streben waren zu abgeschliffen für seine profillosen Ledersohlen.

Hinter Ben schwang krachend die Tür auf. Ein Stoß eisiger Luft erfasste seinen Rücken. Verbissen kletterte er weiter, obwohl er wusste, dass es sinnlos war.

Chris Lachen erfüllte die Scheune. »Ben, was machst du denn da? Pass bloß auf, du brichst dir noch den Hals.«

Bens Knie wurden weich. Durch seine Unüberlegtheit hatte er Chris das perfekte Verbrechen quasi auf dem Silbertablett serviert. Nun musste sein Mörder ihn nicht einmal mehr erschießen. Ein Schubs, und Ben würde mitsamt der Leiter zu Boden stürzen. Ein dummer Städter auf seinem alten Bauernhof, der in einer stürmischen Winternacht nachsehen wollte, ob das Dach in der Scheune auch dicht war. Doch verbissen kletterte Ben weiter.

»Onkel Be-hen.« Chris stand zwei Meter unter ihm und rüttelte an der Leiter, als wollte er reife Äpfel aus einem Baum schütteln. »Hier unten bin ich.«

Ben warf einen Blick hinab. Sofort wurde ihm schwindelig. Er war schon weiter gekommen, als er gedacht hatte. Wenn er jetzt hinunterfiel, würde er sich zumindest die Beine brechen. Er fasste die Seitenholme fester und nahm die nächsten beiden Stufen.

Chris rüttelte fester. »Los, komm da runter, verdammt.«

Ben kletterte weiter.

Etwas klickte unter ihm. Die Pistole, schoss es ihm durch den Kopf. Chris würde ihn einfach herunterschießen wie einen Vogel von seinem Ast.

Über Bens Kopf erklangen Tritte. Etwas wurde ratternd über den Deckenboden gezogen. Im nächsten Augenblick sauste ein großer Gegenstand an Ben vorbei. Er spürte einen schneidenden Schmerz an der Schläfe. Von unten kam ein Schrei. Die Leiter hörte auf zu schwanken. Dann krachte etwas zu Boden. Ben umfasste die nächste Sprosse noch fester und spähte in die Tiefe. Im Halbdunkel konnte er Chris sehen. Er lag auf dem Rücken.

Seine Füße trommelten auf den Holzbohlen. Die Pistole war nirgends zu sehen.

Aus der Dachluke fiel das Licht einer Taschenlampe. Ben kniff geblendet die Augen zusammen und klammerte die Finger noch fester um die Sprosse.

Von unten war jetzt Gebrüll zu hören. Der Gegenstand musste Chris getroffen haben. Er war verletzt.

Bens Finger verkrampften sich um die Sprosse. Die Schreie wurden leiser, bis sie schließlich ganz verebbten. Er holte tief Luft. Dann schaute er wieder vorsichtig die Leiter hinab. Im Lichtkegel der Taschenlampe sah er Chris jetzt besser.

Er lag noch immer auf dem Rücken. Wilde Zuckungen liefen durch seinen Körper. Das Weiß seiner Augäpfel leuchtete. Blutiger Schaum quoll zwischen seinen Lippen hervor. Sein halbes Gesicht war aufgerissen, um seinen Kopf breitete sich eine Lache aus und färbte den Schnee auf den Dielen rötlich. Dann hörten die unkontrollierten Muskelkontraktionen auf. Die Beine streckten sich. Und auf einmal war es ganz still in der Scheune.

Ben war wie gelähmt. Eine warme Flüssigkeit rann an seiner Schläfe hinab. Er fasste sich an den Kopf. Dort, wo der große Gegenstand ihn gestreift hatte, war eine Wunde. Seine Finger waren blutig.

»Benni?«, flüsterte es von oben. »Isser tot?«

Ben hob den Kopf, aber die Taschenlampe blendete ihn, und er konnte die Sprecherin nicht erkennen.

»Hilf mir mal.« Auf dem Heuboden trampelten unrhythmische Schritte über die Holzdielen.

»*Josefa?*« Er konnte es nicht fassen. »Bist du das da oben?«

»Ja – war schwer genug, heraufzukommen. Runter isses noch schwerer.« Der Strahl der Taschenlampe schwankte auf und ab. »Bewegt er sich noch?«

Widerstrebend sah Ben nach, aber Chris rührte sich nicht mehr. Mit weit aufgerissenen Augen starrte er an die Decke. Der Schaum vor seinem Mund fing bereits an, in den kalten Windböen, die durch die Tür hereinbliesen, zu trocknen. Ein paar Meter neben ihm lag eine Schneeschaufel. Und die Pistole.

»Ich glaube, er lebt nicht mehr.«

»Gut, dann gib mir deine Hand«, sagte Josefa so laut, dass sie mit ihren Worten das Heulen des Sturmes und das Ächzen der Scheunenwände übertönte. »Wir müssen die Leiche wegschaffen.«

Ben überfiel wieder dieses Gefühl der Unwirklichkeit. Das alles konnte ihm nicht passieren. Schließlich war er ein bekannter Autor aus München, der gleich an seinen Schreibtisch zurückkehren würde. Es mussten Halluzinationen sein. Er war tatsächlich wahnsinnig. Plötzlich verspürte er den unbändigen Drang, laut loszulachen. Aber er tat es nicht, aus Angst, endgültig den Verstand zu verlieren.

»Benni, jetzt schlaf nicht!« Josefa klang verärgert.

Wie in Trance streckte Ben seine Hand nach oben. Sofort schob sich erst ein gesunder Fuß im Schnürstiefel durch die Luke und dann der Klumpfuß. Ben packte Josefas Knöchel und stellte ihre Füße auf eine Leitersprosse.

»Geht's so?«, erkundigte er sich, als läge nicht drei Meter unterhalb von ihm ein Toter, sondern als helfe er nur einer alten Dame die Treppe hinunter. Jetzt wusste er, dass er auf dem geraden Weg in den Wahnsinn war.

»Geht gut.«

Sprosse für Sprosse arbeiteten sie sich die Leiter hinunter. Unten angekommen, vermied Ben jeden Blick auf Chris. Aber Josefa, die zwar ihr gewohntes rotes Kopftuch, aber statt ihres Lodenmantels einen alten Anorak trug, ließ den Strahl ihrer Taschenlampe über die Leiche wandern.

»Die Familie taugt einfach nicht«, knurrte sie.

»Was, zur Hölle, tust du hier?« Ben konnte sich die Frage, die ihm seit Josefas Auftauchen auf den Lippen lag, nicht länger verkneifen. »Warum bist du überhaupt da?«

»Du hast doch keine Schneeschaufel. Und weil's so schneit, wollt ich dir meine bringen.« Sie grinste, wich dabei aber Bens Blick aus. »Und wie ich so ganz zufällig durchs Küchenfenster geschaut hab, war da der Chris.«

»Ganz zufällig?«

Sie warf ihm einen kalten Blick unter dem Rand ihres Kopftuches zu. »Ich pass auf dich auf, was denn sonst? Der Teufel hätt dich umgebracht.« In ihrer Stimme schwang Verwunderung darüber mit, wie dumm er überhaupt fragen konnte. »Als ich den halb ertränkten Burli gesehen hab, hab ich gewusst, dass es der Chris ernst meint. Aber du hast dich ja nicht aus dem Haus vertreiben lassen. Hast eben zu wenig Angst.« Sie seufzte. »Du bist eben ein echter Stadler.«

Ben wusste nicht, ob er das unter den gegebenen Umständen als Kompliment werten sollte. »Ingram«, verbesserte er daher.

»Ist doch egal, wie du nun heißt. Nur das Blut zählt.« Sie deutete mit ihrer knochigen Hand auf den Toten. »Der hätte dich umgebracht.«

Deshalb hatte Josefa also einen praktischen Anorak angezogen und beschlossen, ihm gegen Chris beizustehen. Und wenn Ben auf seiner Flucht nun auf die Hauptstraße statt in die Scheune gelaufen wäre? Was, wenn sie beim Abstieg auf den dünnen Sprossen ausgerutscht und abgestürzt wäre? Sie hatte ihr Leben für ihn aufs Spiel gesetzt. Nun musste sie den kümmerlichen Rest ihres Lebens im Gefängnis verbringen.

Ben schaute nun doch auf den toten Chris. »Wir müssen die Polizei rufen. Wenn wir denen sagen, dass du mir das Leben gerettet hast, geht das sicher als Notwehr durch.«

Chris' Gesicht war glatt und entspannt unter dem Blut. Wie alt war er gewesen? Höchstens Anfang dreißig. Ben empfand keinerlei Bedauern angesichts des ausgelöschten Lebens. Es war ihm schlicht egal. Ja, er fand diesen Tod sogar gerecht.

»Wir brauchen keine Polizei«, sagte Josefa. »Pack mal mit an.« Sie bückte sich und machte Anstalten, Chris' Füße, die in den teuren Wildlederstiefeln steckten, aufzunehmen.

»Josefa, um Gottes willen, wo willst du denn mit dem Toten hin?«

Sie hob den Kopf. Ihre Brillengläser blitzten, sodass er den Ausdruck ihrer Augen nicht erkennen konnte. »Zur Sickergrube.« Sie deutete mit dem Kinn zur Tür. »Ist nicht weit, paar Meter neben der Straße.«

Ben meinte, sich verhört zu haben. »Du willst den«, er schluckte, »du willst den Chris nicht in einer Klärgrube entsorgen?« Dann fiel ihm noch etwas ein. »Außerdem ist das Haus an den Kanal angeschlossen.«

Josefa fasste die Enden ihres Kopftuchs unter dem Kinn und zog den Knoten fester. »Die Sickergrube war für die Gülle aus dem Stall. Die ist seit fünfzig Jahren nicht mehr geleert worden.« Sie drehte sich um und humpelte zur Tür. »Los, komm«, sagte sie über die Schulter. »Und nimm die Schneeschaufel mit.«

Ben blickte wieder auf den Toten zu seinen Füßen. Das Blut hatte die blonden Haare verfärbt. Schwarz und steif standen sie von dem zerschmetterten Kopf ab. Der Schnee um die Leiche war verwischt, als hätte sich ein Kind mit dem Rücken in den Schnee gelegt und die Arme und Beine auf und ab bewegt. Engel machen, hatten sie das früher genannt. Nur, dass hier niemand einen Engel gemacht hatte, höchstens einen Todesengel.

Ben schaute die Schneeschaufel an, die neben dem Toten lag. Das hölzerne Blatt hatte am unteren Ende eine scharfe Metallschiene, mit der man das Eis wegkratzen konnte. Die Schiene war blutverkrustet, und durch die Wucht des Aufpralls war eine Ecke aufgebogen. Bens Spuren waren überall. Wie sollte er das bloß der Polizei erklären?

›*Lieber Herr Inspektor, wie Sie wissen, spukt es schon seit geraumer Zeit in meinem Haus. Und mein Neffe, der übrigens seine Frau ermordet hat, was Sie ihm nur nie werden nachweisen können, wollte mich umbringen. Zum Glück ist ihm meine alte und behinderte Nachbarin zuvorgekommen. Natürlich habe ich nichts damit zu tun. Wenn Sie also gestatten, gehe ich jetzt wieder an den Schreibtisch, denn ich muss den Abgabetermin für mein Manuskript einhalten. Mein Beruf ist nämlich Mord und Totschlag. Kennen Sie übrigens meine Reihe Highland Murder?*‹

Ben schloss die Augen. Niemand würde sich über seine Tat wundern. Jeder in Wildmoos wusste, dass Künstlern nicht zu trauen war und Irrsinn sowieso in der Familie lag. Er war ein verrückter Schriftsteller, der Gespenster sah und im Wahn seinen Neffen erschlagen hatte. Eine Zeit lang würde noch über den Toten im Einödhof getratscht werden, und die Dorfchronik bekam ein neues Kapitel. Aber dann würden die Bewohner wieder zum Tagesgeschäft übergehen. Das Beste, was er erhoffen konnte, war die Einweisung in eine Anstalt für geistig abnorme Rechtsbrecher. Einer lebenslänglichen Strafe würde er auf keinen Fall entgehen.

Obwohl er an allen Gliedern zitterte, bückte sich Ben und hob die Schneeschaufel auf, wobei er sich bemühte, den blutigen Rand so weit wie möglich von sich weg zu halten. Dann folgte er Josefa, die durch die auf- und zuklappende Scheunentür irgendwo im Schneetreiben verschwunden war.

Draußen pfiff ein schneidender Wind. Schemenhaft konnte Ben Josefas Spuren im lockeren Neuschnee erkennen. Ein flacher Abdruck und ein tiefer, dort, wo der schwere orthopädische Schuh eingesunken war. Sie hatte sich nach links gewandt, zur Einfahrt hin. Aber der Blick reichte nur wenige Meter weit. Das glänzend rote Blut auf dem Schaufelblatt war schon zu einem stumpfen Braun geworden. Vor Ben lag eine weiße Wand aus wirbelnden Schneeflocken.

FÜNFZEHN

Wie ein leuchtendes Auge blinkte ein Licht hinter der Schneewand. Es kam von links und schwankte auf und ab. Josefa gab Ben mit der Taschenlampe Zeichen. Er legte den Arm über die Augen, um sich vor Wind und Schnee zu schützen, und stapfte wie magisch angezogen auf den Lichtkegel zu. Der lockere Schnee stäubte um seine Knie, als ginge er durch Puderzucker. Seine Füße in den durchweichten Schuhen spürte er schon nicht mehr. Halb blind stolperte er vorwärts. Das Licht kam näher, wurde immer größer. Es war sein Halt in einer wirbelnden weißen Welt. Immer schneller hastete er auf den lockenden Schein zu. Eine hysterische Stimme in seinem Kopf sagte ihm, dass er ins Haus zurücklaufen und sich ans Schreiben machen müsse. Wenn er sich in seine Geschichte versenkte, würde die Realität verblassen, bis die Leiche hinter ihm aus seiner Wirklichkeit verschwunden war.

Er hatte Chris nicht umgebracht. Er hatte mit dem Mord nichts zu tun. Morgen konnte er die Leiche finden, ganz zufällig, und den Entsetzten spielen.

Aber du hast überall in der Stallscheune Spuren hinterlassen, höhnte die Stimme in seinem Kopf.

Ben blieb stehen, kniff die Augen zusammen und versuchte, Josefa in dem Schneegestöber ausfindig zu machen. »Josefa?«

Niemand antwortete ihm.

»*Josefa?*« Durfte man überhaupt so laut schreien, wenn man im Begriff stand, eine Leiche zu beseitigen?

Hinter ihm raschelte es. Ben zuckte zusammen. Was, wenn Chris gar nicht tot war, sondern nur schwer verletzt? Nein, das war bestimmt der Wind gewesen, der in die Reste des Altpapiers gefahren war.

»Josefa, wo bist du?«, murmelte Ben.

Vielleicht war sie einfach nach Hause gegangen und hatte ihn hier mit der Leiche allein gelassen. Zuzutrauen war der Alten das. Wahrscheinlich saß sie schon am Kachelofen und kraulte diesen Burli. Ihm war zum Weinen zumute.

»Was tust denn so lange?«, fragte Josefa und richtete den Strahl ihrer Taschenlampe auf sein Gesicht. »Du rennst mich ja um. Hast die Schaufel mit?«

Ben kniff geblendet die Augen zusammen und nickte, bis ihm einfiel, dass sie ihn vielleicht nicht sehen konnte. »Ja«, krächzte er.

»Gut.« Sie klang zufrieden und ganz nach Herrin der Lage. »Dann tu schaufeln.« Mit der Taschenlampe malte sie einen Kreis auf die makellose weiße Decke zu Bens Füßen.

»Was – hier? Wozu?«

»Wirst schon sehen.«

Stand er wirklich hier mit einer alten Frau und war im Begriff, mitten in der Nacht ein Loch in den Schnee zu graben? Auf einmal kam ihm ein furchtbarer Verdacht. »Josefa – du willst ihn doch nicht einfach unter einer Lage Schnee vergraben?«

Sie warf ihm einen Blick zu. »Natürlich nicht, ich will nur was schauen. Jetzt mach schon.«

Ben fuhr sich mit dem Handrücken über die Augen, dann setzte er die Schaufel an. Der frisch gefallene Schnee war leicht, und er brauchte nur wenige Schwünge, bis er auf harten Untergrund stieß. Es hallte hohl.

»Und jetzt?«, fragte er.

»Muss das Eis noch weg.«

Ben schlug mit der Metallschiene, die zu seiner großen Erleichterung nicht mehr braunrot war, mehrmals auf den Boden. Der Eispanzer, der sich seit Wochen dort gebildet hatte, war härter, als Ben erwartet hatte. Aber schließlich barst er, und kleine Eissplitter sprangen im Lichtschein der Taschenlampe wie leuchtende Scherben in alle Richtungen.

»So.« Sein Atem ging schwer vor Anstrengung. »Und jetzt?«

»Jetzt tust die Bretter weg.«

»Bretter?« Ben beugte sich vor, um besser sehen zu können. Zu seinen Füßen befand sich eine Holzabdeckung, ein quadratischer Deckel, der etwa ein Meter mal ein Meter groß war. »Was ist da drunter?«

»Die Sickergrube. Da ist früher die Gülle aus dem Stall reingelaufen. Aber die Agnes hat das Vieh schon lange abgeschafft.«

Sie nickte gedankenvoll. »Sonst hätt man die Grube irgendwann wieder auspumpen müssen. Und das wäre ja nicht gegangen.«

Ben starrte sie an. »Wie meinst du das?«

Josefa schob die Brille mit dem Zeigefinger ihre Nase hinauf, auf deren Rücken die Schneeflocken zu kleinen Bächen schmolzen. »Mach halt auf.«

Die Bretter des Deckels waren schwarz vor Nässe. Und schon legte sich wieder ein feiner weißer Schleier darauf, als wollte der Schnee die Abdeckung und das, was darunterlag, vor den Augen der Welt verbergen.

»Na gut«, knurrte Ben. Inzwischen war ihm schon alles gleich. Er schob eine Ecke des Schaufelblatts unter ein Brett, stemmte sich mit aller Kraft auf den langen Stiel und hebelte das Holz aus seinem Bett. Mit einem dumpfen Krachen sprang es beiseite.

»Und jetzt?« Er fuhr sich mit der Hand über die Stirn. Durch die Anstrengung war ihm warm geworden, und durch die körperliche Arbeit fühlte er sich besser. Josefa schien zu wissen, was sie tat, und hatte das Kommando übernommen. Bens angeborene Neugier gewann die Oberhand über sein Entsetzen.

»Jetzt das nächste.« Josefa schob die Hände in die Taschen ihres Anoraks.

Ben machte sich wieder an die Arbeit. Das Holz schien seit ewigen Zeiten nicht mehr bewegt worden zu sein, denn es steckte zu beiden Seiten tief in der Erde, war mit ihr verwachsen und jetzt, im tiefsten Winter, auch noch festgefroren. Über der anstrengenden Arbeit verlor Ben jedes Zeitgefühl, und als er endlich das letzte Brett herausgerissen hatte, schien ihm bereits die halbe Nacht vergangen zu sein. Er warf die Schaufel beiseite, stemmte die Hände ins Kreuz und holte tief Luft. Seine Muskeln schmerzten, und er hatte das Gefühl, als wäre sein gesamtes Blut in seinen Kopf geschossen. Ein Rinnsal aus Schweiß hatte sich zwischen seinen Schulterblättern gesammelt, lief sein Rückgrat hinunter und erstarrte dann im eisigen Wind, der sein dünnes Baumwollhemd blähte. Schüttelfrost erfasste ihn.

Josefa beugte sich vor und richtete den Strahl der Taschenlampe in die Sickergrube. Sie schwenkte ihn ein wenig hin und her und runzelte die Stirn. Endlich nickte sie. »Passt.«

Ben hatte keine Ahnung, wovon sie sprach. Was um Gottes willen tat er da mitten in der Nacht? Aber dann fiel ihm ein, dass er endlich die Polizei rufen musste.

»Der Teufel sitzt noch in seiner Hölle«, sagte Josefa gerade. »Hätt mich ja auch gewundert, wenn der noch in den Himmel gefahren wär.«

»Teufel? Hölle?« Ben beugte sich vor und spähte in den Schacht, konnte jedoch nichts erkennen. Im schwankenden Licht der Lampe warfen die unebenen Wände Schatten. Der Grund der ehemaligen Sickergrube war schlammbedeckt. Das Höllentor sah sicher anders aus. Er richtete sich wieder auf und warf einen Blick über die Schulter. Der Schneefall hatte ein wenig nachgelassen, und die Lichter der Alpenrose strahlten wie Leuchtturmfeuer herüber. Irgendwer musste Elisabeth Bescheid sagen, dass ihr Sohn tot war. »Ich geh jetzt und mache die Telefonate.«

»Wen willst denn anrufen?«

»Den Arzt, die Polizei – Elisabeth?« Es wurde Zeit, dieser irren Situation ein Ende zu bereiten. Er konnte es nur den Aufregungen der letzten Wochen zuschreiben, dass er es so weit hatte kommen lassen. »Ich geh jetzt ins Haus und rufe die Polizei.« Sie waren alle vernünftige Menschen, und er würde die Sache mit klaren Worten erklären.

Ben hatte gerade zwei Schritte in Richtung des Hauses gemacht, als Josefa rief: »Mach was, du willst, Benni, aber ich geh jedenfalls nicht in den Häfn. Jetzt nicht mehr.«

Er wandte sich um.

Sie stand ein wenig breitbeinig da, wohl um mit dem unförmigen Schuh sicheren Halt zu haben, und reckte das Kinn hoch. »Ich werd sagen, dass du den Chris umgebracht hast.«

»Spinnst du?«

»Ich bin alt und schwach und du siehst ja eh ...« Sie deutete auf ihren Klumpfuß. »Was hab ich schon mit euch zu tun? Außerdem bin ich von hier, mir glaubt jeder. Dich kennt niemand. Dir glaubt sowieso keiner.«

Sie hatte recht. Eine nie gekannte Hoffnungslosigkeit ergriff Besitz von Ben. »Das würdest du nicht tun.«

»Ganz sicher.«

Langsam ging Ben zu Josefa zurück. Der Wind pfiff unter sein durchgeschwitztes Baumwollhemd, sodass es sich wie ein Eispanzer anfühlte. Seine Schuhe schienen zu Eisklumpen gefroren, und er musste sie bei jedem Schritt losreißen. Endlich stand er wieder direkt vor dem Schacht. Seine Tiefe und Dunkelheit machten Ben Angst. Er war erschöpft, und sein Kopf war leer. Er konnte einfach nicht mehr. Am liebsten hätte er sich hingelegt, die Augen zugemacht und sich zum Schutz vor der ganzen Welt einschneien lassen.

»Und?«, fragte er müde. »Was schlägst du jetzt vor?«

»Der Chris war auch ein Teufel.«

»Und deshalb muss er in die Hölle, ja?« Die Polizei brauchte nur zwei Sätze mit der Alten zu wechseln, und sie würden sofort merken, wer hier verrückt war. In Ben regte sich Hoffnung.

»Genau wie der Alois.«

»Welcher Alois?«

»Der Vater von der Agnes.« Sie zeigte auf das Loch, das schwarz in der Schneedecke gähnte. »Wir haben ihn da reingetan. Damals war ja noch die ganze Gülle da drin.« Sie überlegte. »Er hat auf der Beerdigung so viel gesoffen, also war's gar nicht so schwer. Ich mein, wir waren ja noch Kinder – gerade vierzehn, aber zu zweit geht das schon.«

Ben hatte das Gefühl, als sähe er sich von der Straße wie einen Fremdkörper auf dem verschneiten Einödhof stehen. Wovon war hier eigentlich die Rede? »Willst du damit sagen, du und die Tante Agnes ...« Er schluckte. »Der Vater von der Agnes – ist gar nicht in Panama?«

»War er nie.« Sie zeigte auf die Grube. »Der is immer da dringelegen. Aber in der Schule gab's mal so eine Filmvorführung über Panama. Und da haben wir gedacht, es wär eine gute Idee, das zu sagen. Hat ja auch funktioniert.«

»Ihr habt ihn – *umgebracht*?«

»Was denn sonst?« In ihrer Stimme waren Eissplitter. »Der hatte der Agnes doch schon ein Kind angehängt. Und wie ihre Mutter draufgekommen ist, hat sie den Strick genommen.« Josefa nickte grimmig. »Und dann hat er sich die Maria geschnappt. Weißt, wie alt die war?«

Ben fehlten die Worte, er konnte nur den Kopf schütteln.
»Acht.«

»*Acht?*« Ihm wurde schlecht. Aber auf einmal verstand er die Sätze, die die kleine Agnes in ihr Schulheft geschrieben hatte, weil sie mit niemandem über ihre eigene Hölle reden konnte. Weil ihr niemand zuhörte. Weil ihr Schicksal ein alltägliches war. *Der Teufel geht wieder um. Ich bin aus Eis und Stein. Ich glaube, er will Maria ein Leid antun.* Ben war auch aus Eis und Stein. *Jetzt hat er sich die Maria geschnappt. ES IST ZU SPÄT.*

»Verstehe«, sagte er und hatte wirklich Verständnis.

»Das wusste ich. Du bist der Agnes so ähnlich.« Josefa wirkte zufrieden. »Aber der Chris, der war wie der Alois. Der hätte dich heute Nacht umgebracht.«

»Ich weiß.« Ohne Josefa wäre er nicht mehr am Leben, das war sicher. »Danke.«

»Nix zu danken, du bist ja der Enkel von der Agnes. Seit du hier bist, hab ich auf dich aufgepasst.« Sie wandte ihr Gesicht der Alpenrose zu. »Aber jetzt müssen wir uns beeilen. Es sind noch zu viele Leute unterwegs.«

Ben ging das Bild nicht aus dem Kopf, wie zwei Mädchen ihren Peiniger, als der sturzbetrunken von der Beerdigung seiner Frau heimkehrte, in die Sickergrube stießen. Sie mussten ihre Tat gut vorbereitet und den schweren Holzdeckel gelockert und vorsorglich entfernt haben.

Ich habe es getan. Die Schuld trifft die anderen. Alle wussten um den Teufel, aber Hilfe war nicht zu erwarten. Nun sind wir frei.

Wie war sein Urgroßvater, der, so dachte Ben voller Ekel, auch sein Großvater war, dort unten in dem Loch verreckt? Hatten ihn die Güllegase erstickt, oder war er in der Jauche ertrunken? Der Gedanke an den Blecheimer mit dem Deckel schoss Ben durch den Kopf. Und an die verschwundenen Kätzchen. Tante Agnes hatte ihre eigene Methode entwickelt.

»Ich brauche Licht«, sagte Ben und hörte selbst, wie rau seine Stimme klang.

Sofort reichte ihm Josefa die Taschenlampe.

Ben ließ den Lichtstrahl durch die Sickergrube gleiten. Zentimeter für Zentimeter untersuchte er das Grab. Die verschiedenen

Stände der Gülle hatten sich an den Wänden abgezeichnet. Wie die Jahresringe eines Baumes hoben sie sich dunkel von der hellen Lehmfarbe der gefrorenen Erde ab. Der Boden der Grube war uneben. Der Schlamm war aufgewühlt. Es sah aus, als wäre ein braunes Meer in der Dünung erstarrt. Ganz am Rand lag ein ausgetretener Männerschuh. War das ein erster Hinweis darauf, dass Josefa die Wahrheit sagte? Oder nur etwas Abfall, wie er sich im Laufe der Zeit immer in alten Klärgruben ansammelte? Ben zwang sich, weiterzusuchen. Ein vermoderter Stofffetzen, der vielleicht einmal schwarz gewesen war, steckte im Schlamm.

Ben begann sich zu entspannen.

Aber dann entdeckte er auf dem Grund der Grube etwas, das wie eine Perlenkette aussah. Elfenbeinfarben, im Licht der Taschenlampe schimmernd und in einem perfekten Halbmond, so groß wie seine Hand, lag sie im Dreck. Ben schaute genauer hin. Es war keine Perlenkette. Es waren die Zähne eines Menschen. Der Schädel, im Todeskampf in den Nacken gepresst, hatte sich in den Untergrund eingegraben. Die Kiefer klafften in einem letzten verzweifelten Atemzug.

Ben umklammerte den achteckigen Griff der Taschenlampe so fest, dass es wehtat. Ihm wurde übel.

Ich habe es getan. Alle anderen wussten um den Teufel, aber Hilfe war nicht zu erwarten. Gott allein hat mir die Kraft gegeben. Deswegen denke ich, er ist mit mir zufrieden. Nun sind wir frei.

Magensäure stieg rasch Bens Speiseröhre hinauf, seine Kehle brannte. Er drehte sich um und schaffte es gerade noch, sich irgendwohin zu übergeben und nicht in das Grab. Dann hockte er sich nieder, nahm eine Handvoll Schnee und presste sie in sein Gesicht.

»Benni?« Josefas Stimme war drängend. »Wir müssen uns beeilen.«

Ben nahm die Hand herunter. Der geschmolzene Schnee rann über seine Wangen, und der eisige Wind ließ ihn auf der Haut gefrieren. »Was?«

»Hörst es nicht?« Sie wandte sich zur Hauptstraße, deren neongelbe Laternen wie die Boten einer fernen Zivilisation herüber leuchteten. Der Schneefall und der Wind hatten jetzt fast ganz aufgehört. Eine kalte, aber ruhige und klare Nacht kündigte sich an. »Heut ist doch eine Raunacht. Die ziehen wieder um die Häuser.«

Da vernahm auch Ben die Musik – Rufen, Bellen, Peitschenknallen und Trommelwirbel. Der Geisterzug bewegte sich durch Wildmoos. Das Dröhnen der Trommel schmerzte in seinen Ohren. Er rappelte sich auf, tat einen tiefen Atemzug und ließ die eisige Luft in seine Lungen strömen. Langsam wurde sein Kopf klar, und seine Gedanken ordneten sich.

Da stand Josefa vor ihm, alt und behindert, aber aufrecht wie ein Soldat und mit erhobenem Kopf. Sie hatte das getan, was sie für ihre Pflicht hielt. Den Dörflern, die die kleine Agnes im Stich gelassen hatte, stand darüber kein Urteil zu. Damals nicht und heute auch nicht.

Ben ertappte sich dabei, wie er Josefa für ihren Mut bewunderte. Selbst noch ein halbes Kind, hatte sie ihrer Freundin geholfen, ihren Vergewaltiger loszuwerden. Sie hatte nicht zugelassen, dass der Teufel auch noch das Leben der achtjährigen Maria zerstörte. Doch welchen Preis hatten die Kinder dafür bezahlt? Ewiges Stillschweigen, gegenseitige Abhängigkeit und ein Leben in Einsamkeit. Sollte das Opfer der Mädchen ganz umsonst gewesen sein?

Die Trommelwirbel wurden lauter, der schwarz Vermummte mit dem aufgemalten Skelett – der Tod – kam näher. Mit dem langen Knochen in seiner Hand schlug er den unheimlichen Rhythmus. Jemand jauchzte, der Hahn krähte, und die Kette des Tanzbären rasselte so wild, als wollte sich das Tier losreißen.

Auch ihn hatte Josefa beschützt. Ganz allein und auf die einzige Art, die sie kannte und die Erfolg versprach. Weil es schon einmal funktioniert hatte. Ben kniff die Augen zusammen und versuchte, die Tür der Stallscheune zu erkennen. Der Wind hatte sie zugeschlagen. Gut so. Der Geisterzug würde durch den Hof ziehen, so viel wusste er inzwischen, aber die Häuser nicht betreten. Aber wenn sie ihn hier mit Josefa vor dem offenen Grab antrafen, wäre alles Leugnen umsonst. Noch dazu mit einer Leiche in der Scheune. Warum hatte er nicht die Polizei angerufen?

»Du musst mir leuchten«, sagte Ben schnell und drückte Josefa die Taschenlampe in die Hand. Dann bückte er sich, griff mit seinen klammen Händen nach dem ersten Brett und zog daran. Das alte Holz war feucht und glitschig und ließ sich nur schwer fassen. Sofort glitt seine Hand ab, rutschte über die rissige Oberfläche, und Ben spürte einen Schmerz in seinem Zeigefinger. »*Verdammt.*« Er steckte den Finger in den Mund. Es schmeckte bitter und nach Eisen. »Ich habe mir einen Splitter eingerissen.«

»Benni, tu weiter.« Josefa warf einen Blick über ihre Schulter zur Straße. Jetzt konnte man die Stimmen der Maskierten schon deutlich voneinander unterscheiden. »Es bleibt keine Zeit mehr.«

Das Trommeln und die Rufe wurden immer lauter.

Ben biss die Zähne zusammen, packte das Brett und versuchte, es über die Grube zu ziehen. Aber die Hand mit dem Splitter schmerzte, sodass er es nicht richtig greifen konnte. Mit einem dumpfen Poltern fiel es zu Boden. Als Ben wieder danach griff, hatte es sich in der gefrorenen Erde verkantet und rührte sich keinen Millimeter mehr.

»*Benni*«, drängte Josefa.

Der Hahn krähte, die Kette rasselte und der Hund bellte. In der Alpenrose öffnete sich ein Fensterladen und schlug gegen die Hauswand. Jemand lachte und Fotoblitze zuckten. Die Gäste hielten den Maskenzug fürs Urlaubsalbum fest. Sicher reichten die Objektive bis auf den Einödhof.

Ben zwang sich zur Ruhe. Er packte das Brett erneut. Seine Armmuskeln zitterten, aber er zog und stemmte sich mit seiner ganzen Kraft in die entgegengesetzte Richtung.

»*Glück hinein ... Unglück ... es zieht ... Wilde Gjoad ... Haus.*« Die Masken waren am Beginn der Einfahrt.

»Komm *schon*«, zischte Ben und verdoppelte seine Anstrengung. Und endlich, als hätte es Mitleid bekommen, gab das Brett nach. Es ruckte, bewegte sich ein Stück und schließlich glitt es an seinen Platz.

»*Glück herein, Unglück heraus, es zieht die Wilde Gjoad ums Haus.*« Der Trommelwirbel schwoll an, der Hahn krähte, und Ben konnte schon den Schnee unter den dicken Stiefelsohlen der Tanzenden knirschen hören. Der Feuerschein warf ein zuckendes Licht voraus. Die Maskierten hatten Fackeln mit.

Josefa zog scharf die Luft ein, aber sie hielt den Lichtstrahl der Taschenlampe mit sicherer Hand auf das Loch gerichtet. Wie im Fieber bückte sich Ben und hievte die restlichen Bretter über die Grube. Eine nach der anderen fanden die Holzbohlen ihren Platz, als legte er ein Puzzle, das er schon oft gespielt hatte.

»Licht aus«, zischte er, und sofort erlosch die Lampe.

Ben trat auf die Abdeckung, wobei er betete, dass das alte Holz nicht zu morsch war, um ihn zu tragen. Dann hob er die Schneeschaufel auf, stellte das Blatt quer vor seine Füße und stützte sich auf den Schaufelstiel. Mit dem letzten Rest an Gelassenheit, den er aufbringen konnte, blickte er dem Maskenzug entgegen. Ein leises Rascheln sagte ihm, dass Josefa neben ihn getreten war. Keinen Augenblick zu früh, denn in diesem Moment bog der Geisterzug mit Feuer und Geschrei aus der Einfahrt auf den Hof ein.

»*Glück hinein, Unglück heraus, es zieht die Wilde Gjoad ums Haus.*«

Als Erster lief der schwarz Vermummte auf den Hof, sein aufgemaltes Skelett tanzte durch die Dunkelheit. Groteske Schemen folgten ihm, sprangen und wirbelten an Ben vorbei. Über ihren Köpfen loderten Fackeln und verbreiteten einen roten Feuerschein. Rauchschwaden waberten über der teuflischen Szenerie und verhüllten alles, was nicht für fremde Augen bestimmt war. In ihrem wilden Tanz zerstörten die Masken die nahezu makellose Schneedecke. Die Spuren, die Ben und Chris früher am Abend hinterlassen hatten und die verhängnisvoll klar zur Stallscheune führten, vermischten sich mit den Abdrücken der schweren Stiefel und lösten sich in ihnen auf.

Immer schneller raste der Tanz, knallten die Peitschen, schrillten die Rufe, und immer lauter dröhnte das Trommelfell. Plötzlich hielt der Tod inne. Als hätte er einen Ruf gehört, drehte er sich zu Ben um und starrte ihm ins Gesicht. Er hob den Knochen wie zum Gruß über den Kopf, und der Rhythmus setzte für einen Augenblick aus. Dann kam der Tod langsam auf Ben zu und schlug dabei nur noch heftiger auf seine Trommel.

EPILOG

»*Frühling lässt sein blaues Band …?*«

Wie ging der Text noch mal weiter? Ben stellte zwei Tassen unter die Einfülldüsen der silbernen Espressomaschine mit dem Adler und drückte auf den Knopf. Gleich darauf zischte es, und Kaffeegeruch mischte sich in die klare Märzluft, die durch die offenen Schiebetüren in das Innere des Chalets strich. Staubkörnchen wirbelten auf den Bahnen der Sonnenstrahlen bis in das Dachgebälk hinauf. Der ausgestopfte Elchkopf über dem Natursteinkamin starrte glubschäugig auf die Ledersofas und den Sofatisch hinunter. Dort lag, sorgfältig in Stapeln nach Kapiteln geordnet, Bens neues Manuskript neben dem Computer. Nur das Ende fehlte noch. Das würde er heute schreiben.

Ben hob den Kopf und warf einen Blick über die Elchschaufeln der Barhocker auf der anderen Seite des Küchentresens. »Milch und Zucker?«, rief er durch die offenen Glastüren ins Freie hinaus.

»Schwarz«, antwortete die junge Stimme von Lukas Kofler.

»Alles klar.« Ben nahm die Tassen und ging auf die Terrasse hinaus.

Der Herrgottsschnitzer saß in einem der silbergrauen Adirondack-Sessel, die zum Tal hin ausgerichtet auf der Natursteinterrasse standen. Er hatte den Kopf in den Nacken gelegt und sonnte sich mit geschlossenen Lidern. Auf seinen Knien lag ein in Packpapier eingewickeltes und mit einem hellblauen Seidenband verziertes Paket.

»Hier, dein Kaffee.« Ben stellte die kleine Tasse auf die Holzplatte, die wie ein Tisch an der Armlehne des Sessels befestigt war. »Gefällt's dir?«

Lukas machte die Augen auf. »Wahnsinn«, sagte er. »Wie lange wohnst du denn schon hier?«

Ben zuckte die Schultern. »Na, so seit zwei Monaten ungefähr«, sagte er und ließ den genauen Zeitraum mit Absicht offen. »Hier lässt es sich jedenfalls gut schreiben.«

Das klang, als wäre der Aufenthalt in einem Luxuschalet für

einen Bestseller-Autor wie ihn das Natürlichste von der Welt. Aber vielleicht war es das ja auch bald. Er setzte sich in den Sessel neben Lukas und nahm einen Schluck Kaffee. Der Wind rauschte in der hohen Tannenhecke, die das Chalet von den Nachbargrundstücken trennte. Fast hatte man den Eindruck, man befände sich in der Bergeinsamkeit, vielleicht in Kanada.

Unterhalb der Terrasse lag der Swimmingpool, der noch für den Winter abgedeckt war. Dahinter bot sich ein Blick weit über das Tal und Wildmoos bis hin zum Drachenkopf. Letzte Schneefelder leuchteten auf seinen Flanken und bedeckten seine Grate. Darüber schwebten bunte Heißluftballone am strahlend blauen Frühlingshimmel.

Ben konnte sich nicht daran erinnern, wann er sich zuletzt so wohlgefühlt hatte, ja, so glücklich gewesen war. Die Zeit in dem alten Bauernhaus, auch wenn sie erst ein paar Wochen zurücklag, schien ihm mittlerweile wie ein böser Traum, aus dem er endlich aufgewacht war. Vielleicht würde er das Chalet kaufen, er hatte ja jetzt Geld.

»Eh ich's vergesse – deswegen bin ich ja überhaupt gekommen«, sagte Lukas und hielt ihm das Paket mit der blauen Seidenschnur hin. »Ich hab dir was mitgebracht.«

Ben griff danach. Es war ziemlich schwer, und der eingewickelte Gegenstand hatte unregelmäßige Kanten. »Danke. Was ist es denn?« Dass es eine neue Madonna mit dem Gesicht von Julia Bonaventura war, konnte er sich nicht vorstellen. Wie er von Sandra aus dem Zeitungsladen unter dem Siegel der Verschwiegenheit erfahren hatte, war die Verlobung des Holzschnitzers und der Kellnerin nach einem Riesenkrach gelöst worden.

»Schau halt nach. Ich dachte, ich schulde dir was.«

Ben löste das hellblaue Seidenband und faltete das Papier auseinander. Es war doch eine Heiligenfigur. »Ja – vielen Dank.«

»Der heilige Georg beim Kampf mit dem Drachen.«

»Toll.« Der heilige Georg trug einen Goldhelm und saß auf einem Schimmel. Mit einer Lanze stach er in das rot klaffende Maul eines Drachen, einer Mischung aus Lindwurm und Komodowaran, der sich zu den Hufen seines Pferdes im Todeskampf wand. »Sehr schön.«

»Nachdem dir die Madonna runtergefallen ist, brauchst du ja einen neuen Schutzheiligen, oder?«

Ben, der hoffte, dass die Sache mit den Schutzheiligen ein für alle Mal erledigt war, nickte höflich. »Kann nie schaden. Obwohl die Zahl der Drachen in Wildmoos ja überschaubar ist.« Er wollte einen Scherz machen, aber Lukas riss die Augen auf.

»Sag doch nicht so was.« Lukas bekreuzigte sich schnell. »Weißt du denn nicht, wofür der Drache steht?«

»Eigentlich nicht.«

»Der Drache steht für den Teufel.« Er warf Ben einen bedeutungsvollen Blick zu. »Der lauert immer und überall, niemand ist vor ihm sicher.«

Da konnte Ben ihm nur recht geben. »Stimmt.«

»Sogar in Wildmoos«, sagte Lukas eindringlich.

Ben zwang sich zu einem Lächeln. »Wenn du das sagst, will ich's mal glauben.« Hatte sich der Drache bewegt? Auf einmal wollte er die Figur nur noch loswerden. Rasch stellte er sie außer Sichtweite auf den Boden.

Um seine Verlegenheit zu überspielen, nahm er einen Schluck von seinem Kaffee und ließ dabei den Blick über die Dächer des Ortes wandern, die unten im Tal durch das grüne Laub der Bäume lugten. Die hohen Kamine der Alpenrose waren gut zu erkennen. Elisabeth suchte einen Käufer für das Hotel. Daneben lag Bens einstiger Bauernhof – oder das, was jetzt davon noch übrig war.

»Wenn die Hartmanns mal ein paar schöne Heiligenfiguren brauchen, könntest du mich da nicht empfehlen?«, erkundigte sich Lukas.

»Klar, aber warum fragst du sie nicht selbst?«

Lukas lachte verlegen. »Nachdem ich der Frau Hartmann die Uhr ihrer Tochter geschickt habe?« Er schüttelte den Kopf. »Die Julia, das Luder, hat sie einfach bei Chris mitgehen lassen. Wenn du mir nicht das Foto von der Tess mit der Uhr gezeigt hättest ...«

»... wärst du jetzt noch verlobt.«

»Genau«, sagte Lukas finster. »So bin ich ja erst draufgekommen, dass die sich mit dem trauernden Witwer weiter getroffen hat.« Seine Augen verengten sich. »Sagt die mir auf den Kopf zu, dass sie den Chris heiraten wird. Na, da hat sie sich ja geschnitten.«

»Ja.«

An der Stelle, wo fünfhundert Jahre lang der Einödhof gestanden hatte, erstreckte sich eine braune Kraterlandschaft aus Erde und Abbruchschutt. Gelbe Baufahrzeuge parkten an der Stelle, an der sich einmal die Stallscheune befunden hatte. Bald würde eine moderne Apartment-Anlage die grausame Geschichte des Hofes vergessen lassen. Der Preis, den ihm Hartmann European Real Estate für den wertvollen Baugrund bezahlt hatte, reichte für viele Reisen nach Schottland aus. Und wahrscheinlich auch für dieses Chalet. Denn dass die Hartmanns jemals wieder nach Wildmoos zurückkehrten, hatte Susi, wie Susanne Hartmann jetzt für ihn hieß, ausgeschlossen.

Das Nutzungsrecht für das Thermalwasser hatte Ben der Gemeinde überlassen. Seitdem grüßte ihn der Bürgermeister, wenn er ihm im Ort begegnete, und der Eisstockschützen-Verein hatte ihm die Ehrenmitgliedschaft verliehen. Irgendwie war das Gerücht aufgekommen, dieser Sport wäre sein Hobby. Der Gemeinderat hatte bei seiner letzten Sitzung die Umbenennung von Wildmoos in Bad Wildmoos vorgeschlagen. Bens Ehrenbürgerschaft war nur noch eine Frage der Zeit. Nur der Pfarrer hielt Abstand zu ihm und bestand darauf, die neue Anlage zu segnen. Auf Bens Zögern hin hatte der Gottesmann ihn mit einem eigentümlichen Blick bedacht und nur gemeint, in diesem Fall verlange das der Ort.

Lukas räusperte sich. »Stimmt es eigentlich, dass der Chris die Tess umgebracht hat?« Seine Augen glitzerten.

»Wer behauptet das?«

»Das haben alle im Ort gesagt, von Anfang an.«

»Wirklich?« Warum hatte sich dann niemand zu Wort gemeldet? Weil die Stadlers eine angesehene Wildmooser Hoteliersfamilie waren und man sich ohnehin nicht in die Angelegenheiten von Nachbarn einmischte. Auch nicht, wenn die ihre Kinder vergewaltigten und die dann selbst Kinder bekamen. »Es stimmt. Die Hartmanns haben die Leiche ihrer Tochter obduzieren lassen. Es war kein Schnee in ihrer Lunge, Tess war also schon vor dem Lawinenunglück tot.«

Chris hatte Tess das Genick gebrochen und die Leiche in der Lawinenspur liegen lassen. Natürlich hatte er den Felsvorsprung gekannt, unter dem er gut geschützt die Schneemassen an sich vorbeidonnern ließ.

Lukas nickte. »Kein Wunder, dass der abgehauen ist«, knurrte er. »Wahrscheinlich ist ihm der Boden in Wildmoos zu heiß geworden.«

»Scheint so.« Ben schaute zu seiner ehemaligen Einfahrt hinunter, zu der Stelle, wo sich die alte Sickergrube nicht unweit der Straße befunden hatte. Die Sickergrube gab es nicht mehr. Tonnenschwere Bagger hatten sie unter ihren Ketten zusammengedrückt. Und selbst wenn jemand von ihrer Existenz gewusst hätte – die Stelle war für Parkplätze vorgesehen. Ben hatte sie Horst Hartmann selbst vorgeschlagen. Für Parkplätze brauchte man keinen Aushub zu machen. Und die Lage direkt an der Straße war perfekt.

»Möchte wissen, in welchem Loch sich diese miese Ratte versteckt«, sagte Lukas. »Den, wenn ich in die Finger krieg.«

Ben verschränkte die Hände auf dem Bauch. »Das wird schwer möglich sein«, sagte er. »Gerüchteweise habe ich gehört, dass er nach Südamerika geflüchtet ist.«

»*Südamerika?*« Lukas starrte ihn von der Seite an.

»Die Familie hat dort anscheinend Verwandtschaft.« Ben legte den Kopf in den Nacken und schloss die Augen. Die Sonne wärmte sein Gesicht und malte rote Kreise hinter seine Lider. Die Narbe, die Josefas Schneeschaufel auf seiner Schläfe hinterlassen hatte, kribbelte. »In Panama.«

»Woher weißt du das?«

»Die alte Josefa hat's mir erzählt.« Ben besuchte Josefa jeden Samstagnachmittag in ihrem kleinen Häuschen. Dann tranken sie Kaffee zu selbst gebackenem Guglhupf, und Ben las ihr das jeweils neueste Kapitel vor. Die Nacht, in der Josefa ihren zweiten Mord begangen hatte und in der er ihr geholfen hatte, die Leiche zu beseitigen, erwähnten sie in stillschweigendem Einverständnis mit keinem Wort.

»Dann stimmt's«, sagte Lukas und nickte. »Wenn eine Bescheid weiß, dann die Josefa. Die war nämlich die beste Freundin von der Agnes, weißt?«

»Wirklich?« Die Sonne war so angenehm, dass Ben beschloss, auf der Terrasse zu Mittag zu essen, bevor er wieder an die Arbeit ging.

»Ben, sorry, aber ich muss dann mal wieder«, sagte Lukas. »Ich muss das Geschäft aufsperren. Danke für den Kaffee.«

Ben öffnete die Augen einen Spalt. »Gern, schau mal wieder vorbei. Ich bleibe jetzt länger in Wildmoos.«

Es war schon gegen fünf Uhr, als Ben das Feuer im Natursteinkamin anzündete und eine Ofenform mit zwei Bratäpfeln auf den Rost stellte. Auch wenn die Tagestemperaturen bereits fast sommerlich waren, die Abende gehörten eindeutig noch zum Winter. Er kochte sich einen Tee und setzte sich mit der Goldrandtasse – nicht mehr aus abgeschlagener Keramik, sondern aus makellosem Wedgewood-Porzellan – vor das lodernde Feuer. Dann startete er den Computer und machte sich daran, das letzte Kapitel seiner MacLachlan-Sage zu schreiben.

Der Sturm trieb die Wolken über den Nachthimmel. Immer wieder schoben sie sich vor den vollen Mond, der das Moorland und die Berge in mystisches Licht tauchte. St. Mary-in-the-Moor war schon lange hinter einer Hügelkette verschwunden, als Applegate und Murray ihren Dienstwagen an den Rand der einzigen Straße lenkten, die sich wie ein silbernes Band zwischen dunklen Büschen und Felsblöcken dahinschlängelte.

Applegate öffnete die Fahrertür und stieg aus.

»Da drüben sind sie«, sagte er und deutete über das windzerzauste Heidekraut. »Wir müssen zu Fuß weiter.«

Der Sturm riss ihm die Worte von den Lippen, aber Murray tauchte bereits neben ihm auf. Mit zusammengekniffenen Augen folgte er Applegates ausgestreckter Hand. In der Ferne waren Lichter zu sehen, die sich in einer schwankenden Kette vorwärtsbewegten. Immer wieder drang Hundegebell an sein Ohr.

»Möcht wissen, ob wir ihn diesmal kriegen, Sir«, sagte Murray und schlug den Kragen seiner Windjacke hoch.

Applegate kniff den Mund zusammen. Er wusste nur zu gut, auf wen sein Untergebener anspielte – den Inder. Der Serienmörder, den sein Vorgänger nicht gefasst hatte, war in die dörfliche Geschichte eingegangen. Wenn sie Alastair MacLachlan nicht fassten, würde wieder ein mehrfacher Mörder seiner gerechten Strafe entgehen und als harmloser Kinderschreck in den Köpfen der Menschen weiterleben.

»Heute Nacht entkommt er uns nicht«, sagte er grimmig, steckte die Hände in die Taschen seiner alten Barbourjacke und marschierte los.

Der Weg durch das matschige Heidekraut war mühsam. Immer wieder hinderten sie Lachen aus Brackwasser am Weitergehen, und der nasse Torf gab unter ihren Schuhen nach, sodass sie nach einem neuen Weg suchen mussten. Plötzlich hielt Murray inne.

»Sir, Sir, sehen Sie nur!« Er zeigte nach vorn.

Die Lichterkette war zum Stehen gekommen. Eine Taschenlampe wurde auf und ab geschwenkt, dann löste sich ein schwarzer Schatten aus der Kette der Männer und flog dicht über dem Boden dahin.

»Sie haben einen Hund losgelassen, Sir.« Murrays Stimme überschlug sich vor Aufregung. »Sie haben ihn, Sir, sie haben ihn.« Er packte Applegates Arm.

»Hoffentlich, Murray, hoffentlich.« Applegate beschleunigte seine Schritte. Brackwasser drang in seine Schuhe, aber endlich waren sie in Rufweite der Suchhundestaffel.

Ein Mann am Ende der Kette hielt eine Taschenlampe in der Hand und schwenkte sie über dem Kopf. »Hier herüber, Sir!«

»Mein Gott, Murray, ich glaube wirklich, wir haben ihn.«

Wenige Minuten später hatten Applegate und Murray die Kette der Suchmannschaft erreicht. »Haben Sie ihn gefasst?«

»Er ist da vorn, Sir«, sagte der Mann und deutete mit der Taschenlampe in das Herbstdunkel.

»Hat der Hund ihn gestellt?«

»Nein, Sir, Chester konnte ihm nicht folgen. MacLachlan muss irgendwo eingesunken sein.«

»Was heißt das? Wo ist er denn?«

»Wir wissen es nicht, Sir. Die Männer suchen jetzt mit Stöcken weiter.« Der Mann zögerte, dann setzte er hinzu: »Aber wenn er in ein Loch gefallen ist, Sir, dann hat er keine Chance.«

Applegate biss die Zähne zusammen. Noch ein Phantom mehr, das den Dorfbewohnern schlaflose Nächte bereiten würde. »Ich will, dass wir ihn finden.«

»Selbstverständlich, Sir«, sagte der Mann ohne Hoffnung in der Stimme.

Die Zeit dehnte sich. Applegate schloss die Augen und dachte an all die Menschen und Tiere, die seit Jahrhunderten im Moor versunken und nie mehr freigegeben worden waren. Sie mussten den Mann finden. Wenn es eine Chance gab, dann nur noch in den nächsten Stunden. Danach würde sich die Decke aus Sumpfpflanzen und Moos für immer über ihm geschlossen haben.

Endlich schrie jemand die erlösenden Worte: »Wir haben ihn, Sir! Aber er sitzt fest!«

Auf einen Schlag fühlte Applegate Wind und Kälte nicht mehr.
»Murray, rufen Sie auf dem Posten an. Wir brauchen einen Arzt. Und informieren Sie den Chefinspektor.« *Er eilte zu den Männern, die sich über eine Stelle im Moor beugten und mit langen Stangen etwas aus dem Boden zu hebeln versuchten.*

Schon von Weitem war das Gurgeln des Torfwassers zu hören und das Klatschen, wenn ihnen der Gegenstand wieder entglitt.

»Haben Sie ihn endlich?«, *fragte Applegate.*

»Hat sich verfangen, Sir«, *sagte einer der Männer atemlos.* »Da unten ist lauter Totholz.«

Applegate schob die Hände in die Jackentaschen und versuchte, sich mit Geduld zu wappnen.

»Sir! Sir!«

Murrays aufgeregte Rufe rissen ihn aus seinen Gedanken. Applegate wandte sich um.

Murray kam über das Moor auf ihn zugestolpert. In der erhobenen Hand hielt er sein Handy und wedelte damit herum. »Sir — ich habe mit dem Chief telefoniert.«

Applegate wartete. Endlich stand Murray schwer atmend vor ihm. Er strahlte über das ganze Gesicht. »Sir, sie haben Miss Isobel gefunden.«

»Ja?«

»Sie war auf dem Dachboden im Schloss eingesperrt. Es geht ihr gut.« *Murray schnappte nach Luft.* »Aber es war knapp. Keinen Tag länger, sagt der Arzt.«

»Auf dem Dachboden? Wozu denn das?«

»MacLachlan hat sie raufgelockt, damals in dieser Sturmnacht. Dann hat er sie festgesetzt. Sollte wohl einen Erbverzicht unterschreiben oder eben sterben. Oder beides.« *Murray deutete auf eine Stelle hinter Applegate.* »Scheint, dass sie was haben, Sir.«

Applegate wandte sich um, aber er konnte nichts erkennen, denn die Männer hatten einen Kreis gebildet und beugten sich über etwas in ihrer Mitte. Rufe des Erschreckens und der Verwunderung waren zu hören. Applegate ging zu der Suchmannschaft hinüber und drängte sich durch die Leute. Dann stutzte auch er. Auf dem Boden lag Alastair MacLachlan.

»*Guter Gott – Sir.*« *Murray stand neben ihm und hielt sich die Hand vor den Mund.* »*Haben Sie so etwas schon einmal gesehen?*«

Applegate hatte in der Tat schon öfter eine Moorleiche gesehen. Aber dieser Mann war noch vor wenigen Stunden lebendig gewesen. Das Moor hatte noch keine Zeit gehabt, seine Haut zu beizen, trotzdem war sein vom Todeskampf verzerrtes Gesicht so dunkel, als hätte er seit Jahrhunderten dort unten gelegen. Aber das, was die Männer um ihre Fassung ringen ließ, war der Arm, der seinen Oberschenkel umklammerte. Er gehörte zu einer zweiten Moorleiche, die neben MacLachlan auf dem nassen Heidekraut lag.

»*Wer ist denn das?*«*, entfuhr es Applegate.*

Ein Uniformierter, der am Boden neben den Toten hockte, schaute zu ihm auf. Er trug Handschuhe und war dabei, den zweiten Toten zu untersuchen. »*Der liegt schon länger hier, Sir*«*, meinte er.* »*Schätze, so an die dreißig Jahre werden's schon sein.*«

»*Woher wollen Sie das wissen?*«

»*Ich bin hier aufgewachsen, Sir, und da findet man immer wieder ein Schaf oder ein Pony. Oder auch einen Menschen.*«

»*Die Leute hier in der Gegend kennen sich mit Moorleichen aus*«*, warf Murray ein.*

»*Und sehen Sie mal, Sir.*« *Der Mann am Boden hielt einen länglichen Gegenstand hoch.* »*Das hat in seiner Tasche gesteckt.*«

Applegate beugte sich vor, um besser zu sehen. »*Was ist das?*«

»*Ein Messer, Sir. Der Griff ist im Moor verrottet, aber das Metall ist noch da.*« *Er reichte Applegate eine lange Klinge, die sich wie eine Schlange zu winden schien.* »*Ein indischer Kris, aus Damaszener-Stahl. Sieht verdammt aus wie die Tatwaffe, die der Serienkiller vor dreißig Jahren benutzt hat. Dieser Inder. Meinen Sie nicht, Sir?*«

Applegate schwieg. Alastair MacLachlan hatte seine Kusine Anabel ermordet und versucht, Isobel und Jane Higgins zu töten, nur um in den Besitz des Schlosses und der Ländereien zu kommen. Dann war er in ein Sumpfloch geraten, wie dreißig Jahre zuvor schon einmal ein Mörder auf der Flucht. Wäre er wirklich ertrunken, wenn sich der Arm des Toten nicht um ihn geschlungen und ihn in die Tiefe gezogen hätte? Wohl kaum. Dann hätte er eine echte Chance gehabt zu entkommen.

Applegate wandte sich ab und schaute auf die Sumpflandschaft hinaus. In der Ferne war bereits ein erster Silberstreif am Himmel zu sehen. Bald würde die Sonne über dem Moor aufgehen.

»Wissen Sie, was ich mich frage, Murray?«

»Nein, Sir.«

»Was treibt Menschen zu solchen Taten?«

Murray steckte die Hände in die Taschen, zog die Schultern hoch und vergrub das Kinn im hochgeschlagenen Jackenkragen. Schweigend folgte er Applegates Blick auf das windgepeitschte Moor, dem sie in dieser Nacht eines seiner gutgehüteten Geheimnisse entrissen hatten. So schnell würde es keines mehr preisgeben. Unverrückbar ragten die rissigen Felsblöcke empor, dicke Wacholderbüsche und dürres Heidekraut bogen sich unter den anbrandenden Sturmböen, und die schwarzen Torfwasserlachen glitzerten tückisch im ersten Morgenlicht. So wie es seit Jahrhunderten immer gewesen war.

»Ich habe Sie etwas gefragt«, sagte Applegate.

Murray seufzte, und ohne seinen Blick von der uralten Heidelandschaft zu lösen, sagte er: »Der Teufel, Sir.«

NACHWORT

Als ich bei der Recherche zu diesem Roman den Bildband »Alpendämonen« des Fotografen Carsten Peter aufschlug, war ich von seinen geradezu magischen Aufnahmen sofort fasziniert. In »Teufelsblut« sollte ein Krimiautor die dunklen Winternächte auf einem alten Hof im Salzburger Land durchleben. Ein Geisterzug, der im Advent sein Unwesen treibt, passte da genau zu der Geschichte, die ich erzählen wollte.

Ich habe mir dabei ein paar dichterische Freiheiten erlaubt. So gibt es den Ort Wildmoos nicht. Und die »Wilde Gjoad«, die Wilde Jagd, gehört in Wahrheit zum Brauchtum des Untersbergs bei Salzburg. Dort trifft sich am Donnerstag zwischen dem zweiten und dritten Advent ein schauriger Maskenzug an einem geheimen Ort. Nur in der folgenden Raunacht klopft er an die Türen einsamer Gehöfte. Der Tod, der dem Zug vorantanzt, verkörpert den Gott Wotan, der eine Heerschar von Seelen anführt. Sie sollen Menschen gehören, die »vor ihrer Zeit« gestorben sind und durch zwölf Sagenfiguren symbolisiert werden. In früheren Zeiten verhieß der Anblick der Wilden Jagd Unheil und Verdammnis. Heute soll ihr Besuch Glück und Fruchtbarkeit bescheren. Aber, seien wir ehrlich, wer weiß das schon so genau …

Salzburg, im Advent 2013
Ines Eberl-Calic

Quelle der Inspiration und dem interessierten Leser ans Herz gelegt: Carsten Peter, »Alpendämonen: Geheimnisvolle Mythen und Riten aus den Bergen«, National Geographic, Hamburg 2012.

Ines Eberl
SALZBURGER TOTENTANZ
Broschur, 208 Seiten
ISBN 978-3-89705-796-8

»*Ines Eberl gelingt mit ›Salzburger Totentanz‹ ein Krimi mit Tiefgang.*«
Salzburger Nachrichten

»*Spannend bis zum Schluss.*«   Salzburger Volkszeitung

www.emons-verlag.de

Ines Eberl
JAGABLUT
Broschur, 208 Seiten
ISBN 978-3-89705-965-8

»*Die fesselnde Geschichte lässt den Leser bis zum Schluss miträtseln.*«   Salzburg Inside

www.emons-verlag.de

Ines Eberl
TOTENKULT
Broschur, 240 Seiten
ISBN 978-3-95451-065-8

»*Ines Eberl liebt es, eine vielschichtige Spannung aufzubauen.*«
Salzburger Nachrichten

»*Ein sehr empfehlenswertes Buch.*«   echo magazin

www.emons-verlag.de